근대소설과 유행의 사회학

근대라는 외장

지은이

류수연 柳受延, Ryu Su-yun

문학·문화평론가. 2013년 계간 『창작과비평』 신인평론상으로 등단했다. 전 인천문화재단 이사직을 맡았으며, 현재 인하대 프런티어창의대학 교수로 재직 중에 있다. 최근에는 문학 연구를 토대로 대중문화 연구와 비평으로 관심을 확대하고 있다.

근대라는 외장
근대소설과 유행의 사회학

초판발행 2025년 7월 25일

지은이 류수연

펴낸이 박성모
펴낸곳 소명출판
출판등록 제1998-000017호
주소 서울시 서초구 사임당로14길 15 서광빌딩 2층
전화 02-585-7840
팩스 02-585-7848
이메일 somyungbooks@daum.net
홈페이지 www.somyong.co.kr

ISBN 979-11-5905-483-9 93810
정가 19,000원

이 책은 인하대학교 연구비를 지원(일반교수연구비)에 의하여 출판되었음.

근대소설과 유행의 사회학

근대라는 외장

류수연 지음

일러두기
- 모든 인용문은 원문의 의미를 훼손하지 않는 수준에서 현대 표기법으로 수정하였으며, 필요한 경우 한자를 병기하였다.

들어가며

우리 문학사에서 근대는 시대적 구분인 동시에 하나의 사상처럼 작동한다. 그것은 일제강점기 전체를 관통하는 시대적 목표이자 망국의 비극에서 벗어날 수 있는 유일한 동아줄처럼 여겨졌다. 근대적 외장外裝에 대한 집중은 바로 여기서 시작된다. 내면적 근대를 추구하는 길은 멀고 힘들지만, 외적인 근대로써 치장하는 것은 보다 쉽게 성취될 수 있었기 때문이다. 이 책은 바로 이러한 근대적 외장에 보다 집중하면서, 근대의 외적 성장盛裝이 갖는 의미망을 고찰하고자 하였다. 그 중심에는 유행-미용, 신체, 근대적 장소와 근대과학이라는 표상들이 놓인다.

근대적 외장을 단지 겉모습에 대한 치장에 불과하다고 생각하는 것은 잘못된 접근 방식이다. 외장의 변화는 마땅히 그에 따른 삶의 방식까지 바꾸게 된다. 현대적인 맥락에서 가늠해 보자. 스마트폰을 사용하기 전후의 삶이 동일한가? 근대적 외장이 가진 의미도 바로 여기에 있다. 근대라는 박래품과 그로부터 촉발된 여러 외장들이 근대인의 일상적 삶에도 영향을 끼쳤음을 부정하기 어렵다. 따라서 이 연구는 근대인의 일상을 이끌었던 실질적인 동력이 무엇인가를 탐색하는 것이기도 하다. 또한 근대 여성잡지와 시대적 트렌드를 예민하게 감각했던 이광수와 김남천의 소설은, 근대로 인한 유행과 그로 인한 변화를 결정적으로 포착한 것이라는 점에서 함께 논의하고자 하였다.

이 책은 크게 3개의 항목으로 나누어서 구성될 예정이다. 첫 번째는 근대 여성교양으로서의 미용과 패션을 살펴본 논문들을 담아내고자 한다. 근대 미용담론은 사실상 부녀를 대상으로 한 근대 교양의 일환으로서, 의식적인 목표 아래서 기획되고 확산되어왔다. 또한 그것은 그대로 문학작품의 여성인물을 둘러싼 사회적 조건 속에 반영된 것이기도 했다. 그럼에도 불구하고 이러한 근대 미용담론은 현상 이상의 차원으로까지 연구되지 못했다. 저자는 근대 미용담론을 축으로 이러한 문학적 변모가 당대 소설의 여성인물에 어떻게 투영되었는가를 살펴보고, 그것이 단지 외적인 변화가 아닌 내적인 변화까지 이끈 동력임을 확인하고자, 관련 연구에 주력하였다. 여기에 담아낼 논문은 다음과 같다.

먼저, 「단발에 매혹된 근대」는 경성라디오방송국의 아나운서라는 새로운 근대적 여성 직업이 단발이라는 새로운 머리모양의 확산에 어떤 영향을 끼쳤는가에 집중하는 한편, 이를 박태원과 이상의 소설과 함께 분석하였다. 그리고 한국 근대미용 및 화장 연구사의 시작점이 된 연극인 현희운을 연구한 「현희운의 화장담론」을 함께 담아내고자 한다. 마지막으로 「근대미용과 우생학」에서는 1920년대 여성잡지 『부인』의 미용관련 기사를 분석하면서, 근대미용의 문제가 결국 건강과 위생을 둘러싼 당대의 우생학이라는 패러다임 안에서 형성된 것임을 확인하였다.

두 번째 항목은 근대 신체와 근대적 장소라는 가시적인 근대성과 관련된 논문들이다. 근대 미용담론은 결국 신체에 대한 관심에서 촉발된 것이었다. 이에 본 연구자의 관심은 근대적 신체를 어떻게 규정할 수 있는가에 대한 것으로 이어졌다. 특히 이 시대의 신체담론은 양가성을 지니고 있었다. 근대를 향한 조선인의 열망을 충족하는 동시에 조선을 병참기지화 하여 대륙으로 진출하고자 하는 일본제국주의의 야욕에 부합하는 것이었기 때문이다. 그 중심에는 바로 우생학이 있었다. 이러한 신체담론의 양가성을 확인할 수 있는 또 다른 근대적 징후는 바로 운동회였다. 김남천의『대하』를 기반으로 전개한「운동회, 놀이의 근대성과 '몸'담론」은 근대적 신체담론이 일본제국주의에 어떻게 복무하게 되었는가를 그 기원으로부터 분석한 논문이다. 근대성을 가시화하는 것은 신체만은 아니었다. 근대적 장소 역시 중요한 표상이 되었다.「응접실, 접객공간의 근대화와 소설의 장소」는 이광수의 작품에 등장하는 근대적 가정공간으로서 응접실이 가진 의미망을 새롭게 조명함으로써 근대라는 감각이 소설의 장소를 어떻게 변화시켰는가를 살펴본 논문이다. 이러한 물적 토대에 기반한 담론들은 여성교양담론으로도 이어진다. 그 중심에 있는 것이 바로 보건교양이다. 「가정상비약, 총후보국과 사적 간호의 확대」는 이러한 신체담론이 향한 마지막 지점을 보여준다. 그것은 바로 대동아전쟁이었다. 이 논문에서는 근대잡지와 신문, 그리고 소설 속에 등장한 여러 가지 제약 정보들이 결국 황국신민론과 제2국민이라는 일제의 총동원체제를 뒷받침하는 것임을 확인할 수 있었다.

세 번째 항목은 근대과학과 소설이다. 미용에서 신체로, 다시 전쟁으로 이어진 끝에서 발견되는 또 다른 욕망은 바로 근대과학이었다. 특히 이것은 제2차 세계대전의 본질과 맞닿아 있다. 제1차 세계대전이 여전히 보병에 근간한 전근대적 전투에 가까웠다면, 제2차 세계대전은 명실상부한 기계의 전투였다. 그리고 그것은 식민지 조선의 작가들에게도 새로운 꿈을 가능하게 만들어 준다. 「실험실과 상상된 과학」은 이광수의 「개척자」라는 작품을 중심으로 식민지 조선의 지식인들에게 과학이라는 것이 어떻게 상상되었는가를 살펴보았고, 「기술자와 직업서사」는 김남천의 『사랑의 수족관』을 기반으로 근대적 테크노크라트의 탄생이라는 측면으로 작품을 재해석하고자 하였다.

오늘날 한국문화는 동아시아 전체 문화를 이끌고 있다. 이 책은 이러한 문화적 확산의 기원이라 할 수 있는 근대 초기의 담론들을 되짚어보고, 이를 오늘의 한국문학 연구 안에서 현재화하고자 하였다. 또한 오랫동안 한국문학 안에서 소외된 문화영역이었던 미용의 문제를 수면 위로 이끌어내고자 하였다. 근대 이후 실질적으로 여성문화를 이끌어온 미용담론에 대한 이러한 외면이 근대소설의 여성 인물에 대한 이해를 결정적으로 저해한 원인이 되었다고 생각하기 때문이다. 근대 미용의 여러 담론에 대한 연구를 통해 근대문화의 중심지였던 경성의 소설지형도를 보다 감각적으로 사유하고자 하였고, 그로부터 근대라는 '첨단'의 이름 아래 등장한 모든 유행이 동시대의 삶을 어떻게 변화시켰는지 고찰하고자 하였다.

차례

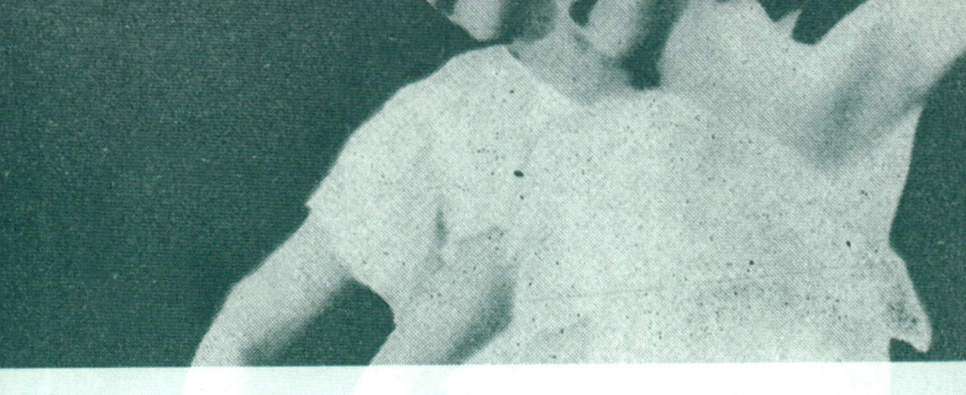

제1부

근대 여성
교양으로서의 미용

단발에 매혹된 근대

연예인은 아니지만 연예인에 버금가는 유명세를 얻는 직업이 있다면? SNS를 기반으로 활동하는 유튜버나 틱톡커와 같은 인플루언서를 떠올리기 쉽지만, 이것은 아주 최근의 일이다. 바늘구멍보다 더 좁다는 방송국 공채를 거쳐 뉴스와 예능까지 다양한 프로그램의 간판으로 활동하는 아나운서는, SNS의 발달 이전부터 현재까지 대중적 영향력을 가진 직업군으로 여겨져 왔다. 1927년 경성라디오방송국의 개국과 함께 최첨단 방송을 이끌어가는 상징적인 존재로 등장한 아나운서라는 직업이 한반도에 등장한 지, 어느덧 100년의 시간이 다 되어가고 있다. 그 중에서도 여성 아나운서의 외적인 표지는 당대의 패션과 유행을 이끌었으니, 보브 컷이라 불리는 단발의 유행과 확장을 실질적으로 주도한 당대의 셀러브리티였다는 점에서 주목해 볼 만하다.

1. '단발'이라는 선택항

우리 문학사에서 근대는 언제나 모호한 경계 속에 놓여 있다. 우리에게 근대는 외부로부터 들여온 것, 즉 '박래품舶來品'으로서의 성격을 가지고 있는 것처럼 보인다. 하지만 보다 중요한 것은 그것을 선택하고자 했던 내적 동인들이다. 전근대로부터 벗어나 근대로 도약하고자 하는 동시대인의 내적 충동과 선택 없이는 근대라는 박래품이 뿌리내릴 수 없었을 것이기 때문이다. 결국 근대의 문제는 새롭게 등장한 박래품에 대한 동시대인의 선택이라는 예민한 조건과 결부된다. 그것은 곧 그 안에 다양한 경계들이 존재함을 의미한다.

그런데 근대의 여러 징후들 중에서도 가장 흥미로운 것 중 하나는 바로 '단발斷髮'이다. 사실 근대와 함께 들어온 수많은 서구적 문물 중에서도 단발은 가장 어려운 선택항이었다. "신체발부수지부모身體髮膚受之父 불감훼상효지시야母不敢毀傷孝之始也"라 하여 부모에게 받은 신체와 터럭과 살갗을 손상시키지 않는 것이 효의 시작이라고 말한 『효경孝經』의 가르침을 반세기 동안 고수해온 사람들에게, 단발은 이전까지의 자신을 완전히 부정하는 것일 수 있었기 때문이다. 1895년 위생과 편리라는 명분 아래 시행된 고종의 단발령이 거국적 비분강개를 일으키며 의병 봉기라는 민족적 정체성에 대한 자각으로까지 나아갈 수 있었던 것 역시, 근대의 선택항으로서 단발의 성격을 잘 보여주는 것이다.

그런데 이러한 단발은 반발의 대상이었지만, 동시에 일종의 특권이기도 했다. 남성들에게 강요되었던 단발은, 반대로 여성들에게는 오랜 기간 사실상 금지되어 있었다. 우리보다 단발을 먼저 시행한 일본의 경우에도 "개화의 상징인 단발은 오로지 남성만이 누릴 수 있는 특권" 김화연, 2008, 239쪽이었다. 1873년 7월 19일에 공포된 '부녀단발금지령'에서 알 수 있듯이, 여성의 단발은 철저히 금지되었다. 따라서 여성의 단

<그림 1> 경성라디오방송국(출처 : 미디어오늘)

발은 남성의 단발과는 다른 의미망 안에 놓여 있었다. 남성의 단발이 비록 외부적 강요에 의한 것이었을망정 근대 초기라는 비교적 이른 시기부터 확산될 수 있었던 데 반해, 여성의 단발은 식민지적 근대가 무르익어가던 1920년대에 이르러서야 본격적으로 논의될 수 있었다.

특히 법령이라는 조건하에서 촉발된 남성의 단발과 달리, 여성의 단발은 여성 자신의 정치적·사회적 선택이었다는 점에서 더 주목된다. 더구나 여성의 단발은 '운동運動'으로 시작되어 '취향趣向'으로 나아갔다는 점에서 더욱 모순적이다. 여성의 단발은 사회주의적 여성운동의 일환으로 정치적 저항의 의미를 가지고 시작되어, 근대의 수용이라는 사회적 의미망으로 확장되었다. 그러나 이를 확산시킨 것은 대중매체의 발달과 함께 정립된 '취향'이었다. 이 취향으로서의 단발, 그

흐름을 이끈 것은 바로 경성라디오방송국의 아나운서들이다.

　직업여성으로서 아나운서들은 그 직업이 가진 근대적인 성격으로 인해 동시대인들의 동경이 되었고, 라디오라는 '모던'은 단발이라는 그녀들의 새로운 머리모양으로 표상되었다. 그것은 이전까지 전통의 파괴로만 인식되었던 여성의 단발이 취향이라는 근대적 선택항으로 변모할 수 있는 바탕이 되었다. 오늘날에도 아나운서들은 지성미를 상징하는 직업으로 여겨진다. 그리고 비교적 최근까지도 단발은 여성 아나운서를 대표하는 머리모양으로 인식되어왔다. '단발의 여성 아나운서'는 그 자체로 하나의 전형이었던 것이다. 이를 통해 우리는 우리 문화 안에서 단발이라는 표상이 여전히 매혹의 기표로 남겨져 있음을 발견할 수 있다. 여성 아나운서의 등장이 어떻게 이 단발이라는 새로운 선택항을 식민지 조선의 '취향'으로 만들 수 있었는지에 대해 살펴보자.

2. 머리모양의 근대화

　1920년대, 식민지 근대화의 물결에 편입된 경성. 그곳에서 가장 주목되는 것은 거리의 새로운 주인으로 부상한 여성들이었다. 신여성 혹은 모던 걸이라 불리는 이 여성들은 전시대에는 볼 수 없었던 서구적 외양으로 거리를 활보하며 사람들의 시선을 끌었다. 이러한 신여성을 호명하는 가장 두드러진 외적인 표지標識는 단연 '단발'이었다. 그러나 근대적 표상으로서 이 선택항은 그리 용이하지만은 않았다. 직접적으로 신체를 변화시켜야 한다는 문제가 그 선택을 더욱 어렵게 만들었기 때문이다. 따라서 단발은 단지 생활방식의 변화가 아닌, 가치관과 철학의 변화로까지 인식되었다. 사실 그것은 경성 거리에서 실감實感되는 것이라기보다는 기대되고 예감되는 것에 가까웠다.

물론 근대 이전에도 여성의 단발은 존재했다. 그러나 그것은 철저하게 자기희생적인 것이었다. 여성의 단발은, 남편과 사별한 여성이 머리카락을 자르고 비구니가 되거나 남편이나 아들을 위해 자기 머리카락을 잘라 신발을 만들어 주었다는 미담 속에서나 존재할 수 있었다. 전통적 가치관 안에서 단발은 곧 여성으로서 자신의 모든 아름다움을 끊어내는 것이기에, 자기 파괴의 결단 속에서만 가능한 것이었다. 이처럼 여성의 단발이란 숭고한 공동체 정신 속에서 축적된 자기희생의 완결일 때, 그 가치를 인정받을 수 있는 것이었다. 따라서 단지 편리와 위생이라는 철저히 자기중심적인 선택 속에서 이루어지는 근대의 단발이란 어떤 의미에서는 전통에 대한 거부로까지 읽힐 수 있는 위험한 선택이었다.김화연, 2008, 241쪽 이 때문에 신여성의 표상으로서 단발은 양장보다 훨씬 도발적인 의미를 가지게 된다.

잘 알려진 대로 조선에서 최초로 단발을 한 여성은 기생 강향란姜香蘭, 강명화이었다. 강향란은 연인과의 결별 이후 단발을 했고, 그로 인해 "1920년대 초반 연애의 중요한 대중적인 기호"권보드래, 2003, 188쪽가 된 인물이다. 단발 이후 강향란에게 대중적인 관심이 집중되면서, 그녀의 일거수일투족은 그대로 상업적 매체에 보도되기도 하였다. 1923년 4

월 27일 『조선일보』는 「단발랑의 상해 도착斷髮娘의 上海着」이라는 제목으로 머리를 깎고 남자의 의복을 입은 강향란이 러시아어를 배우겠다는 목적으로 상해에 왔음을 전격 보도하였다. 오늘날의 매체가 연예인과 관련된 가십을 다루는 것과 크게 다르지 않은 태도이다.

하지만 그녀에게 붙은 최초의 의미가 과연 '근대적'인 것인가에 대해서는 여전히 논란의 여지가 있다. 위의 『조선일보』 기사에서는 강향란이 오스기 사카에太杉榮, 1885~1923, 일본의 사상가 등의 사회주의 작가가 쓴 저작에 영향을 받았음을 환기하면서 강향란의 단발을 사회주의 관련 서적의 영향 아래서 비롯된 것으로 판단하고 있다. 그러나 이것은 엄밀히 말해 사후약방문에 가깝다. 강향란의 단발이 감행된 이후, 사회적 의미가 부차적으로 부여된 것이기 때문이다.

그렇다면 강향란의 단발은 어떤 의미를 가지는가? 그녀의 단발은 근대적이라기보다는 전근대적이고 전통적인 행위에 가깝다. 애인의 변심 이후, 이루어질 수 없는 사랑의 시련과 갈등 속에서 자신의 사랑을 지켜내고자 한 의지가 단발로 피력된 것이기 때문이다. 단발 이후 강향란의 행보가 사회주의적인 방향으로 나아갔다고는 하지만, 그렇다고 해서 처음 그녀를 단발로 이끈 동력이 사회주의라고 보는 것은 모순이다. 오히려 강향란의 단발은 근대적 단발의 시작이라기보다는 전근대적이고 전통적인 단발의 화려한 마지막 발화였다고 보는 편이 더 타당하다.

그러나 강향란의 단발이 '단발' 자체에 대한 사회적 관심에 불을 붙였다는 것은 부정할 수 없다. 그것은 '단발령'이라는 외부로부터 강요된 선택이었던 단발의 시대를 종식시키고, 새로운 선택항으로 부각된 '행위'로서의 단발에 대한 논의를 촉진시켰다. 그럼에도 불구하고 조선사회에서 여전히 여성의 단발은 지속적으로 이어지지 못한 채, 기이하고 특이한 사건으로 기록될 뿐이었다.

그렇다면 여성의 단발이 지극히 근대적 행위로서 촉발된 시작점은 언제로 보아야 할까? 주세죽朱世竹, 허정숙許貞淑, 김조이金祚伊의 단발이야말로, 본격적인 의미의 근대적 행위로서 여성의 단발이 시작된 최초의 사건이라고 할 수 있다. 이 사건은 1925년 8월 23일 『조선일보』에 「시평-여인단발」이라는 제목으로 보도되었다. 조선여성동위회의 간부였던 세 여인은 종래의 제도를 타파하고 인습을 개혁하기 위해 단발을 감행함을 밝혔고, 매체 역시 그녀들의 용기를 대단한 것이라고 칭송하였다.

그런데 우리가 여기서 보다 주목해야 하는 것은, 그녀들이 단발을 주장하는 이유이다. 그것은 두 가지 측면에서 파악할 수 있다. 첫 번째 이유는 실생활의 편리함이다. 주세죽은 당대의 여성잡지인 『신여성』에 「나는 단발을 주장합니다」1925.8라는 글을 게재하였다. 여기서 그녀는 무엇보다 단발의 근거로 생활방식의 진화를 내세웠다. 새로운 문물은 생활을 변화시키고, 단발 역시 그러한 변화 가운데서 비롯된 필연적인 것임을 강조한 것이다. 이러한 주세죽의 주장은 당대의 여성들에게 어느 정도 보편적 공감을 형성했던 것으로 보인다. 사회주의 계열의 여성인사는 아니지만 김미리사 역시 같은 잡지에서 「단발은 머리 해방을 얻는 것입니다」라는 글을 게재하면서, 합리적인 생활 개선을 위해 위생상·경제상 이점이 많은 단발의 필요성을 강조하였다.

두 번째 이유는 여성인권적인 측면이다. 이는 주세죽과 함께 단발을 감행한 허정숙이 『신여성』에 게재한 「나의 단발과 단발전후」[1925.10]를 통해 드러난다. 이 글에서 허정숙은 결발結髮, 땋은 머리의 아름다움은 남성들의 만족을 위한 것이므로 오히려 여성 인권에 대한 유린에 가깝다고 주장한다. 따라서 단발이야말로 여성의 인권신장을 위한 길이라고 역설한다.

사회적 명사였던 세 여인이 단발을 감행했음에도 불구하고 이 사건 이후에도 여성의 단발이 급속도로 확산되지는 못했다. 여전히 여성의 단발은 몇몇 부인운동가들이 운동의 일환으로 감행하는 수준이었다. 간혹 사회주의 운동에 감화된 이들의 단발이 이슈가 되기도 했으나, 그것 역시도 단발의 대중화로 이어지는 것에는 실패했다. 실제로 사회주의 여성운동가들도 얼마 지나지 않아 단발을 포기하고 본래의 머리모양으로 되돌아갔다고 한다.한상권, 2007, 172쪽 그 이유는 단발에 대한 사회적 공감이 부족했기 때문이었다.

그런데 그 원인을 이념적 측면에서만 찾는 것은 올바르지 않다. 오히려 여성의 머리모양은 곧 '미美'의 문제와 결부되어 있다는 점을 간과할 수 없다. 따라서 단발이라는 머리모양의 문제는 의복의 문제와 연관될 수밖에 없다. 비단 단발만이 아니었다. 이미 1920년대 초반 소위 트레머리라고 불리는 히사시가미庇髮, ひさしがみ가 조선에 소개되었지만 크게 유행되지는 못했다. 새로운 머리모양을 동경하는 마음과 달리 실제로 그러한 머리모양을 즐겨 하는 데는 어려움이 따랐던

것이다. 그것은 당시 여성들이 입어야 했던 의복은 여전히 한복이었기 때문이다. 패션이란 의상과 헤어를 아우르는 것임을 기억해 보자. 전통적인 머리모양이 단발보다 한복에 더 잘 어울리는 머리모양이었다는 것이야말로 단발의 유행을 막는 한계였던 것이다. 그러므로 의복의 근대화가 충분히 이루어지지 않았던 상황에서, 이념적으로 감행된 단발이 당대 여성들에게 충분한 공감대를 형성하기는 어려웠을 것이다.

결국 단발의 본격적인 유행은 여성 복식의 변화 속에서만 가능했다. 1900년대 말, 주로 선교사들을 통해 개량된 한복이 여학교 교복으로 채택되면서, 점차 일반인들에게도 보급되었다. 따라서 서구식 복식 = 근대식 복식이라는 생각은 보다 이른 시기부터 논의되었는데, 이는 머리모양의 변화에 비해 오히려 근대적 의복에 대한 수용에 따른 거부감이 그리 크지 않았음을 보여준다. 그것은 '개량改良'이라는 이름 아래 기존의 복식과 새로운 복식의 혼용이 추구되었기 때문이다. 따라서 단발에 대한 본격적인 논의는 복식의 변화가 어느 정도 자리 잡은 1920년대 후반 이후가 되어서야 가능해진다.

이런 점에서 본다면 1920년대 중반까지 단발과 단발미인단발랑을 둘러싼 대부분의 논의는 실존하는 대상을 향한 것이 아니라 아직 도래하지 않은 가상의 존재를 예비하는 성격이 더 강했다. 그 때문에 논의는 더 격렬했으며, 보이지 않는 실체에 대한 이상화理想化는 가중되었다. 실제 경성거리에 등장하지도 않은 단발랑에게 경성은 이미 매혹되어 있었던 것이다. 그것은 단발 자체가 바로 육화된 근대의 표상으로 동시대인들에게 인식되었기 때문이다.

그러나 이러한 단발과 단발랑에 대한 지나친 집중과 매혹은 결국 빠른 싫증이라는 부정적인 결과를 초래하기도 하였다. 1920년대 후반부터 본격적으로 경성 거리에 등장하기 시작한 단발미인들 — 모던 걸에 대한 혐오는 사실상 이러한 조급증으로부터 기인된 피로의 결과물들이라 할 수 있다.

3. 취향으로서의 '단발'

근대적 선택항, 혹은 근대적 취향으로서 여성의 단발이 본격적으로 '실감實感'되기 시작한 것은 1920년대 후반부터였다. 그 중심에는 미디어의 확산이 놓여 있다. "1920년대 들어서 신문, 잡지, 라디오 방송, 영화 등의 근대적 미디어들이 본격적으로 가동되면서 대중들의 문화 소비가 가능"노지승, 2010, 175쪽해졌는데, 여성의 단발은 이러한 미디어들에 의해 근대적 취향으로 정착되어 간다.

그 중에서도 단발의 확산에 가장 큰 영향을 준 것은 단연 영화였다. 1927년 기신양행의 설립 이후, 할리우드 영화는 본격적으로 근대적인 배급망을 통해 조선 전역에 상영되기 시작한다. 그에 따라 할리우드 여배우의 패션 역시 영화와 포스터, 신문잡지의 화보를 통해 조선의 일상에서도 익숙한 것으로 변모했다. 비록 조선의 거리에서 할리우드 여배우의 패션을 직접 목도하는 일은 불가능했지만, 미디어를 통해 전달되는 이미지들은 그러한 첨단^{尖端}의 감각이 조선에도 실재^實^在한다는 가상의 실감을 주기엔 충분했다. 특히 클라라 보^{Clara Bow}로 대표되는 플래퍼 여배우들의 '보브 컷'이 그들의 영화와 함께 조선에 상륙하면서, 단발은 그 자체로 다시 한 번 '첨단'을 의미하는 표상이 되었다. 그리고 마침내 1930년대가 열린다.

> '보브'단발는 '노라'로써 대표되는 여성의 가두진출과 해방의 최고의 상징입니다. '호리즌탈^{horisontal}', '싱글컷트^{single cut}', '보이쉬컷^{boyish cut}' 등 단발의 여러 모양은 또한 단순과 직선을 사랑하는 근대감각의 세련된 표현이기도 합니다.
>
> ― 김기림, 「'미스 코리아'여 단발하시오」(『동광』, 1932.9)

김기림은 1930년대를 '단발시대'로 지칭한다. 그런데 여기서 주목해야 할 것은 그가 단발을 단순히 머리모양으로만 받아들이고 있지 않다는 사실이다. 그는 "단순과 직선을 사랑하는 근대감각의 세련된 표현"이라고 말하며 단발을 '현대성의 징후'로까지 받아들이고 있다._{김경욱, 1999, 300쪽} 이것은 그가 이 첨단의 패션을 근대적 선택항의 하나로서 인식하고 있음을 의미한다.

패션의 확산은 모방의 충동으로부터 시작된다. 그러나 한 시대를 잠식한 패션은 단지 모방만으로 설명되지 않는 동시대의 가치를 내재한다. 보브 컷으로 대표되는 단발이 1920~1930년대를 휩쓴 표상이었다는 사실은, 이것이 하나의 유행을 넘어 동시대의 가치를 담아낼 수 있었다는 것을 의미한다. 단발에 동참하는 여성의 숫자가 적었음에도 불구하고, 단발에 대한 논의가 1920년대 후반부터 1930년대까지 동시대를 뜨겁게 달굴 수 있었던 이유가 바로 여기에 있다. 적어도 동시대의 지식인들에게 '단발'은 분명한 근대성으로 실감되었고, 거기엔 분명 외면할 수 없는 동시대의 지향이 담겨있었던 것이다.

따라서 근대적 선택항으로서 단발의 확산을, 할리우드 스타에 대한 모방이나 미국영화의 영향으로만 설명할 수는 없다. 이 시기 단발의 모던 걸에 대한 인식 안에는 혐오와 함께 매혹과 동경, 그리고 그로 인한 두려움이 여실히 드러나기 때문이다. 그것은 할리우드 여배우들에 대한 모방만으로 얻어진 것이라고 보기 어렵다. 단지 스타를 모방하기만 하는 여성들이라면 욕망의 대상은 될 수 있지만, 동경과 경외의 대상은 될 수 없다. 단지 모방뿐이라면 근대적 지식을 선점한 지식인 남성들에게 그녀들은, 단지 계몽하고 계도해야만 할 대상이었을 것이다. 따라서 단발이 혐오에서 외경으로 나아가기 위해서는 또 다른 계기가 요구되었다.

그것은 바로 용기였다. 이전까지 "여성의 단발은 전통을 파괴하는 행위, 즉 전통적인 여성의 역할에 대한 거부행위"_{김은정, 2004, 342쪽}로 인식되었다. 따라서 여성 스스로 단발을 선택한다는 것은 대단한 용기를 필요로 하는 것이었다.

그러나 이것만으로도 충분하지 않았다. 이런 조건 속에서 단발이 하나의 유행으로, 혹은 곧 유행할 것으로 받아들여지기 위해서는 그에 걸맞은 인식이나 생활의 변화가 전제되어야 했다. 즉, 단발미인이 동경의 대상이 되기 위해서는 조선의 현실에서 '실감'될 수 있는 롤-모델이 필요했다. 경성라디오방송국 여성 아나운서의 등장은 바로 이 실감에 대한 필요충분조건이 되었다. 단발미인에 성적 욕망을 부여한 것이 조선의 극장을 잠식한 할리우드영화였다면, 그녀들의 정치사회적 지향에 직업여성으로서의 자부심을 부여한 것은 여성 아나운서들이었다. 단발한 여성 아나운서는, 직업여성으로서의 가치와 취향으로서 단발이 지닌 긍정적이고 근대적인 가치를 대변하였던 것이다.

사실 1920~1930년대까지 조선인 취업 여성의 절대 다수가 종사했던 직업군은 농수산업이었고, 중등 이상의 학교를 졸업한 신여성이라 할지라도 신식 직업에 종사할 수 있는 가능성은 극히 제한되어 있었다.김경일, 2002, 163~172쪽 교사, 배우, 점원, 미용사 등등. 여성이 일할 수 있는 신식 직업 자체가 한정적이었기 때문이다.

이 점에서 여성 아나운서는 새로운 가능성을 보여주는 것이었다. 물론 여성 아나운서의 전문성이 충분히 인정된 상태는 아니었다. 남성 아나운서들에 비하면 여성 아나운서들은 상대적으로 나이도 어리고, 학력이나 사회경력도 부족했기 때문이다.김보형·백미숙, 2009, 68쪽 경력이 많은 남성 아나운서와 젊은 여성 아나운서가 쌍을 이루어 방송을 진행하는 조합은 2010년대까지도 흔하게 볼 수 있던 모습이었다. 이러한 아나운서라는 직업에서 나타난 일종의 성역할이 라디오방송의 초기 단계부터 고착되어 온 것임을 다시금 확인할 수 있다. 그럼에도 불구하고 기존 신여성 직업군과는 다른 차원의 직업이었다는 점에서 이 시대의 여성 아나운서는 동경의 대상이 되었다. 아나운서는 라디

〈그림 2〉 경성라디오방송국의 아나운서들(출처 : 『조선일보』, 1927.1.9)

오라는 첨단의 문명에 가장 가까운 곳에서 일한다는 점에서 그 어떤 직업보다 근대적인 성격을 띠고 있었기 때문이다.

1927년 개국한 경성라디오방송국에서 재직했던 여성 아나운서는 총 6명으로 이옥경李玉景, 마현경馬賢卿, 최아지崔兒只, 김문경金文卿, 김운길, 호기수가 그들이었다. 그 중에서 1920년대 후반부터 1930년대 초반까지 단발이라는 머리모양의 유행에 가장 큰 영향을 끼친 이는 이옥경이었다. 보브 컷에 퍼머넌트를 한 동경유학생 출신의 이옥경은 최초의 여성 아나운서였으며, 근대적 직업여성으로서 아나운서의 이미지를 만들어낸 인물이기도 하다. 1927년 1월 9일 자『조선일보』의 사진 기사「경성방송국의 새로운 아나운서」에 따르면, 이미 이때 이옥경은 짧은 단발에 퍼머넌트, 양장을 한 신여성의 모습으로 쪽진 머리에 한복을 입은 또 다른 아나운서인 마해경과는 그 외양부터 확연한 차이를 보였다고 한다. 이옥경의 이러한 모습은 당대의 신여성이 지향했던 가장 엘리트적인 직업여성의 이미지를 고착화시켰다. 이후 여성 아나운서들에게 있어 단발은 근대 과학문명을 상징하는 첨단 테크놀로지 라디오의 이미지와 결합되었고, 그 자체로 근대로 진입하는 자연스러운 행위로 간주되었다.김보형 · 백미숙, 2009, 67~68쪽

氏이옥경는 어려서부터 미모의 사랑스러운 얼굴을 가졌으며 또한 그의 목소리는 명랑하고도 아름다웠다. (…중략…) 그렇게 영리하게 생긴 氏이옥경는 학교에서 공부도 남에게 빼어나게 늘 우수한 성적을 얻었다.

馬마현경 양의 고향은 함북 성진이니 남남북녀라고 이르는 조선에서, 북악 마천령의 정기를 타고 났음인지 그의 미모는 남달리 빼어났으며 북선녀北鮮女의 기질이 그냥 있는 처녀이었다.

마 양은 성진에서 보통학교를 졸업하고 이어 서울로 올라와서 경성여자고등보통학교에 입학하였으니 그의 우수한 학력을 가히 짐작할 수가 있다.

崔최아지 양은 한 번 마이크로폰 — 앞에 나서면 청산유수같이 졸졸 흐르는 말소리는 늘 많은 청취자들의 마음을 부드럽게 하였다고 한다.

그리고 일단 자기 사무실에 돌아와서는 늘 학창시대부터 즐겨 공부하던 문학에 온 정신을 기울여 문학서적을 탐독하며 때로는 그 영롱한 눈동자를

말끔히 하여 예술적 명상의 세계를 머릿속에 그리는 때가 많았다고 한다.

김문경 양은 쇼와 8년 3월 경성 숙명여자고보를 우수하게 졸업하는 즉시로 20세의 젊은 나이에 역시 아나운서 — 로 나서게 되었다고 한다.
— 「아리따운 '아나운서 – 경성방송국의 여성 아나운서들」(『삼천리』, 1935.8)

여성 아나운서의 면모에 대해 자세하게 제시하는『삼천리』의 위 기사에서 주목해야 할 것은, 여성 아나운서의 아름다운 목소리와 더불어 지성적인 면모를 강조하고 있다는 사실이다. 이러한 아나운서에 대한 동경은 이전까지 단발이라는 표상에 부여되었던 부정적인 이미지를 희석시키는 데 상당한 영향을 끼치게 된다. 실제로 이옥경의 뒤를 이어 아나운서가 된 김문경의 경우에는 입사 후 바로 단발을 함으로써 이옥경의 모던함을 그대로 계승했고, 긴 머리를 고수했던 최아지도 제2방송과장 윤백남의 권유에 의해 단발을 하게 되었다고 한다.김보형·백미숙, 2009, 67~68쪽 두 아나운서가 자의이든 타의이든 이옥경과 같은 단발을 '선택'해야 했던 것은, 경성라디오방송국의 '첨단'이라는 이미지를 위해 여성 아나운서에게 단발이 일정하게 요구되었음을 알 수 있게 한다.

이처럼 근대적이고 지적인 직업여성으로서 여성 아나운서의 등장은 단발에 대한 대중적인 인식 변화를 초래하게 된다. 단지 불량한 말괄량이들의 전통 파괴적 행위에 불과했던 단발은, 라디오라는 신문물의 세례를 상징하는 선택항으로 변모한 것이다. 이렇게 달라진 단발의 이미지는 『신여성』이나 『여성』과 같은 당대 여성잡지들을 통해 대중에게 각인된다. 이들 여성지는 "여권 시장과 사회참여, 가정생활, 연애와 결혼, 위생, 교육, 음식, 문화, 예술 등을 비롯하여 미용문화의 형성에 지대하게 기여"맹문재, 2003, 24쪽했는데, 이를 통해 단발은 모던 걸의 가장 확실한 표상으로 정착되었다.

4. '단발미인斷髮美人', 욕망을 부르는 호명

1920년대 후반부터 서서히 경성 거리에 등장하기 시작한 단발미인은, 1930년대가 되면 어느 정도 일상적인 존재가 되었다. 그것은 마침내 근대적 선택항으로서의 단발이 식민지 조선의 취향으로 자리잡았음을 방증하는 것이었다. 그러나 그녀들에게 취향이라는 욕망을 심어준 매체를 주도한 것은 결국 식민지 지식인 남성들이었기에, 하나의 취향을 선택하기까지 그녀들이 겪었던 정치사회적 지향들은 오히려 외면되는 모순이 발생된다. 그들은 모던 걸의 단발을 여성 주체의 각성으로 인정하려고 하지 않았기 때문이다. 그 부재를 채운 것은 그들을 '단발미인'이라 호명하는 또 다른 타자, 지식인 남성들의 욕망이었다.

이제 취향으로서의 단발은 모순된 두 개의 방향성을 가진다. 단발은 분명 여성 스스로 선택한 행위였지만, 실제로 그 행위를 하나의 흐름으로 이끌어낸 욕망의 주체는 그녀들의 신체를 가로지르는 남성들의 시선이었다. "여성은 개혁과 해방의 상징으로 의복을 개량하고 서구화된 외모를 지향하였지만, 그런 여성의 패션을 남성은 욕망을 일으키는 매개물로 여겼다."김은정, 2004, 352쪽 이 때문에 단발이라는 외면적 표지에 집착하면 할수록 근대를 추구하는 여성들은 자기 욕망의 주체가 아닌 객체로 전락되는 모순에 봉착하게 된다. 남성과 똑같이 자유로워지기 위해 단발하였으나, 식민지 경성의 거리에서 그녀들은 끝없이 관찰당하는 객체로, '모랄'에 의해 통제받고 길들여져야 하는 대상으로 전락하고 만다.

> 핸드백 속에서 콤팩트를 꺼내들고, 이렇게 밤 늦은 거리에서 화장을 고치고 있는 여자의모양이, 또 그 심정이, 퍽이나 딱하고 천박한 것같이 생각되었다. (…중략…) 밤마다 서로 맛나기 이미 일주일이 되었건만 여자는 일찍이 남자가 그보다도 좀더 멀리 바래다 줄 것을 허락하지 않았다.
>
> (…중략…)
>
> "하웅!"
>
> 소설가 구보仇甫다.
>
> "애인들의 대화對話란 우습고 싱겁군. 그래도 참고參考는 됐지만……"
>
> 하웅河雄은 쓰게 웃고,
>
> "보고 있었소? 여긴 또 왜 나왔소?"
>
> "고현학考現學!"
>
> 손에 든 대학노트를 흔들어 보이고, 구보는 단장을 고쳐 잡았다.
>
> — 박태원, 「애욕」(권영민·이주형·정호웅 외편, 1988, 113~114쪽)

절친한 벗 이상李箱을 모델로 쓴 박태원의 「애욕」은 단발미인으로 표상되는 모던 걸과 그녀에게 매료된 하웅이라는 인물을 통해 남녀를 둘러싼 모든 연애의 진실을 낱낱이 드러내는 작품이다. 그런데 이 지점에서 소설 속 구보의 '대학노트'는 흥미로운 상징이 된다. 그것은 모던 걸을 '단발미인' 혹은 '단발랑'으로 호명하는 모든 매체의 진실을 보여주는 것이기 때문이다. 기록으로서의 '노트'는 그대로 모던 걸을 관통하는 매체들을 상징한다. 모던 걸을 새로운 시대의 주인으로 호명하지만, 그것은 새로움을 교육하고 기록함으로써 새로운 시장을 창출하고자 하는 자본의 욕망을 대신하는 것일 뿐이다. 그들은 모던 걸에게 새로운 표지를 부여함으로써 그녀들을 욕망하는 한편, 동시에 그녀들에게 모랄의 날카로운 잣대를 들이대며 재단하고자 하는 외부적 억압의 본질이다. 그로 인해 단발미인으로 호명되는 모던 걸들은 그녀들에게 근대적 선택항을 제공했던 모든 매체들에 의해 왜곡되고, 단죄된다. 그녀들의 자유는 적극적으로 권유되지만 막상 그 자유를 완전히 선택한 주체로서 단발이라는 표상을 갖추게 되는 순간 — 즉 욕망의 주체가 되고자 하는 순간, 그녀들은 걷잡을 수 없는 추문에 휩싸이게 되는 것이다. 이러한 관점은 이전까지 형성된 단발미인에 대한 부정적인 함의로부터 벗어나지 못한 것이기도 했다.

"이크, 단발미인!" 하고 걸음을 멈추면서 나더러 보라는 듯 은근히 청을 한다. 누가 방귀 한방만 꾸어도 잠자코 있지를 못하는 성미에 더구나 신식여자하고도 최신식의 단발미인을 보게 됨이랴. 호기심이 금세 곧 대발大發

發하여 "이크, 단발미인!" 하고 그들이 들을 만큼 주고 받고 하였다. (…중략…) "여보게 저들이 어디로 가나 우리 따라 가보세. 멀찍이 따라가며 그들의 언어 행동을 좀 살펴보세. 어쨌든 별물별종들이야."

— 복면자(覆面子), 「단발랑 미행기」(『별건곤』, 1926.12)

이 글이 발표된 1920년대 중반, 경성 거리에서 단발한 모던 걸과 마주치는 것은 실제로는 그리 흔한 일은 아니었을 것으로 추정된다. 그러나 한두 명의 단발미인만으로도 단발미인의 시대가 도래되었다는, 왜곡된 '실감'을 야기할 수 있었을 것이다. 여성들에게 단발이 아직 근대적 취향의 한 표현으로 자리 잡기도 전에, 그러한 모던 걸을 응시하는 동시대 남성들의 시선은 비난과 애욕으로 점철되어 있음을 이 글을 통해 알 수 있다. 근대적 모랄을 먼저 획득한 남성들의 우월감은 모던 걸에 대한 폭력에 가까운 비난들을 당연시하는데, 이러한 시선은 『별건곤』의 기사에서 특히 두드러진다. 1928년 7월호에 실린 「내가 만일 단발랑과 결혼한다면―설문」의 기사를 살펴보자.

단발미인을 데리고 살겠느냐고 하면 나는
"비록 양복을 못 얻어 입더라도 달아나지 않을 일",
"아침이고 저녁이고 머리에 인두질 하는데 남편의 수고를 끼치지 말 일"
"비록 동부인同婦人 산보는 다녀도 머리를 다시 기를 동안은 나란히 서서는 다니지 말 일"
(…중략…)

그러나 이것은 백년을 해로할 아내라는 가장 엄숙한 견지에서 나온 나의 의사이다.

그렇지 않고 카페에나 끌고 글이나 절 같은 데로 닥치는 대로 놀러 다니는 잠깐의 소일 동무로서의 단발랑을 구한다면 얼굴만 묘하면 절대 무조건인 것을 말하여 둔다.孤帆生

어허, 철없는 모던보이 제군. 그대들은 속속히 뼈를 추려내 던지고 이 거룩한 여왕님들을 모시라!波影

대체 '모던걸'과 결혼한 남편은 '등신' '허수아비'라야 될 것이오. 그 생활은 '잠동무'에 불과한 지아비임을 자인自認하여야 할 것이다.江村愚夫

—「내가 만일 단발랑과 결혼한다면—설문」(『별건곤』, 1928.7)

"단발미인과 결혼한다면"이라는 가정하에 진행된 이 설문의 결과는 단발한 모던 걸에 대한 동시대 남성들의 부정적인 시선을 그대로 드러낸다. 특히 아내로서는 단발미인을 받아들일 수 없지만 유흥의 대상으로서 단발미인은 무조건 좋다는 이중적인 시선에서, 그들이 모던 걸을 그저 '에로'의 대상으로서만 바라보고 있음을 발견할 수 있다. 그러나 이러한 기사들은 결코 여성의 단발을 둘러싼 진실을 보여주는 것은 아니다. 오히려 『별건곤』에서 드러난 비난과 혐오는 새롭게 등장한 단발미인에 대한 동경과 두려움을 감추기 위한 것임에 주목할 필요가 있다.

시대를 이끄는 것은 늘 새로운 시대를 예감하고 준비하는 자들의 것이었다. 대중은 그러한 선각자들이 만들어 놓은 모랄의 틀 안에서 새로움을 수용하고 향유하였다. 그러한 대중은 결코 두려움의 대상이 될 수 없다. 그들은 교육하고 이끌어야만 할 존재이다. 식민지 지식인 남성에게 여성은 바로 그러한 대상이었다. 그런데 단발은 그녀들에게 남성과 마주할 수 있는 자유와 위엄을 제공했고, 놀랍도록 빠른 속도로 근대의 문물을 습득해나가는 그녀들의 흡수력에 대한 증거가 되었다. 모던 보이가 보다 긴 시간 동안 습득하고 체화한 근대적 생활방식을, 순식간에 따라잡은 모던 걸의 학습능력에 대한 두려움이야말로 이 비난과 혐오에 가려진 진실인 것이다. 따라서 타락한 근대는 모던 걸의 단발에서 비롯된 것이 아니라, 그 단발미인들의 외양에만 집착하는 식민지 남성들의 왜곡된 시선에서 시작된 것이다.

그러므로 모던 걸의 표상이었던 단발에 부여되었던 '에로'라는 정체성은 그 본질이 아니었다. 단발랑에 대한 비난은 그저 표피에 불과한 근대적 외양에 집착하고 욕망했던 남성들의 관음증적인 시각을 감추기 위한 위장에 불과했다. "그들의 비난어린 시선에는 충격과 함께 경탄이 혼재"김은정, 2004, 354쪽했으며, 동경과 매혹으로부터 초래된 두려움을 숨기기 위해 1930년대는 마침내 단발미인을 '에로'라는 왜곡된 욕망의 틀 안에 가두었던 것이다. 이상李箱의 사후에 발표된 「단발」1939 이라는 작품은 그 모순된 감정을 잘 드러낸 작품이다. 「단발」에서 이상은 그 강렬한 매혹에 저항하는 것이 애초에 불가능함을, 가장 솔직한 모습으로 인정했다.

단발? 그는 또 한 번 가슴이 뜨끔했다. 이 편지는 필시 소녀의 패배를 의미하는 것인데 그에게 의논 없이 소녀는 머리를 잘랐으니, 이것은 새로워진 소녀의 새로운 힘을 상징하는 것일 것이라고 간파하였다. (…중략…) 싹둑 자르고 난 소녀의 얼굴-몸 전체에서 오는 인상은 어떠할까 하는 것이 차라리 더 그에게는 흥미 깊은 우선 유혹이었다.

— 「단발」(이상, 1995, 169쪽)

그러므로 오늘의 우리는 분명히 인식할 수 있다. 1930년대 식민지 자본주의의 첨병, 경성의 주인공은 다른 누구도 아닌 모던 걸이었음을. 그녀들을 '에로'라는 틀 안에 가두려 했던 동시대의 억압은 오히려 그들이 그 무엇보다도 단발이라는 표상에 완전히 매혹되었음을 보여주는 가장 확실한 증거였기 때문이다. '그들'에게 단발은 하나의 선택항에 불과했지만, '그녀들'은 그 선택항을 넘어 취향이라는 일상의 영역에서 자유롭게 향유할 수 있었던 것이다. 따라서 '그들'의 비난은 단발미인이 이미 결코 저항할 수 없는 절대적인 '그 무엇'으로 각인되어 버렸음에 대한 결정적인 증거가 된다.

5. 근대적 양가성과 단발

1920년대 후반, 경성의 일상은 단발이라는 새로운 취향을 들고 나온 여성에 대한 호기심과 매혹으로 충만했다. 이전까지 식민지 근대를 직접적으로 이끌었던 지식인 남성들에게 새롭게 등장한 '단발미인'들은 총체적인 의문부호이자, 결코 해독되지 않는 텍스트였다. 아니 그들은 이를 분석할 엄두조차 낼 수 없는 만큼 매혹되어 있고, 종속되어 있었다.

이 글은 '단발'을 키워드로 그 매혹의 기원과 일상으로의 확산 과정을 살펴보고자 했다. 그 과정에서 근대적 직업여성으로서 아나운서의 등장이, 단발이라는 표상이 긍정적인 근대의 선택항으로 변모될 수 있는 하나의 계기가 되었음을 발견할 수 있었다. 그러나 단발은, 취향이라는 이름으로 동시대인의 삶에 뿌리 내리기 전에, 철저한 혐오의 논리 안에 가두어져 버리고 만다. 그 혐오는 '단발미인'에게 매혹되어 있으면서도, 새로운 시대의 주도권을 빼앗기지 않으려했던 동시대 지식인들의 일그러진 자화상을 보여준다. 단발미인에 대한 걷잡을 수 없는 욕망과 근대라는 새로운 문명에 뒤쳐질 수도 있다는 '그들'의 두려움이야말로, 1920년대 후반부터 1930년대까지 단발미인을 둘러싼 모든 논란을 야기한 원인이었던 것이다. 그것은 새로운 시대를 주도하는 '그녀들'에 대한 '그들'의 저항이기도 했다.

이제 '단발'은 그대로 근대가 육화된 표상으로 자리 잡게 되었다. 근대에 대한 양가성은 그대로 단발이라는 실체로 전이되었다. 단발한 모던 걸에 대한 비난과 혐오는 거부할 수 없는 매혹에 대한 두려움의 또 다른 표현이었던 것이다. 그 때문에 그 모든 논란과 악의적인 비난 속에서도 여성의 단발은 사회로 진출하고자 하는 근대여성의 지향과 지성을 보여주는 표상으로서 계승될 수 있었다. 그리고 근대는, 욕

망의 주도권을 쟁취하고 욕망의 주체가 되고자 했던 여성들의 새로운
욕망이라는 또 다른 역사를 맞이했던 것이다.*

---

*　『현대문학의 연구』 51, 한국문학연구학회, 2013 수록본을 개고함.

제2장

현희운의 화장담론化粧談論

　　SNS에서 스테디셀러처럼 안정적인 인기를 끄는 콘텐츠 가운데 하는 바로 뷰티 콘텐츠이다. 이러한 뷰티 콘텐츠의 중심에는 화장법이 있다. 뷰티 유튜버는 여성인 경우가 다수이지만, 최근에는 남성 유튜버의 활약도 만만치 않다. 스스로의 아름다움을 돋보이게 하는 데는 남녀가 따로 없는 것이다. 그런데 이것이 비단 21세기만의 풍경만은 아니라면? 한국 근대의 문화 영역을 파헤치면 이 지점을 설명해줄 수 있는 매우 흥미로운 인물이 도드라진다. 바로 현희운玄僖運이라는 사람이다. 그는 1920년대 일제강점기 조선에서 화장담론化粧談論을 적극적으로 주창했던 인물이며, 스스로 화장을 하고 다녔던 남자였다. 화장化粧은 여성들의 전유물처럼 여겨졌을 거라는 우리의 선입견을 비껴나간 화장담론의 효시, 현희운은 어떤 사람인가?

1. 화장하는 남자, 현희운

　　화장담론의 창시자라고 일컬어지는 현희운은 본명보다 현철玄哲이라는 예명으로 더 유명하다. 그는 주로 신파극으로부터 서구적 근대극으로 넘어가는 과정에서 상당한 역할을 했던 과도기적 근대극의 창시자로 평가된다.유민영, 2004, 279쪽 일본 시마무라 호오게츠에게 교육받

왔으나, 신파극보다는 서구적 근대극을 확립하고자 했던 조선 근대연극이론가였다. 또한 소설가 현진건의 당숙으로도 널리 알려져 있다.

근대 연극사에서 중요한 족적을 남긴 만큼, 현희운에 대한 연구는 주로 그의 연극론과 연극운동에 집중되었다. 그러나 경성 최초의 향장품化粧品 연구소를 표방했던 경성미용원의 원장이자 직접 미안수美顔水라는 화장품 회사를 운영했던 근대적 미용운동가유민영, 2004, 279쪽였던 현희운에 대한 연구는 상당히 소외되어 있다.

그렇다면 근대미용, 보다 구체적으로는 여성의 치장에 불과했던 화장을 근대적 교양이라는 담론장 안에 정립하고자 했던 현희운은 어떤 인물이었던가? 조선 화장담론의 선구자로서 현희운을 고찰하는 출발점은 무엇보다도 1927년 『별건곤』의 기사로부터 시작되어야 할 것 같다.

아차, 또 있구나. 얼굴에 분 바르고 다니는 친구. 현희운玄僖運, 현철俔蜇, 현문종철玄門宗哲, 아니 현철玄哲 씨가 또 있구나. 그러나 그는 이름이 하도 많으니까 말해도 기억하는 사람이 없을 것이오. 또 원래가 미용술 연구 대가로 전 미용원장이니까 문제도 없다. 모양 잘 내는 이는 대강 이러하거니와 모양 안 내는 사람은 또 어떠한가.

―「경성명물남녀 신춘지상대회―

미장명남(美粧名男)과 비장신사(非粧紳士)」(『별건곤』, 1927.2)

경성의 명물이 된 남녀를 평가하는 이 기사 안에서 현희운은 미용술 연구가이자 전 미용원장으로 소개되고 있다. 그런데 여기서 주목할 것은 그가 동시대 시인이었던 노자영과 함께 화장을 하고 다니는 남자였다는 사실이다. 오늘날에야 남성 연예인뿐만 아니라 일반 남성들도 가벼운 화장을 하고 다니는 것이 예사이지만, 1920년대에 화장을 하고 경성 거리를 활보하는 남성 지식인을 떠올리기란 쉽지 않다. 현희운이 연극이론가이자 그 자신이 연기를 하는 배우였다는 점을 고려하더라도 마찬가지이다. 이 기사는 세간의 조롱과 달리 화장 혹은 미용에 대한 현희운의 논의가 진지한 학술적 관심에 의한 것이었음을 짐작할 수 있게 한다. 당대를 대표하는 남성 지식인의 한 사람이었던 그가 스스로 화장을 하고 다녔다는 사실을 볼 때, 현희운에게 있어서 화장은 단지 치장만은 아니었을 것이다. 오히려 적어도 그에게 화장은 남녀 모두에게 요구되는 근대적인 외장外裝으로 인식되었을 가능성이 크다.

이는 현희운의 화장담론을 그 출발점에서부터 재고해야 한다는 인식적 전환을 야기한다. 특히 그동안의 현희운 연구사에서 생업과 생존이라는 조건 때문에 그가 어쩔 수 없이 미용원 운영과 화장품 제조에 매달렸다는 논평이 정설처럼 되어 있던 시절이 있었다. 그것은 유민영의 논평에서 기인한다. 유민영은 연극평론가로서의 현희운, 즉 현철을 중시했지만, 화장 및 화장품 제조와 관련된 현희운의 행적에 대해서는 평가절하 한 측면이 있었다.

유민영은 다음과 같이 말한 바 있다. "3·1운동 직후 우리나라 근대극운동의 선봉에 서서 올바른 방향타를 잡고 심신을 불태웠던 그가 분장기술로 배워온 화장품 제조를 배우들을 위해 활용하지 못하고 생활방편으로 썼고 그 스스로 연극으로 인정하지도 않은 전통극에 깊숙이 관여했기 때문이다. (…중략…) 그가 오죽했으면 그것도 수공업 방식으로 화장품을 만들어서 팔고 다녔겠는가."_{유민영, 2004, 278쪽}

근대극에 대한 그의 열정이 우선시 되면서, 화장과 관련된 그의 행적이나 글들은 부차적인 것으로 낙인찍히고 만 것이다. 이로 인해 화장에 대한 현희운의 관심이나 그의 글들은 현희운 연구사에서 중요하게 다루어지지 않거나 주변적인 논의로 소략되었다. 그러나 1920년대부터 1930년대까지 그가 화장과 관련된 다양한 논평을 신문과 잡지에 지속적으로 기고했다는 점에서, 화장에 대한 그의 관심을 단발적인 것으로 치부할 수 없다.

오늘날 미용이라는 문제는 단지 유행의 한 양태를 넘어 동시대를 담아내는 하나의 문화적 현상으로 인식되고 있다. 이 점에서 본다면 현희운은 시대를 앞서 이러한 가능성에 주목한 선구적 안목의 소유자로서 재조명되어야 한다. 그는 근대극의 과도기에 근대극의 형성에 지대한 공헌을 한 연극인임과 동시에, 식민지 근대인에게 근대적 외장의 중요성을 일깨우고자 했던 근대미용의 창시자로 재평가되어야 하는 것이다.

이 글에서는 현희운이 창간부터 편집, 집필의 전 과정에 적극적으로 참여했던 여성잡지 『향흔香痕』과 『부인婦人』으로부터 그 연속이라 할 수 있는 『위생과화장衛生과化粧』을 정밀하게 분석함으로써, 그것이 근대적 여성운동의 담론장에 끼친 영향을 재조명하고자 한다. 그 중심에는 이 잡지를 실질적으로 이끌었던 현희운이 가장 주력했던 기사들, 미용 특히 화장과 관련된 여러 담론들이 놓일 것이다. 이를 통해 현희운의 기획이 무엇이었는지 그 핵심을 살펴보고, 더 나아가 잡지 운동을 통해 꿈꾸었던 근대 여성교양으로서 화장을 담론화하고자 했던 그의 의지와 한계를 고찰하고자 한다.

2. 경성미용원과 두 잡지

현희운은 '일본 근대극 운동가였던 시마무라 호오게츠島村抱月, 1871~1918의 문하에서 사숙했으며, 1917년 상해로 건너가기 전까지 그곳에서 연극공부를 했다. 이후 그는 상해 성기연극학교星綺演劇學校에서 활동하다가 1919년 귀국하여 연극학교를 만들게 된다'.문경연, 2005, 9쪽; 유민영, 2004, 269쪽 일본과 중국을 거치며 근대극을 공부했던 이 시기에, 현희운은 근대극과 더불어 연극 분장에 대해서도 배운 것으로 추정된다. 그러나 조선에서 야심차게 펼쳤던 그의 근대극 운동은 소기의 성과를 거두지 못했고, 그는 새로 창간된 『개벽』에 사원으로 입사하게 된다.

1921년 1월에 발행된 『개벽』 제7호의 신년인사에 실린 개벽사원 명단에서 현희운의 이름이 확인된다. 그는 강인택, 김기전, 노수현, 이돈화, 이두성, 민영순, 박달성, 박용회, 방정환, 최종정과 함께 사원명부에 올라 있다. 현희운은 『개벽』의 창간동인은 아니었지만 이미 창간호에 현철이라는 이름으로 글을 게재했던 것으로 보아 창간 때부터 어느 정도 인연이 이어졌음을 짐작할 수 있다. 여기에 더해서 다음 해 3월호『개벽』의「편집국 소식」에 따르면 현희운이 학예부 주임을 맡게 되었음을 확인할 수 있다. 이는 그가 입사한 후 얼마 되지 않았음에도 잡지의 중추적 역할을 담당할 정도로 영향력을 발휘했음을 의미한다. 곧 이어 그는 1922년『개벽』의 자매지로 창간된『부인』의 편집주임까지 맡게 된다.

그런데 흥미로운 것은 이 시기 현희운의 잡지 이력이『개벽』과『부인』에 국한되지 않는다는 점이다. 이는『부인』창간호를 통해서 확인된다.

> 화장품과 미용술을 연구하는 경성미용원에서는 그 전부터『향흔』이라는 잡지를 발간하여 비록 간단하나마 부인에게 대하여 유익한 글을 적어 놨더니, 원장 현희운 선생이 사세에 의하여 개벽사에서 발행하는 잡지『부인』의 주임이 되기 때문에, 같은 의미에서 두 잡지를 발행할 것이 없음으로, 당분간『향흔』은 그만두고『향흔』에 내던「가정문답」과「미용문답」은 다 이『부인』잡지에 내기로 되었습니다. 모든『향흔』의 독자 제위는 그렇게 아시고『향흔』대신에 이『부인』잡지를 읽어 주시기를 바랍니다.
> ―「향흔에 대한 말씀」(『부인』, 1922.6)

이 안내문을 통해 알 수 있는 것은, 현희운이『개벽』에 입사하기 이전에 경성미용원을 운영했고 그곳에서『향흔』이라는 잡지를 냈다는 사실이다. 그런데 여기서 중요한 것은 이 기사가 현희운의 행적에 홍미로운 추정을 가능하게 한다는 점이다. 『매일신보』 1920년 2월 13일자에 따르면 그는 1919년 2월에 귀국했고, 1920년 2월에 연예강습소를 설립했다. 그리고 『개벽』 창간동인은 아니면서도 1921년 신년호에 이미 사원으로 이름을 올렸다. 이를 본다면 연예강습소를 설립해서 개벽사의 사원으로 들어가기까지의 기간은 불과 1년이 되지 않는다.

그렇다면 그가 운영했다는 경성미용원의 성격을 보다 명확히 살펴볼 필요가 있다. 『매일신보』 기사에 따르면 현희운이 만든 이 연예강습소는 종로중앙청년회관 안에 설치된 것으로, 별도의 학교를 세웠다기보다는 청년회관의 공간을 빌려서 강의한 것임을 내세웠다. 반면 경성미용원은 경성 운이동雲泥洞 87번지라는 별도의 주소를 제시하고 있다. 이는 경성미용원이 연예강습소와는 분리된 성격을 가진 것임을 드러낸다.

기존의 논평과 달리 이 경성미용원을 단지 생업의 수단으로만 생각할 수 없는 이유는, 무엇보다도 이곳이 연구소의 성격을 띠고 있었다는 사실 때문이다. 단지 생업을 위한 것이었다면 판매에 주력하는 것이 현희운 개인에게 더 유익했을 것이다. 그러나 그는 조선인의 피부에 맞는 화장품을 직접 제조하고자 했다. 그것이 연극운동이라는 더 큰 목표를 위한 것이었다고 하더라도 그의 이러한 관심은 분명 다른 근대극 운동가들에게서 볼 수 없었던 독특한 지점이다.

그런데 이 기사에서 주목할 부분은 이뿐만이 아니다. 기사에서는 "같은 의미에서 두 잡지를 발행할 것이 없"다고 말하며 『향혼』이라는 잡지를 접고 그곳에 게재되던 기사를 『부인』으로 옮기겠다고 말한다.

이미 1921년 1월에는 확실히 『개벽』의 사원이었다는 것을 상기한다면, 두 잡지를 발행하지 않겠다는 그의 말은 어찌 보면 새삼스럽다. 이것은 무엇을 의미하는가? 『부인』의 창간호에서 이와 관련된 또 다른 기사를 발견할 수 있다.

> 『향흔』 제1호에 광고한 『부인』 잡지의 단가금은 예정이 잘못되었기로 정오正誤합니다.
>
> — 광고(『부인』, 1922.6)

이것은 『향흔』이라는 잡지에 광고했던 『부인』의 가격이 잘못되었기 때문에 정정한다는 내용이다. 그런데 이 짧은 기사에서 현희운이 발행했던 『향흔』에 대한 정보가 어느 정도 추정된다. 첫째, 그것은 이 잡지가 단 1회 발행된 잡지라는 사실이다. 그리고 그 시기도 『부인』이 창간호를 내기 직전인 것으로 추정된다. 앞에서 언급했던 대로 『부인』의 표지나 기획이 어느 정도 확정된 것은 1922년 3월경이므로, 이 『향흔』이라는 잡지는 대략 1922년 4월에서 5월 사이에 발행되었을 가능성이 높다.

흥미로운 것은 바로 이 지점이다. 『향흔』이라는 잡지가 발행되었을 것으로 추정되는 이 기간은 사실 현희운 자신이 편집주임을 맡게 될 『부인』의 창간을 준비하던 시기였기 때문이다. 그렇다면 현희운은 『부인』의 창간과 함께 곧 폐간하게 될 가능성이 높은 별도의 잡지를 발간했다는 의미가 된다.

이는 우리에게 『향흔』과 『부인』의 연관성에 대한 유의미한 가설을 도출해준다. 그것은 『향흔』이 천도교 내부적 갈등으로 인해 『부인』의 창간이 늦어지면서, 잡지에 대한 독자의 반응을 예측하기 위해 만들어진 실험적인 잡지일 가능성이 높다는 점이다. 실제로 『부인』 창간호의 「끝말씀」에는 다음과 같은 내용이 실려 있다.

> 4월에 창간호를 여러분에게 드리려고 한 것이 의외로 여러 가지 준비에 날짜가 걸려서 한 달이나 늦었습니다. 이러한 책임은 편집부가 지겠으나 실상은 우리의 말하지 못할 여러 가지 자유롭지 못한 것은 많은 까닭도 없다고 할 수가 없습니다.
>
> —「끝말씀」(『부인』, 1922.6)

이 부분에서 『향흔』을 둘러싼 현희운의 행적은 좀 더 명확해진다. 이 기사에 따르면 『향흔』은 시기적으로는 『부인』에 앞서 발행되었지만, 실질적인 기획으로서는 『부인』보다 늦었을 것으로 추정된다. 그 이유는 두 잡지의 발행 시기가 거의 겹쳐지고, 더구나 그 시기가 현희운이 개벽사에 입사하여 『부인』 잡지의 창간을 준비하던 때였기 때문이다. 『향흔』 1호에 이미 『부인』의 가격까지 광고되었다는 사실은, 『부인』의 창간 기획이 거의 완성된 단계에서 이 잡지가 발행되었음을 방증한다. 따라서 『향흔』의 발행 시기는 아무리 빨라도 1922년 3월까지 소급되기 어렵다. 또한 아무리 늦더라도 1922년 5월에는 발행되었을 가능성이 높다. 그 이유는 『부인』의 발행이 어느 정도 윤곽이 잡혔던 시기가 1922년 3월이고, 본래 발행예정이었던 4월에 나오지 못하고 5월이 되어서야 비로소 책을 낼 수 있었기 때문이다.

이러한 점을 고려한다면 『향흔』이라는 잡지는 『부인』을 예비하는 잡지였다고 평가할 수 있다. 예상보다 창간호가 늦어진 『부인』로 인해, 현희운이 자신이 집필하고자 했던 『부인』의 가장 중요한 연재물인 「미용문답」을 미리 독자에게 소개하고 반응을 보기 위해 만든 일종의 무크지가 『향흔』이었던 것이다. 이것은 앞서 인용했던 「향흔에 대한 말씀」에서도 분명하게 드러난다. "당분간 『향흔』은 그만두고 『향흔』에 내던 「가정문답」과 「미용문답」은 다 이 『부인』 잡지에 내기로 되었습니다"라는 말로 미루어 보아 『부인』이 『향흔』의 연재물을 받아들였다기보다는, 경성미용원의 고객을 『부인』의 예비독자로 수용하기 위해 『부인』에 게재할 화장과 일상 관련 기획이 『향흔』을 통해 먼저 선보인 것으로 판단하는 편이 더 타당하다.

이후 현희운은 창간호인 1922년 6월호부터 같은 해 8월호까지, 총 3호를 발간할 동안 『부인』의 편집주임을 담당했고, 1922년 9월호부터 박달성이 편집주임을 맡게 된다. 편집주임을 내려놓은 후에도, 현희운은 1922년 12월호까지 미용 관련 기사들을 직접 게재했으며, 『부인』의 잡지 성격도 이때까지는 창간호와 크게 달라진 점이 없었다. 따라서 박달성 중심으로 잡지의 성격이 완전히 변화한 것은 1923년이었다. 이는 현희운이 같은 해 10월 개벽사를 떠나게 되면서 달라진 것이다._{문경연, 2005, 9~10쪽}

미용 관련 기사가 명백히 현희운의 아이디어였다는 것은 이들 잡지의 이후 행적을 통해 분명해진다. 현희운이 개벽사를 떠난 이후에『부인』에서 미용 관련 기사 역시 사라지기 때문이다. 그뿐만 아니라『부인』의 재창간이라 할 수 있는『신여성』에서도 '가정위생'이나 '살림살이 선생님' 등『부인』의 '만 가지 고문'과 유사한 기획은 보이지만, '화장'이나 '미용'을 전면에 내세운 연재물은 찾아볼 수 없다. 이 점에서 본다면『부인』이라는 잡지를 실질적으로 기획한 것은 현희운이었고, 따라서 화장에 대한 그의 기획이 이 잡지에서 가장 중요한 요소였음을 다시 한 번 확인할 수 있다.

3. '미'에 대한 학술적 접근, 문답問答에서 강화講話로

> 과연 순영은 이날 밤에는 더욱 어여뻤다. 호리호리한 키와 날씬한 몸맵시, 얌전하게 틀은 윤이 흐르는 머리 모양이 오늘따라 순영은 더욱 어여쁘다. 바탕도 어여쁜 얼굴이지만 학교 안에서 소문이 나도록 순영은 화장에 힘을 쓰고, 또 화장하는 솜씨가 있으며, 옷감 고르는 것이라든지 옷고름 매는 것까지 모두 남보다는 모양이 있었다.
>
> ─ 이광수, 「재생」(이광수, 1971)

1924년 11월 9일부터 1925년 9월 28일까지『매일신보』에 발표된 이광수의 「재생」에서 여주인공 순영은 매혹과 혐오라는 신여성에 대한 양가성을 그대로 육화한 인물이다. 일종의 팜프 파탈이라 할 수 있는 순영에 대한 가장 두드러진 묘사 중 하나는 그녀가 화장 솜씨가 뛰어나고 남달리 겉모습을 꾸미는 데 재능이 있다는 것이다. 화장과 미용을 여성의 사치와 타락의 출발점으로 보는 이러한 선입견은 식민지 시기 남성 지식인들에게는 일반적인 것이기도 했다.

현희운의 화장담론에 대한 고찰은 바로 이러한 시대적 한계를 염두에 두며 진행되어야 한다. 그의 화장담론은 무엇보다도 동시대의 선입견을 정면으로 부정하는 일이었기 때문이다. 사실 개벽사가 『부인』이라는 새로운 잡지를 창간한 가장 큰 목표는 표면적으로는 구부인과 신부인의 소통이었다. 그러나 본질적으로 들어가면 잡지라는 매개체를 통해 구부인을 신부인으로 교육하겠다는 의지이기도 했다.

이러한 그의 의지는 『부인』의 「창간사」에서 두드러진다. 그는 『부인』 잡지의 중요한 목표로 "배움이 있고 가르침이 있어 한 걸음이라도 문명한 길을 나아가게"하는 것, "늙은이도 볼 수가 있고 젊은이도 볼 수가 있으며 도회에서도 배울 수가 있고 궁벽한 지방에서도 볼 수가 있는"이라고 강조한다. 그리고 현희운에게 그러한 여성교육의 첫 번째 주제는 바로 미용, 보다 엄밀히 말해서는 사회적 외장外裝으로서의 화장이었다. 화장에 대한 그의 이러한 의지는 「미용고문」의 첫 기사에서도 잘 드러난다.

사람은 속으로 그 마음을 닦는 동시에 겉으로 그 용모도 추하게 할 수가 없습니다. 이것이 지금 사회의 예절이요 사교의 방법이며 공동생활의 의식이라고 하겠습니다. 우리 조선은 아직도 화장위생을 알지 못하여 일반이 등한하게 보기 때문에 신분에 적당치 못한 사치나 피부의 맞지 아니하는 화장품으로 귀중한 부인의 꽃 같은 얼굴과 용모를 못 쓰게 하는 일이 많습니다. 우리『부인』편집부에서도 문명한 남의 나라에서 하는 방식을 본 바 특히 미용고문부를 두게 되었습니다. 우리 독자는 잘 이용하시기를 바랍니다.

— 현희운, 「미용고문」(『부인』, 1922.6)

인용문에서 현희운은 무엇보다도 화장을 '화장위생'이라고 지칭하면서 화장과 위생을 동격의 개념으로 사용하고 있다. 일반적으로 위생은 '몸'을 둘러싼 근대적 담론의 출발점으로 인식되는데, 조선에서의 위생담론은 계몽의 문제와 긴밀하게 연결되어 있음을 기억할 필요가 있다.류수연, 2014, 161쪽 근대적 신체를 획득해야 한다는 시대적 요구 앞에서, 위생은 질병으로부터 '건강'한 육체와 정신을 보호하는 하나의 당위가 되었기 때문이다. 한 개인의 위생 정도는 그 사람의 근대성에 대한 외적 표현으로까지 인식되었던 것이다.

그런데 화장위생으로 화장을 위생의 한 영역으로 연결하고 있으면서도, 그는 위생의 문제에는 사실상 집중하지 않고 있다. 오히려 그는 "피부에 맞지 아니하는 화장품으로 귀중한 부인의 꽃 같은 얼굴과 용모를 못 쓰게 하는 일이 많습니다"라고 말하며 화장을 위생과는 다른 차원에서 수용하고 있다. 이는 「미용강화」의 다른 부분들에서도 반복된다. 그에게 있어서 화장이란 무엇보다도 "향수와 분을 만들어 추한 것을 감추며 고운 것을 나타내는 것"『부인』, 1922.7이었으며, 세안이란 단지 비누를 사용하여 깨끗하게 씻는 차원에 그치는 것이 아니라 '미용브러쉬', '양수건 혹은 타월', '미용수' 등의 화장도구를 적극 사용하여 남은 화장품을 완전히 제거하는 것이었다. 그는 화장이 얼굴에 화장품을 바르고 다시 지우는 일련의 과정을 반복하는 것임을 분명히 인지하고 있다.

이처럼 그는 얼굴을 깨끗하게 씻는 위생의 차원을 넘어서 오늘날에도 통용되는 화장법에 견주어도 뒤지지 않을 만큼 화장의 과정을 체계화하고 있다. 비록 위생이라는 용어가 선취한 근대성 위에서 논의를 시작했지만, 현희운은 화장담론이 그 자체로 근대적 교양으로서 자리 매김할 수 있을 것이라는 믿음을 가지고 있었던 것으로 보인다. 그리고 『부인』은 그 실질적인 학습서로 기능하였다. 이를 통해 짧은 기간 내에 화장은 근대적 여성이라면 누구나 갖추어야 할 필수적 교양이자 근대적 덕목으로 어느 정도 받아들여지게 되었다.

이처럼 현희운은 화장을 근대적 예절이자 사교의 방법, 더 나아가 공동생활에서 반드시 요구되는 의식이라고 인식하고 있다. 신분에 맞는 화장술과 피부에 적합한 화장품을 사용하는 것이야말로 문명화된 자신을 표현하는 것이라고 주장한다. 이러한 점에서 본다면 현희운이 화장과 위생을 하나로 묶어서 사용하는 것은 다분히 의식적이다. 위생의 문제는 '몸'을 둘러싼 근대적 담론의 중요한 전제 중 하나이다. 따라서 그가 화장을 위생의 한 양태로 제안한 것은, 화장이 단순히 치장이 아닌 계몽과 근대적 여성 교양의 한 양태임을 강조하기 위한 중요한 전제가 된다.

그러나 이는 화장을 근대적 담론장 위에 내세우기 위한 전략이었지, 화장을 위생담론의 하위 개념으로 놓기 위함은 아니었다. 이 초반의 논의를 제외하고는 「미용강화」에서 그의 논의는 철저하게 위생이 아닌 화장의 이야기를 하고 있기 때문이다. 이러한 그의 의도는 미용과 관련된 기사를 확대하는 것으로 이어지는데, 이는 『부인』의 창간 다음호에서 보다 명확해진다. 『부인』 7월호에는 새로운 두 개의 코너가 마련되는데, 그 하나는 현희운이 집필하는 「미용강화」라는 연재물이고 다른 하나는 「부인매물소婦人賣物所」였다.

우리는 집을 깨끗이 하여야 할 것이고 마음을 깨끗이 하여야 할 것이고 몸을 깨끗이 하여야 하겠습니다. 이러한 의미에서 화장술이라든지 미용술이라고 하는 것이 온 세계인류를 통하여 발달되고 발달되지 못한 차이는 있을지라도 없는 곳이 없습니다. (…중략…) 다행히 본사에서는 조선서 처음이요 아직 둘도 없는 화장품과 미용술을 연구하는 경성미용원에 청하여 이번호부터 미용강화를 조금씩 내게 하였습니다.

— 경성미용원, 「미용강화1」(『부인』, 1922.7)

애독자를 위하야 부인의 일상생활에 필요한 물건으로 행용 가가에서 사시기 어려운 것을 본 편집부에서 조사하여 일반 독자에게 팔려고 합니다.

— 「부인매물소」 광고(『부인』, 1922.7)

우리 편집부 부인매물소에서 특히 현 선생에 청하여 그 연구실에서 만든 것을 우리 독자에게 팔려고 합니다. 이 물건은 우리 부인매물소에서 책임을 지고 여러분에게 권해 드리오니 안심하시고 사시기를 바랍니다.

— 「경성미용원」 광고(『부인』, 1922.7)

이 두 개의 새로운 코너는 창간호에 먼저 소개된 「미용문답」이 확장된 것으로, 그 중심에는 현희운과 경성미용원이 놓여 있었다. 경성미용원의 상품을 부인매물소에서 판매대행하고, 경성미용원의 원장이었던 현희운이 『부인』의 편집주임까지 겸임하고 있었다는 것은 예사롭지 않다. 이것은 미용과 관련된 이 코너들이 사실상 『부인』이라는 잡지의 핵심적 기획이었음을 분명하게 드러내는 것이다. 그는 「미용강화」1에서 화장이야말로 '천지자연의 이치요 인정이며, 남녀 모두에서 요구되는 필수적 일상이며, 교제상의 예절이며 더 나아가 한 사람의 인격을 반영하는 것'『부인』, 1922.7이라고 파악한다. 더 나아가 그는 화장품의 숫자를, 문명과 야만을 가르는 하나의 축으로 판단하기도 했다.

소위 문명 하였다고 하는 나라일수록 화장품이 많고 야만이니 미개이니 하는 나라일수록 화장품의 수효가 적은 것은 참 이상한 일이라고 하여도 할 수가 있을 뿐만 아니라 미개한 나라에도 그 나라 정도를 따라 많이 미개한 나라에는 아직 화장품이 없다고 하여도 가하고 조금 미개한 나라는 아주 미개한 나라보다는 화장품이 퍽 많습니다. 이러한 실험으로 어떠한 문명국에서는 화장품의 발달로써 그 나라의 문명을 측량할 수가 있다는 말까지 있습니다.

— 현희운, 「미용강화4」(『부인』, 1922.10)

화장에 대한 연재물을 기획했던 현희운의 의도는 바로 이 지점에서 보다 분명해진다. 그에게 있어서 화장은 그 무엇보다도 근대인이 갖추어야 할 근대적 외장이었고, 그 자체로 근대인으로서 어느 정도의 교양과 덕목을 갖추었는지를 보여주는 가장 중요한 표상이었던 것이다. 여기서 나이와 신분과 처지에 맞는 화장을 하라는 그의 강조를 다시 주목할 필요가 있다. 표면적으로는 공정해 보이는 이 말 뒤에 숨은 의미는 신식 사상을 가진 사람에게는 신식의 화장법이 있다는 것이다. 이는 자신이 신식으로 변모된 사람임을 다른 사람에게 알리기 위해서 무엇보다도 거기에 맞는 화장법을 갖추는 것이 근대적 교양의 가장 중요한 요소 중 하나임을 역설하는 것이기도 하다.

그렇다면 『향혼』에서부터 『부인』까지 이어진 화장담론의 궁극적 지향은 무엇인가? 그것은 그 무엇보다도 근대적 교양으로서의 올바른 화장법을 쉽고 정확하게 알 수 있도록 교육하는 데 있었다.

현대의 문명을 대표하는 가장 어여쁜 여자는 먼저 이 세상에서 요구하는 살과 빛과 태도를 가져야 할 것입니다. (…중략…) 이처럼 각양이 구비하기는 사실 어렵습니다. 그러니까 단장이라는 것을 하여서 아름다운 점과 좀 아름답지 못한 점을 조화하게 됩니다. 그리하여서 그럴 듯하게 모양을 짓는 것입니다.

— 한기자, 「현대문명이 요구하는 미인」(『부인』, 1922.12)

이 기사의 필자는 현희운으로 짐작된다. 필진의 폭이 좁았던 당시 잡지출판 환경 상, 정확한 이름을 제시하지 않은 기사는 주로 해당 잡지의 편집진이 쓰는 경우가 많았다. 『부인』에 실린 미용과 관련된 기사들의 경우 저자명이 명확하게 제시되지 않은 상태에서 현희운의 미용관과 일치되는 지점이 많았는데, 이런 기사들의 경우 현희운이 실질적인 필자였다고 판단하는 것이 타당할 것 같다.

이 기사를 참조하면, 현희운에게 있어서 화장은 아름다움을 가꾸는 첫 번째 출발점이었음을 다시금 확인할 수 있을 것이다. 실제로 그가 주도한 두 편의 연재물 「미용고문」과 「미용강화」는 모두 '미용'을 그 제목으로 내세우고 있지만, 그 안에서 그가 펼친 내용은 모두 피부와 화장에 관련된 것이었다. 그렇다면 1920년대 당시 현희운에게 미용의 의미는 화장과 피부 관리였다고 파악할 수 있다. 「미용고문」에 게재된 독자들의 질문 역시 화장이나 피부 관리, 얼굴 성형술에 관련된 것이지 머리모양에 관련된 것은 전무했다. 화장이 미용의 한 영역이면서도 동시에 그로부터 독립적인 성격을 갖게 된 데는 현희운의 이러한 초기 논의가 상당한 영향을 끼쳤을 것으로 생각된다.

그런데 『부인』의 화장 관련 기획이 가진 가장 결정적인 한계는 바로 이러한 현희운으로부터 야기된다. 오직 현희운 한 사람의 기획과 의지에 의존해서 기획된 세 개의 연재물은 현희운이 『부인』의 편집주임을 그만두면서 하나씩 사라지게 되었던 것이다. 가장 먼저 막을 내린 것은 현희운의 경성미용원과 합작으로 시작했던 「부인매물소」였다. 1922년 『부인』 9월호 「사고」에는 경영할 여가가 없음으로 인해 부득이하게 「부인매물소」를 정지한다는 내용의 안내문이 담겨 있다.

불과 두 달 만에 막을 내린 것이다. 이는 바로 직전인 8월에 『부인』의 편집주임이 현희운에서 박달성으로 바뀐 것과 무관하다고 볼 수 없다. 경영할 여가가 없음은 사실상 개벽사 자체의 문제라기보다는 현희운 개인의 문제일 가능성이 높은 것이다.

> 연극과 음악에 취미를 많이 가지고 예술에 대한 지식을 선전하기 위하여 이번에 김영환金永煥 현희운玄僖運 김동한金東漢 삼씨의 발기로 시내 죽점정일영목 사십번지에 예술학원이라는 순전한 연극 음악 무도의 학교를 설치하고 방금 학생을 모집 중이라는데 자세한 사정은 그 학원으로 문의함이 좋겠다더라.
>
> ─「예술학원 설립」(『동아일보』, 1922.7.22)

『동아일보』의 위 기사를 통해 왜 현희운이 단 3회를 끝으로 『부인』의 편집주임을 그만두었는지에 대한 이유를 짐작할 수 있다. 그것은 천도교 내부의 어떤 요구에 의한 것이 아니라 순전히 그 자신의 개인적인 사정에 의한 것일 가능성이 더 높다. 그는 이미 1919년 귀국 직후 한 차례 실패했던 연예강습소를, 1922년에 예술학원이라는 이름으로 다시 설립한 것이다. 그가 다시 연극운동으로 복귀했다는 사실은 그에게 있어서 연극이 제1순위임을 증명하는 것이지만, 그렇다고 해서 그의 화장담론이 포기되었음을 의미하는 것은 아니다. 이는 현실적으로 화장품이 일반화되지 않은 상황에서 근대적 교양으로서의 화장이 하나의 담론장을 형성하기 어려움을 그가 인지했다고 보는 것이 더 타당할 것이다.

4. 화장, 근대과학과 예술의 결합

개벽사를 나온 이후 『위생과 화장』이라는 새로운 여성잡지를 창간한 1926년까지, 현희운의 주요 행보는 부분적으로 알려져 있다. 그는 앞에서 언급한 대로 1922년에 연극강습소를 다시 설립했고, 그 이듬해인 1923년에는 『상공세계』라는 잡지의 창간호를 발행했다. 사실 연극운동가이자 화장담론의 주창자였던 그의 이러한 행보는 다소 의아스럽기도 하다. 그러나 그가 『부인』에서 야심차게 기획했던 「부인매물소」를 기억한다면, 상업과 공업에 대한 이런 관심은 일면 이해되기도 한다. 더구나 그는 경성미용원의 원장으로 직접 화장품을 제조하고 판매했던 이력을 가진 인물이 아닌가? 이점에서 본다면 그가 상공업과 관련된 잡지 창간에 관여하게 된 것이 꼭 예외적인 상황이라고만 볼 수는 없을 것 같다. 화장품을 직접 만들고, 「부인매물소」와 같은 잡지를 통해 판로를 개척하고자 했던 그의 의지와 관심이 자연스럽게 상공업에 대한 관심으로 이어졌다고 보는 편이 더 타당할 듯하다.

동시에 이를 통해 그가 잡지야말로 대중을 설득할 수 있는 최상의 매개체라고 일관되게 생각했음을 파악할 수 있다. 더 나아가 여성계몽과 화장에 대한 그의 논의 역시 포기된 것은 아니었다. 1926년 발행된 "본격적인 미용잡지"신현규, 2012, 342쪽 『위생과 화장』은 근대적 외장으로서의 화장에 대한 그의 지속적인 관심을 알 수 있게 한다. 현재 확인할 수 있는『위생과 화장』은 1926년 12월에 발행된 1권 2호이다. 이 잡지가 월간으로 발행되는 잡지였다는 점을 고려한다면, 창간호는 11월호였을 것으로 추정된다. 그런데 흥미롭게도 이 시기는 당대를 대표하던 여성잡지『신여성』이 1926년 10월호를 끝으로 휴간을 결정한 시기와 겹친다. 단순한 우연일 수도 있지만,『신여성』의 전신이었던『부인』의 창간을 실질적으로 이끌었던 현희운이『신여성』의 휴간을 계기로 다시 새로운 잡지의 창간을 이끌었다는 것은 예사롭지 않다. 그것은 현희운이『신여성』, 아니 보다 엄밀하게 말하자면『부인』을 일정하게 계승한다는 생각 위에서『위생과 화장』의 창간을 주도했을 가능성이 있기 때문이다. 실제로『위생과 화장』의 많은 꼭지들은 앞선 두 잡지의 기획과 겹쳐진다.

그 중심에는 현희운이 주도한 화장에 대한 기고문들이 있다. 현희운은『위생과 화장』1권 2호에 총 5개의 글을 실었는데, 한 편을 제외하고는 모두 화장과 관련된 기고문이었다. 이 기획들은 그가 이전의 다른 잡지들,『향촌』이나『부인』등에서 게재했던 글들과 겹쳐진다는 점에서 주목해야만 한다. 특히「화장강화」와「화장문답」은 각각「미용강화」와「미용문답」의 새로운 변형이라는 점에서 더욱 그러하다. 이들 기고문뿐만 아니라『신여성』의 인기 있는 기사였던 르포「은파리」의 변형이라 할 수 있는「똥파리」라는 기사 역시 이러한 연속성을 짐작할 수 있게 한다.

이 지점에서『위생과 화장』이라는 잡지가 가진 목적이 분명해진다.

근대적 건강담론의 외피로서만 인정되었던 화장을 위생의 문제로부터 독립시키고, 더 나아가 근대적 외장으로서 화장이 가진 가치를 보다 확고한 담론의 기틀 위에 세우고자 했던 것이다. 물론 여전히 그는 화장을 위생이라는 용어와 분리하지 않고 있다. 『부인』에서부터 『위생과 화장』까지는 불과 4년여의 시간이 흘렀을 뿐이므로, 단시일 내에 화장이 근대적 교양의 지위를 확보하기 어려웠을 것이다. 그러나 그 사이에는 분명한 변화가 있다. 『부인』에서는 화장이 '화장위생'이라 하여 위생의 한 갈래로서 제시되었다면, 『위생과 화장』에 이르러서는 '위생과 화장'이 분리된 개념으로 제시된다. 이는 화장을 위생과 대등한 가치로 격상하고자 하는 현희운의 의지를 보여주는 것이다. 이에 그는 이전보다 더 적극적으로 화장에 대한 선입견에 저항한다.

소위 세계의 문명한 나라 사람으로서 지식이 진보되었다고 하는 그러한 사람일수록 향장품과 미용술의 연구가 더욱 더욱 발달되어가는 이유에 있어서는 여기에 대한 상식이 없는 그러한 이들의 생각으로 볼 것 같으면 머리에 기름을 칠하고 얼굴에 분을 바르는 것이 무엇이 그리 어렵다고 학리이니 연구이니 하여 야단법석을 하는가 하지

— 현희운, 「화장강화」(『위생과 화장』, 1926.12)

그는 화장품과 미용술의 발전이 그 자체로 문명의 척도가 될 수 있다고 주장한다. 인용문에 따르면, 현희운은 문명이 발전하여 지식이 진보된 나라 사람들일수록 화장품과 미용술을 학술적 연구의 대상으

로 삼고 있음을 지적한다. 세계의 상황이 이러함에도 불구하고 화장과 미용을 단순한 치장으로 여겨 그 학술적 가치를 인정하지 않는 사람들에 대해서는 상식이 없는 것으로 치부한다. 화장과 미용을 경시하는 그 자체가, 그 사람이 아직 문명화 되지 못했음을 증명하는 것으로 보고 있는 것이다. 그의 논의는 여기에 멈추지 않고, 화장이라는 것을 하나의 예술적 행위로 격상시킨다.

> 모든 예술이 오관五官의 감흥을 자극하는 특색을 가지고 있는 것과 같이 화장도 시각으로 그 미를 느끼고 후각으로 그 향을 자극하는 것이 다른 예술품과 같은 경로를 가지고 있는 것이올시다. 그러나 그뿐만 아니라 향료학 상의 향계를 볼 것 같으면 음학音學 상 음계와 이상하기도 동일의 계급이 있는 것 같으니 이러한 여러 가지를 각각 비교하여 볼 것 같으면 화장이라고 하는 것이 예술의 일부분으로 보아도 그처럼 망말이 아니라고 할 수 있는 것이올시다.
>
> — 현희운, 「화장강화」(『위생과 화장』, 1926.12)

여기서 그는 향료와 음악의 공통점에 주목한다. 음악에서 음계가 있는 것처럼 향료에도 향계가 있다고 말한다. 1722년 프랑스의 음악가인 장 필립 라모Jean philippe rameau가 저술한 최초의 화성학인 『화성론 Traité de l'Harmonie』은 음향학에 근거해 음과 음의 결합 관계를 해명함으로써, 서양 근대음악의 발전에 초석이 되었다. 잘 알려진 대로 이는 하나의 자명한 원리를 근거로 자연법의 체계를 세우고자 했던 데카르트의 방법론에 기초한 것이었다. 현희운은 이러한 화성학과 향수제조학을 동등한 예술적 가치를 가진 것으로 바라보고 있는데, 이는 그가 향수제조학이 실제로 화성학이 발전했던 17~18세기에 걸쳐 집대성 되었다는 사실을 인지하고 있음을 보여준다. 17세기 유럽에서 연금술이 발전하면서 많은 화학자들이 향수 제조의 비밀을 풀고자 노력했다. 이로써 향을 만드는 것은 신비의 영역에서 과학의 영역으로 넘어간다. 그 결과 향수를 만드는 기본적인 배열에 대한 연구가 진행되었고, 이러한 과정에서 만들어진 향계는 근대과학의 산물로서 인정될 수 있었다. 현희운이 『향흔』과 『부인』에서 화장품을 향장품으로 지칭했던 배경에는, 이러한 향수가 가진 근대성의 아우라를 그대로 화장품에 적용함으로써, 화장을 근대적 외장으로 격상시키고자 했던 그의 의도가 자리 잡고 있는 것이다. 그는 더 나아가 이러한 화장품^{향장품}이 과학적 산물로 인식되도록 하기 위해, 피부 위에 바르는 행위인 화장을 미술과 같은 차원으로 놓고 논의를 전개하였다.

현희운은 『위생과 화장』에서 예술의 근원을 개성의 발현으로 바라보았는데, 그 점에서 자기 생명의 표현이자 그 처지와 신분, 그리고 자기 기분의 표현이라 할 수 있는 화장 역시 한 인간의 개성을 드러내는 행위로 볼 수 있다고 주장하였다. 화가가 캔버스에 그림을 그리듯, 화장은 피부를 그 캔버스로 해서 자기를 표현하는 미적 행위라고 보았던 것이다. 그에게 화장은 단순한 치장이 아닌, 개인적이며 사회적인 예술행위에 다름 아니다. 이러한 현희운의 논조는 『위생과화장』 전체를 아우르는 방향성이 되는데, 같은 호에 실린 『시대일보』 기자 강호薑

룻의 글에서도 동일한 논조가 확인된다.

> 천부한 신체의 미를 그대로 유지키 위하여 오장에 병이 든 것을 약을 먹어 치료하는 것과 같이 본태의 미를 잃어버리게 된 외형을 화장하여 천부의 미를 찾고자 하는데 불과한 것이며 또는 인간이란 사회적 동물인 동시에 독립적 생활은 계속할 수 없는 것이다.
>
> — 강호, 「생존과 위생, 화장의 관계」(『위생과 화장』, 1926.12)

글의 제목에서도 추정할 수 있듯이 이 글에서 강호는 화장을 생존의 문제와 연결시키고 있다. 특히 그는 인간이 사회적 동물이라는 점에 주목하면서, 바로 그 때문에 신체의 아름다움을 가꾸는 일이 중요하다고 보았다. 그 출발점으로 제시되고 있는 것은 바로 건강이다. 그는 같은 글에서 "육체를 건강히 하여 건강한 토대 위에 선 영을 만들지 않으면 안 될 것이다"라고 말하면서, 영적인 토대로서 육체의 건강함을 강조한다. 더 나아가 이 육체의 건강함을 지키는 가장 기본적인 소양이 위생이며, 그것은 곧 아름다움을 가꾸는 일과 연관된다. "사람의 의지가 영적이라야 하는 것과 같이 사람의 신체는 미적이지 않으면 안 될 것"임을 강조하면서 그러한 미적 표현으로서 화장의 가치를 강조하였다.

이러한 강호의 논조는 현희운의 논조와 겹쳐지면서 『위생과 화장』이라는 잡지 전체의 목표를 분명히 한다. 아름다움을 가꾸는 일로서의 미용, 그 중에서도 그 직접적이고 구체적인 표현이라 할 수 있는 화장을 근대적 교양의 중요한 활동으로서 정립하고자 하는 것이다. 이 점에서 본다면 『위생과 화장』은 현희운이 『향흔』이나 『부인』에 게재했던 화장담론을 직접적으로 계승하고 있다고 판단할 수 있다.

아쉽게도 『위생과 화장』이 2호를 끝으로 다음 잡지를 발행하지 못하면서, 화장을 근대적 교양의 중요담론으로 정립하고자 했던 현희운의 의도는 확실한 결실을 맺지 못하고 마감되고 말았다. 이후 화장에 대한 그의 논의는 매체를 바꾸어 1930년대까지 지속되었다. 1932년 4월 5일부터 4월 9일까지 5회에 걸쳐 『조선일보』에 연재했던 「미용강화」를 통해, 화장을 여성 교양의 핵심적인 담론으로 만들고자 했던 그의 의지가 꾸준히 이어졌음을 재확인할 수 있다. 그러나 잡지에서 자신의 뚜렷한 입장을 내세우고자 했던 것과는 달리 신문을 통한 화장 관련 논의들은 초창기의 「미용문답」으로 회귀하는 성격을 가지게 되는데, 이는 신문이라는 매체를 통해서 자신의 논리를 직접적으로 드러내기 어려웠기 때문으로 생각된다. 그럼에도 불구하고 사치를 위한 상업적 산물로만 여겨졌던 화장품을 근대과학의 직접적인 세례를 받은 근대적 문물로 바라보면서 화장을 근대적 교양의 중요한 가치로 정립하고자 했던 그의 선구적인 안목은, 우리로 하여금 식민지 근대 초기의 담론장이 가진 다양성을 재고할 수 있도록 해준다.

5. 잊혀진 근대미용의 효시

 이 글은 그간의 연구사에서 주로 과도기적 근대극의 창시자로 평가되었던 현희운이 경성 최초의 향장품^{化粧品} 연구소를 표방했던 경성미용원의 원장이자 직접 '미안수^{美顏水}'라는 화장품 회사를 운영했던 근대적 미용운동가였음에 주목하였다. 이를 바탕으로 그가 능동적으로 자신의 논지를 펼쳤던 세 여성잡지『향흔』,『부인』,『위생과 화장』에 실린 글들을 분석함으로써 그가 근대교양의 중요한 과제로 호출하고자 했던 화장담론에 대해 살펴보았다. 이를 통해 무엇보다도 그가 화장을 위생이라는 근대적 건강담론의 자장 위에서 적극적으로 논의하고자 했으며, 더 나아가 화장을 근대과학과 미에 대한 예술적 본능이 결합된 근대적 교양의 외적 표현으로 인식했음을 발견할 수 있었다.

 특히『위생과 화장』은 현희운이 앞서 편집을 주도했던『향흔』과『부인』의 미용 관련 기획을 직접적으로 계승하면서 확장했다는 점에서 보다 주목되었다. 이 잡지를 통해 현희운은 화장을 의학의 영역에서 다루는 것을 넘어 미술이나 음악과 유사한 성향을 지닌 미적인 탐구, 예술의 영역으로까지 격상하고자 했음을 알 수 있다.

 그러나 이들 잡지의 화장 관련 기획들이 연속되지 못하면서 현희운의 화장담론은 꾸준히 지속되지 못했고, 근대적 외장으로서 화장이 갖는 사회적 의미를 포착하는 것으로까지 나아가지 못했다. 그 자체의 담론으로 완결되지 못한 것이었다. 결국 교양으로서의 화장담론은 공론의 영역에서 제대로 사유되지 못한 채 또 다시 개인적이고 사적인 영역으로 남겨지고 만 것이었다. 이로써 그가 야심차게 제기했던 화장담론은 근대적 교양의 담론장 안에서 보다 구체적으로 논의되지 못한 채 동시대의 상업적 요구에 압도되고 말았다. 이후 1930년대 화장을 둘러싼 본격적인 담론의 주도권은 미용 산업을 이끄는 기업들의 이해관계로 넘겨진다.*

---

*   『어문연구』43-1, 한국어문교육연구회, 2015 수록본을 개고함.

제3장
근대미용과 우생학

오늘날 아름다움에 대한 논의는 외적인 표지에 집중되어 있다. 2000년 대부터 수면 위로 부상하기 시작한 '웰빙well-being문화'는 이러한 외적 아름 다움에 '건강'이라는 수사修辭를 더했다. 외적 아름다움과 그로부터 야기된 건강한 신체를 향한 노골적인 욕망은 '성형공화국'이라는 오명 속에서도 수 그러들지 않는다. 이처럼 신체로 대변되는 '몸'에 대한 열망이 미를 둘러싼 담론의 중심에 놓여 있음은 이미 부정하기 어려운 상황이 되어 있다. 그런데 흥미로운 것은 이러한 몸에 대한 논의가 비단 21세기의 발명품이 아니라는 사실이다. 21세기 초입 대한민국을 휩쓴 이 웰빙의 열풍은, 사실상 19세기 말에서 20세기 초를 뒤흔든 몸의 담론이 새롭게 부활한 것임에 주목할 필요 가 있다. 근대적 아름다움의 출발점으로서 우생학優生學이 바로 그것이다.

1. 아름다움의 '근대화'

근대라는 수사를 단 '미용美容'이 새로운 미적 표준을 내세우며 얼굴 과 머리모양의 아름다움을 논하기 시작한 것은 1920년대였다. 이 시 기는 수많은 잡지매체가 범람하던 시기이기도 했는데, 근대적 미용이 라는 담론의 장을 주도한 것은 동시대의 여성잡지들이었다. 1920년대 최초로 본격적인 여성지를 표방했던 『부인』은 미용기사를 적극적인 기획으로 게재하였다. 이후 시기별로 일정한 차이가 있기는 했지만, 『부인』과 『신여성』뿐만 아니라 1930년대 창간된 『신가정』, 『여성』 등의 잡지에서도 미용에 대한 기사가 지속적으로 게재된다. 미용은 동시대 여성들이 가장 흥미를 가지고 있었던 기사거리였으며, 동시에 독자층이 얇았던 이들 잡지에 안정적인 광고를 제공하는 상업적 기반이었기 때문이다.

그러나 미용에 대한 논의는 단지 아름다움을 가꾸는 방법에 국한된 것이 아니었다. 오히려 그것은 이들 잡지를 발간했던 각각의 기관들이 의도했던 여성에 대한 근대적 기획 안에 놓여 있었다. 이 시기 여성잡지들은 주로 잡지사 혹은 출판사에서 발간되었으며, 시사종합잡지 혹은 정론지의 자매지였다.김미선, 2005, 150쪽 모던 라이프의 전파를 담당했던 여성잡지들은 1920~1930년대 경성의 유행을 주도하는 한편, 동시대 여성들에게 근대적 교양을 전달하는 학습서로서도 기능했다. 특히 1920년대 『부인』의 경우 연속적으로 미용에 대한 기사를 게재함으로써, 이것이 근대적 여성에 대한 교양의 일환으로서 기획되었음을 분명하게 보여준다.

그런데 이러한 미용에 새로운 시대의 '교양'이라는 가치가 부여되는 데 가장 능동적으로 개입된 사상은 다름 아닌 우생학優生學이었다. 동시대의 사회과학적 담론으로서 우생학은 무엇보다도 '몸'에 집중하고 그것을 최상의 조건으로 바꾸고자 하는 노력의 일환이었다. 인간의 신체를 보다 우성적인 요소로 바꾸고자 했던 우생학적 열망은, 근대적 미용담론의 출발점이 된다. 인간의 타고난 외적 아름다움을 가꾸고 치장함으로써 더 나은 상태로 발전시킬 수 있다는 생각이 탄생된 것이다. 더구나 '건강한 육체가 건강한 정신을 이끈다'라는 오늘날의 웰빙문화가, 우생학이 이끌었던 20세기 초반 건강담론의 연장선상에 놓여 있다는 사실 역시 쉽게 간과할 수 없는 부분이다. 근대 이후 우생학은 더 이상 사회적인 패러다임으로서 전면에서 기능하진 않았지만, 우생학에서 비롯된 생물학결정론은 여전히 우리 사회에 잠재된 이데올로기로서 기능하고 있는 것이다.

이에 본고는 조선의 미적 근대를 둘러싼 담론 형성의 장에서 우생학이 미친 영향을 고찰하고, 그것을 통해 근대적 미용담론이 근대 교양의 일환으로 정착되어가는 과정을 살펴보고자 한다. 이는 오늘날까지 이어지는 건강한 몸과 서구화된 미모라는 미적 준거를 기원으로부터 해명하는 시도로서 그 의미를 갖는다.

2. 우생학優生學, 제국의 신체

아름다움에 대한 관심은 근대의 발명품이 아니다. 아름다움의 추구는 인간의 본능이다. 문명이란 필요 이상을 충족하고자 하는 욕망에서 시작되는 것이며, 아름다움이야말로 그 욕망의 본질이기 때문이다. 실제로 인간이 여가시간을 가장 많이 투자하는 일 중 하나가 바로 자신을 둘러싼 모든 것의 아름다움을 가꾸는 것이기도 하다. 본질적으로 이러한 아름다움은 한 인간의 내외적인 요소를 통칭하는 것이었다. 본래 한자어의 '용容'은 얼굴뿐만 아니라 몸가짐 전체를 가리키는 말이었다. 그것은 육체라는 그릇 안에 담겨진 내면까지 포괄하는 것이다. 이처럼 보다 엄밀히 말하자면 적어도 근대 이전까지 표면적으로는 미의 무게 중심은 내면에 치우쳐 있었다.

그런데 근대미용은 이로부터 새로운 갈림길을 만들어낸다. 근대라는 수사 아래 미용에 관련된 논의가 본격화되면서 아름다움은 더 이상 내면을 향하지 않는다. 1920~1930년대 여성잡지에서 미용은 얼굴의 표면적 아름다움을 호명하는 것으로 전유된다. 아름다움이 보다 본능적인 충동으로부터 촉발되는 것임을 기억한다면, 이러한 전환은 단지 근대라는 수식이 가진 우위성만으로는 설명되지 않는다.

따라서 이렇게 미적 준거가 변화되기 위해서는 또 다른 동인이 요구되었다. 동시대를 휩쓸었던 우생학優生學이 바로 그것이다. 우생학으로부터 촉발된 신체에 대한 과잉된 관심 속에서 미용은 새로운 방식으로 아름다움을 사유하기 시작한다. 그 결과 사적이고 개인적인 영역에 속해 있던 미美에 대한 논의는 공론의 장 안에서 논의되어야 할 교양으로 변모된다. 이로 인해 우생학은 미용이라는 문제가 단순히 몸치장이 아닌, 동시대의 계몽적 기획 안에서 하나의 교양으로서 조형되었음을 해명하는 출발점이 된다.

일반적으로 우생학은 히틀러가 유태인 학살에 동원했던 이론으로 유명하다. 잘 알려진 대로 그것은 인간을 유전학적으로 개량하겠다는 목표 아래 과학의 이름으로 사회적 진보나 국가 발전에 장애가 되는 존재들을 배제하거나 제거하는 것을 용인하는 생물학적이고, 정치적이며, 사회적 이데올로기로 기능했다.김호연, 2008, 261쪽 이 때문에 우생학은 주로 제국주의적 담론과의 연관성 속에서 논의되어왔다. 특히 제국주의의 후발주자였던 일본에 있어서 근대적 신체의 확립이라는 목표는 제국을 유지하고 확산시킬 수 있는 유일한 당위로 여겨졌다.

우생학은 본래 다윈의 생물진화론을 바탕으로 시작된 생물학적 담론의 일종으로, 영국의 유전학자인 골턴Francis Galton, 1822~1911에 의해 창시되었다. 그는 인간의 육체적·정신적·도덕적 특질은 모두 유전에서 기인되기 때문에 인간 종의 생식을 통제함으로써 인간 종의 질적 개선과 사회 진보를 달성할 수 있다는 믿음 위에서, 유전학적 통제를 통해 더욱 우수한 인류를 후세에 물려줌으로써 인류 문화의 발전에 기여할 수 있다고 생각했다.김호연, 2000, 248쪽

이처럼 우생학은 인간 종에는 우성과 열성이 있으며, 우성 인간만으로 세상을 구성한다면 더 나은 세계가 다가오리라는 발상에 기초해 있다.김호연, 2000, 236쪽 그러나 이러한 사유는 객관적 실험과 과학적 데이터보다는 가정과 추론에 더 많이 의존한 것이어서, 인간의 육체뿐만 아니라 정신적인 특질에 이르기까지 인간의 모든 요소들이 유전학적인 불평등에 기초한다는 논리로 확대되어 사회적 약자에 대한 차별을 정당화하는 것으로 쉽게 악용되었다.

그 중심에는 건강하고 우수한 유전인자를 통해 '근대적 신체'를 확립할 수 있으리라는 환상이 자리하고 있다. 특히 신체를 단련하고 가꿈으로써 정신적인 고양까지 이루어낼 수 있다는 우생학적 논리는,

식민지적 근대의 확산 과정 속에서 조선의 지식인들에게는 '근대'라는 목표를 성취할 수 있는 결정적인 열쇠로 받아들여졌다.

여기엔 식민지 조선의 정치사회적 상황이 개입된다. 한일병합 이후 조선이 실질적으로 일제의 지배하에 놓였을 때, 조선의 지식인들에게 '근대'는 이 상황을 타개할 유일한 대안으로 여겨졌다. 근대를 배우고 익히기 위해 수많은 사람들이 현해탄을 건넜고, 서구의 학문에 탐닉했다. 그러나 이러한 기대는 얼마 지나지 않아 무너지기 시작했다. 근대가 가져온 열매는 결코 조선인의 것이 아니었기 때문이다. 더 나은 삶에 대한 기대와 동경은 실업률의 증가와 룸펜 지식인의 확산으로 이어졌을 뿐이다. 그럼에도 불구하고 경성 거리는 날로 서구화되었고, 백화점·극장·카페로 이어지는 도시의 유흥은 적어도 경성에서만큼은 근대적 삶의 필수적인 조건으로 자리 잡았다. "식민지 조선인에게 있어서 육체는 정상적인 직업활동을 통한 노동의 기회를 박탈당한 육체이며 오로지 육체의 감각적 쾌락의 자유만이 허용된 육체로 전락하는 것이다._{유선영, 2000, 235쪽}" 조선인 스스로의 힘으로 정치사회적 근대를 일구어낼 수 없는 현실 속에서, 식민지 조선의 지식인들에게 우생학은 선택항이라기보다는 필수항에 가까웠다. 근대적 육체의 확보는 그들 가장 가까이에 놓여 있는 가능항이었기 때문이다.

문제는 육체에 대한 담론들이 식민지 지배를 강화하고자 했던 일제의 전략과 교집합을 이루면서 조선총독부 차원에서조차 적극 권장되었다는 점이다. 그 중심에 놓인 것은 우생학의 또 다른 갈래인 체질인류학이었다. 이는 민족의 기원과 형성, 그리고 여러 민족 간의 관계에 대해 가장 직접적으로 응답할 수 있는 학문으로 여겨졌다.^{박순영, 2006, 58} ^쪽 이 때문에 체질인류학은 식민 지배를 정당화하고자 하는 일제에 의해 적극적으로 동원된다. 그것은 타고난 신체적 조건에 의해 어떤 민족을 우성과 열성으로 구분함으로써, 식민지 지배가 인류 전체의 발전을 위한 가장 타당한 대안임을 노골적으로 설득하고자 하는 학문적 경향이다. 한일병합 이전부터 시작된 조선인의 신체에 대한 일제의 관심은, 조선에 대한 실효 지배가 시작된 1905년부터는 본격화되기 시작했다. 특히 3·1운동 이후에는 총독부의 후원 속에서 조선인에 대한 체질인류학적 연구가 적극적으로 진행되었다는 점 역시, 이것이 식민지 지배를 위한 핵심적인 담론으로 기능했음을 짐작할 수 있다.^박 ^{순영, 2006, 65~68쪽} 이로써 개인적 차원에서 호명되었던 육체는, 국가적 차원에서 몸의 담론인 '신체'로 다시 호명된다. 근대적 신체는 이제 국가에 의해 관리되어야 할 대상이 된 것이다.

> 의학전문학교에서 교사와 학생 간에 분요가 일어난 것은 (…중략…) 교사 구보 박사 계대하여 조선인은 민족성이 나쁘다며 야만野蠻이라고 한 말의 철저한 설명을 요구한바 오전 11시 경 구보 박사는 도본 교무주임과 상전, 흔전, 반도, 공동의 여러 교사와 같이 그 회의 하는 강당으로 와서 구보 박사가 말하기를 내가 그러한 말을 하지 아니 하였으며 만일 그런 말을 하였다 하면 그것은 나의 정신에 이상이 생겨서 그리된 것이니까 그러면 취소한다 한 후에
>
> —「의전교의 두개골 문제」(『조선일보』, 1921.6.4)

이러한 체질인류학을 주도한 인물은 1908년 대한의원 교육부의 해부학 주임교수로 부임한 구보 다케시久保武, 박순영, 2006, 68쪽 박사였다. 그의 체질인류학적 연구가, 조선 지배의 정당화를 그 목표로 두고 있다는 것은 공공연한 사실이었다. 그 방법은 조선인의 신체조건을 데이터베이스화해서 그로부터 조선인이 일본인보다 열등하다는 근거를 도출하는 것이었다. 위의 인용문에서 학생들의 집단행동이 불거진 이유도 의전 내부에서 이러한 구보 박사의 논리가 직접적으로 통용되고 있었기 때문이다. 우생학에서는 두개골의 크기가 지능과 직접적인 상관관계가 있다고 여겼기 때문에, 조선인의 두개골 크기를 야만성과 비교한 구보에게 조선인 학생들이 모욕감을 느끼는 것은 당연했다. 실제로 조선일보의 이후 기사들을 보면 같은 해 6월 12일부터 6월 16일까지 「의전 구보씨에게 일언함」이라고 구보 박사의 신중한 반성을 요구하는 글들이 게재되었고, 이후 1923년에는 그에 대한 불만으로 인해 학생들이 고향으로 돌아갔다는 기사를 확인할 수 있다.「조선일보」, 1923.7.2 이를 통해 구보 다케시의 체질인류학 연구로 인한 의학전문학교 학생들과 교사 간의 갈등이 이후에도 장기간 지속되었음을 알 수 있다.

이처럼 더 나은 사회를 만들기 위해 건강하고 우수한 유전인자를 후대에 계승하도록 해야 한다는 우생학적 담론은, 신체적 우월성으로부터 식민통치의 정당성을 확보하고자 했던 제국주의적 욕망에 적극 부응하며 당대의 패러다임으로 부상하게 된다. 그런데 주지하다시피 우생학은, 무엇보다도 그 개량의 표지가 '육체'였다. 육체적 우월성이 정신적·도덕적 우월성에 대한 구체적인 징표로 기능하는 것이다. 이는 과학의 이름으로 인간의 몸을 통제하고 관리하고자 하는 국가적인 신체 관리의 차원으로 나아간다.김호연, 2008, 236~237쪽 개인의 신체가 곧 국가의 신체를 이룬다는 이러한 사상은 개인을 새로운 우리, 즉 국가의 층위에 놓고 재편하여 가치화함으로써김주리, 2003, 32~33쪽 국가의 근대화를 위해 국가가 개인의 삶을 통제하는 것을 당연시한다.

하지만 이뿐만이 아니었다. 우생학이 식민지 조선에서 뿌리를 내리는 데는 보다 복합적인 문제들이 개입된다. 무엇보다 조선인의 신체에 대한 계측 자료들이 일제의 의도와 반대의 결과를 나타냈다. 일제는 침략 초기부터 식민통치를 위해 조선인의 체격과 두개골 특성에 대한 자료들을 축적했는데, 조선인의 신체크기가 일본인에 비해 강대함에 대한 일본인들의 당혹감은 상당했다고 한다.박순영, 2006, 68쪽 일본인들이 서양인에 비해 신체적으로 열등하다는 생각으로 인해 개인의 신체를 근대화·서구화하는 것을 국가적 목표로 삼았던 일본의 체질인류학자들에게는 상당한 충격이었을 것이다.손준종, 2010, 26쪽 역으로 이러한 수치상 결과는 조선인들에겐 일종의 가능성으로 다가오기도 했다. 일본의 체질인류학자들이 조선인의 신체적 우월성을 동물 상태를 벗어나지 못한 야만성의 다른 양태로 설명하고자 했던 반면, 조선인의 신체적 조건이 일본인보다 우월하다는 사실은 조선인에겐 식민지라는 조선의 현실이 민족적 열등함으로 인한 필연적 결과가 아님을 증명하는 확실한 증거처럼 받아들여졌다. 실체 없는 과학으로부터 얻어진 이 위로는 조선 사회에 이식된 우생학이 빠르게 긍정되고 적극 수용될 수 있었던 배경이 된다.

3. 근대적 몸 가꾸기와 위생衛生

근대 이전까지 여성이 갖추어야 할 덕목 가운데 외적인 치장은 포함되어 있지 않았다. 엄밀히 말해 미모를 가꾸고 단장해야 할 의무와 권리는 규방의 여성에겐 없었다. 부인네의 아름다움은 그 내면으로부터 나오는 것이지 겉모습에서 나오는 것이 아니라고 생각했기 때문이다. 외적인 아름다움을 요구받는 것은 오직 기생이었으며, 기생이 아닌 여성이 치장에 신경을 쓰는 것은 부정한 여인으로 오해받을 소지를 남길 뿐이었다.

근대미용의 등장은 기생들의 전유물이었던 치장을 여성들의 일상 영역으로 끌어당긴다. 이로써 근대적 아름다움에 대한 새로운 표준으로서 미용은 '외모'라고 지칭되는 인간 육체의 외적 조건들이 '근대'라는 호명에 적합해지도록 가꾸겠다는 목표를 노골적으로 드러낸다. 따라서 새로운 미적 표준으로서 근대적 아름다움이란 그 무엇보다도 외적으로 드러나는 신체의 모든 시각적 요소들에 집중된 것이었다. 그러나 이는 단지 한 개인의 아름다움을 신체를 통해 평가하겠다는 것만은 아니었다. 오히려 신체적 아름다움의 요소를 선택하고 발전시킬 수 있다는 인식적 전환이기도 했다.

그 출발점은 위생과 청결이었다. 조선에서의 위생담론은 계몽의 문제와 긴밀하게 연결되어 있다. 그것은 "1900년대 건민육성에서 시작되어 1910년대는 청결과 전염병퇴치, 1920년대 전염병퇴치, 1930년대는 도시계획을 통한 위생과 결핵예방으로 이어진다".김은정, 2012,

^{298~299쪽} 위생에 대한 통제는 국가차원에서 개개인의 일상적 삶과 조건을 관리하겠다는 의지의 표명이기도 했다. 이러한 인식이 가능할 수 있었던 이유는, 청결이 근대의 명제와 동일시되었기 때문이다. 근대는 그 무엇보다도 깨끗하게 구획된 도시 그 자체로 상징되어 왔다. 따라서 청결은 그 자체로 근대적 표상으로 작용했다.

이는 초기 개화론자였던 김옥균의 「치도약론」에서도 확인된다. 이 글에서 그는 1882년 일본사절단의 부사였던 김만식의 일화를 들어, 치도治道의 중요성을 강조한다. 조선이 부강해지기 위해서는 기간산업으로서의 도로를 정비하고 그에 따라 환경과 위생을 청결하게 관리할 필요가 있음을 주장하는 것이다.^{최원식 편, 2024, 51~52쪽} '치도治道'는 '위생'을 위한 발판이었으며, 더 나아가 '위생'은 곧 '집단적 신체'^{인구}를 관리하는 중요한 기제로 인식되었던 것이다.^{이승원, 2000, 2쪽}

이로부터 몸을 둘러싼 담론들은 근대적 인간이 되기 위해 필연적으로 갖추어야 할 하나의 덕목, 근대적 교양의 일환이 된다. 그와 함께 공동체 너머의 절대적인 공동체로서 국가라는 무형의 '우리'가, 식민지가 되어버린 조선에서조차 당위처럼 실감實感되기 시작한다. 개인의 신체가 그대로 국가의 신체를 의미하는 것이 되면서 이미 개인의 근대화는 국가 전체의 근대화라는 목표를 완성하기 위한 필연이 된다. '근대적 신체'를 갖추는 것은 개인의 선택이 아닌 국가의 요구이며, 그 호명을 받아들이는 것은 의무가 되는 것이다.

그런데 이것은 대단히 복잡한 문제를 야기한다. 조선인을 호명하는 국가는 제국주의 일본이고, 이 국가가 요구하는 근대적 신체란 사실

일본의 국민으로 편입되기를 강요하는 것이었기 때문이다. 그럼에도 불구하고 망국의 현실로부터 벗어날 수 있는 유일한 길 역시 근대로 인식되었다는 점에서 근대적 신체에 대한 요구는 결코 거부될 수 없는 선택이기도 했다.

> 얼굴을 곱게 하고 몸을 아름답게 하는 것은 어떻게 생각하면 노류장화나 할 일이요 여염부녀는 할 일이 아니라고 하는 이도 있겠지마는 이는 세태와 인정을 알지 못하는 말씀이올시다.
>
> 세상만물이 모다 가꾸고 손질하기에 있는 것이니 뜰 앞에 심은 화초도 가꾸지 아니하면 좋은 꽃과 훌륭한 열매를 볼 수 없는 것이요. 집안에 기르는 닭과 개라도 손질을 아니 하면 볼 수 없이 더럽게 되는 것은 우리의 일생 목도 하는 바이 아니오니까? 이러한 까닭으로 만물의 신령 되는 우리 사람은 목욕을 자주하여 몸을 깨끗이 하고 자고 나면 세수를 하여 얼굴을 정히 하며 머리에 기름을 발라 빗질하기를 마지아니하고 향수와 분을 만들어 추한 것을 감추며 고운 것을 나타내는 것은 천지자연의 이치요 인정에 당연한 일이올시다.
>
> ― 현희운, 『미용강화』(『부인』, 1922.7)

1922년 6월에 창간된 개벽사의 여성종합지 『부인』은 창간 다음호인 7월호부터 「미용강화」라는 제목 아래 조선 부인의 근대적 치장에 대한 논의를 적극적으로 게재한다. 앞장에서 언급했던 것처럼 이 글의 필자 현희운은 당시 경성미용원의 원장이자, 근대미용의 선구자로 평가받는 인물이다. 여기서 그가 운영하는 경성미용원은 오늘날처럼 머리를 다듬어주는 장소가 아니라 연구소였음에 주목해야 한다. 특히 현희운의 경성미용원이 향장품^{화장품} 연구소를 표방했다는 것은 상당한 의미가 있다. 그동안 여성들의 치장이라고만 여겨졌던 미용이 이제 학술적인 입장에서 논할 수 있는 근대적 가치를 획득했음을 의미하는 것이기 때문이다.

그런데 여기서 그가 논의하는 미용의 출발점을 주목할 필요가 있다. 그는 「미용강화」의 첫 장에서부터 치장의 출발을, 씻고 가다듬는 개인위생과 직접적으로 연결하고 있다. 이는 근대미용이 위생담론 위에서 성립되었음을 보여주는 동시에, 미용에 대한 논의가 근대적 계몽의 일환으로서 주장되고 있음을 방증한다. 결국 그가 말하는 '근대적 아름다움'이란 건강하고 깨끗한 신체의 외적 표상을 구현하는 것이었다. 이는 주관적인 영역에 머물러 있던 아름다움을 표준화하고 객관화함으로써, 근대적 교양으로서 '미美'의 기준을 확립하고자 했던 『부인』지의 의도에 부응하는 것이기도 했다. 경성미용원 원장인 현희운이 『부인』의 주임이었다는 사실로 미루어, 『부인』의 창간호부터 근대적 여성 교양으로서 미용담론을 중시하겠다는 의지가 있었음을 알 수 있다.

실제로 미용에 대한 논의가 개인적 위생 문제에 집중되었음은, 동시대의 신문을 통해서도 확인된다. 근대 초기 신문에서 약 광고 다음으로 많은 지면을 차지했던 것은 화장품 광고였다. 그런데 그 대부분은 비누 광고였다.^{이율화·오창섭, 2008, 196쪽} 이처럼 근대 초기 화장품이라고 하면, 비누가 떠올려질 정도로 화장은 개인의 위생과 관련이 깊은 것이었다. 실제로『부인』과『신여성』에 게재된 미용 관련 기사들 역시 새로운 화장품을 소개하고 사용법을 알려주는 데 집중하였는데, 깨끗한 세안방법과 기초적인 피부 관리법에 대한 정보가 가장 강조되었다.

그러나 근대미용의 목표는 위생에만 국한되었던 것은 아니었다. 오히려 위생적으로 관리된 건강한 신체 위에 추함을 감추고 아름다움을 강조함으로써 보다 문명화된 조선인의 신체를 완성하고자 하는 의도 또한 간과할 수 없다.「미용강화」에서 현희운은 여성의 치장을 천지자연의 이치라고 강조하면서, 외적인 치장을 여성이 갖추어야 할 근대적 표상으로 격상하였다. 이것은 미용이 단지 취향의 문제가 아닌 근대적 교양의 영역 안에 있음을 선언하는 것이다. 이제 미용은 근대적 여성이 되기 위한 필수적 요건이 된다. 더 나아가 화장과 머리단장이야말로 한 여성이 가진 내면적 인격을 드러내는 표지로서 기능한다는 논리는, 여성의 사치를 철저하게 억압했던 이전 시대와 비교한다면 새로운 인식적 전환이라고 할 수 있다.

이는 단순히 사치와 타락의 징표에 불과했던 여성의 치장을 해방시켰다는 의미가 아니다. 오히려 이 시기 미용담론에서는 근대적인 여성 치장이 가진 경제적이고 위생적인 장점들을 적극적으로 피력한다. 단발은 관리하기가 쉽고 위생적이며 비누나 물의 사용량을 줄이는 경제적인 효과를 가지고 있다는 논의들이나, 근대적으로 개량된 의복이나 치장들이 천도 적게 들고 간편하다는 점을 강조하는 논의들은 대표적이라 할 수 있다. 이는 근대적 여성의 치장이 인간으로서 지켜야 할 기본적인 이치일 뿐만 아니라 근대라는 새로운 소비문화 속에서 삶의 질을 높이고 근대적인 방식으로 근검절약을 실천할 수 있는 새로운 인식적 전환임을 강조하는 것이다.

이는 '미용강화'라는 제목에서도 짐작할 수 있다. 쉽게 풀어서 설명한다는 '강화講話'의 뜻에서 알 수 있듯이 그것은 일반 여성에게 학습되고 수용되어 이전보다 강화시켜 나아가야 할, 그 '어떤 것'으로 인식되고 있는 것이다. 『부인』에 실린 다양한 미용담론들은 미용을 조선 여성이 반드시 갖추어야만 할 덕목으로 정립하고자 하는 의도 위에서 기획된 것이었다. 그로부터 미용을 통한 여성 신체의 단장은 신여성의 필수 교양으로 인식되기 시작한다. 이 때문에 『부인』에 실린 미용 관련 기사들은 조선 여성들에게 미용과 관련된 기초적인 정보를 제공하고 학습시키는 교과서적인 역할을 담당했다.

> 첫째는 미용브러시라고 하는 것이니 이것은 미용술 하는 데도 필요하지마는 세수하는 데도 매우 필요한 것입니다. (…중략…) 얼굴에 때만 잘 뺄 뿐 아니라 얼굴의 혈기를 잘 돌게 하고 위생에도 매우 이로운 것입니다. 둘째는 (…중략…) 그러면 어떠한 것이 세수수건으로 적당할까? 요사이 행용 쓰는 양수건 혹은 타올이라고 하는 것이 매우 적당합니다. (…중략…) 셋째로는 이렇게 얼굴을 씻은 뒤에는 (…중략…) 여기에 불가불 있어야 좋을 것은 미용수라고 하는 것이올시다. 이 모양은 사진과 같을 것이니 이것은 세수한 뒤에 얼굴을 손질하는 데 쓰는 것이니
>
> ─ 현희운, 「미용강화」(『부인』, 1922.9)

그러나 앞에서 살펴본 바와 같이, 이 시기 미용의 개념은 머리보다는 얼굴관리에 더 집중하고 있다. 오늘날 미용실이라고 하면 주로 머리모양을 바꾸는 장소라고 인식하는 것에 비해, 1920년대까지 미용사들이 운영하는 미용원에서 주로 했던 업무는 피부 관리였다.김미선, 2005, 158쪽 잡티 없이 깨끗하고 아름다운 피부는 새로운 미인상으로 부각되었고, 그것은 사실상 위생의 문제와 직결되는 것이기도 했다. 이 때문에 현희운 역시 초창기에는 기초적인 세안법과 피부 관리, 그리고 화장의 선택에 이르기까지 위생의 문제를 특히 강조했다.

이렇게 아름다움의 문제가 위생의 문제와 불가분의 관계에 놓이면서, 아름다움을 다루는 미용 역시 동시대의 건강담론과 긴밀한 연관 속에서 발전하게 된다. 특히 인간의 신체를 개선하고자 하는 우생학적 의지가 그 최종목표였던 점에서, 근대미용은 근대의학과도 일정한 교집합을 이룬다. 바로 이러한 점 때문에 초기 미용전문가는 의사와 마찬가지로 피부와 관련된 기본적인 의학정보를 제공하는 역할을 담당하기도 했다. 이는 같은 호에 실린 「미용문답」을 통해서 확인할 수 있다. 「미용문답」에 실린 질문들은 다음과 같다.

> 몸에 까막사마귀라고 검은 점이 있지요. 이것을 없애려면 청강수나 왜 잿물이 좋다 하오나 과연 그러합니까? / 어루러기 죽은 깨 없어지는 약이 있는지요. / 남달리 얼굴에 털이 많아 흉한 말로 하면 원숭이 같습니다. 어떻게 하면 그것이 없어질는지요.
>
> ― 현희운, 「미용문답」(『부인』, 1922.9)

실제로 이러한 문답은 오늘날의 미용잡지에서도 흔히 볼 수 있는 질문들이다. 몸에 난 사마귀나 점 빼는 방법을 문의하면 현희운이 일반적으로 사용되는 약물의 유해성을 설명한다. 여기서 흥미로운 것은 질문 자체보다 현희운의 대답이다. 그는 이 질문에 대해 "의사가 잘 빼지 못하겠다거든 경성미용원에 오시면 값 없이 빼드리겠습니다"라고 답하는데, 피부에 관한 한 의사보다 더 전문적인 지식과 처치 능력을 가졌다는 자부심이 느껴진다. 또한 주근깨나 탈모에 대한 질문에 대해서도 적당한 약과 처치 방법을 제시하고 있다. 주목되는 것은 화장품이나 피부 관리법을 넘어서 피부질환을 해결할 수 있는 약물에 대한 정보까지 함께 제공하고 있다는 점이다.

이러한 현희운의 태도는 무엇을 의미하는가? 미용은 의학이나 약품을 통해 타고난 신체의 미추를 극복하게 돕는 것이고, 따라서 미용 전문가는 이러한 정보를 일반인에게 전달하고 계몽하는 역할을 담당할 수 있어야 한다는 인식이 깔려 있다. 이는 근대의학에 대한 관심과 신뢰에 비해 그러한 요구에 응해줄 수 있는 의학적 지식을 갖춘 전문 인력이 부족했기 때문이다. 이런 점 때문에 미용전문가는 근대의학이 충족시킬 수 없는 한계 지점에서 일반인에게 신체와 관련된 의학과 약품에 대한 정보를 제공하는 중간자적 역할을 하게 된다. 이점 역시도 미용이 여성 교양의 일환으로 자리 잡는 데 상당한 영향력을 발휘했을 것이다. 이로써 우생학으로부터 시작된 미용은, 몸의 근대화를 실질적으로 이끄는 유사 의학의 한 담론으로 취급되면서 근대교양의 한 갈래로서 식민지 조선에 정착하게 된다.

4. 미용, 육화된 모더니티

우생학으로부터 촉발된 근대미용이 담론의 차원을 넘어서 일상의 차원으로 정착되기 시작한 것은 1930년대부터였다. 1930년대의 미용담론은 일본을 비롯한 서구 화장품 기업의 조선 진출이 가시화되면서 교양으로서의 성격은 흐려지고 상업적인 성격이 강화되는 방식으로 발전하게 된다. 그런데 이러한 근대적 미용담론의 상업화는 이미 그 뿌리로서의 우생학이 가진 필연적 한계로부터 기인된 것이었다.

조선의 우생학적 논리는 사실상 그 시작부터 모순적이었다. 그것은 표면적으로는 건강하고 우수한 형질을 가진 근대적 인간의 탄생을 의미하는 것이지만, 실질적으로는 제국의 신체를 지향하는 것이었기 때문이다. 따라서 우생학적 신체의 근대화란 제국주의적 담론에 그대로 포섭되는 것을 의미할 수밖에 없었다. 더 나아가 '전쟁'이라는 제국주의적 욕망에 적극적으로 답하는 국민의 탄생이라는 목표에 부응하는 것이기도 했다.

여성의 신체를 둘러싼 논의가 미용이라는 담론으로 수렴되는 과정 역시 유사하다. 남성이 식민지 획득이라는 전쟁을 실제로 수행하면서 노동생산하는 신체로 발견되었다면, 여성은 제국주의의 공장이 생산해 낸 수많은 상품을 소비하는 신체로 발견된 것이다. 근대 이전까지 남성의 신체는 여성의 신체보다 우월했다. 그러나 근대와 함께 도래된 거대한 시장 안에서는 소비는 노동생산보다 우월한 지위를 얻게 된다. 적어도 이 시장이라는 조건 속에서는 여성의 신체는 남성의 신체보다 우월한 위치를 획득하게 되는 것이다. 근대적 미용담론이 빠르게 교육받은 조선 여성들에게 확산될 수 있었던 것은 시장이라는 조건이 가진 상업적 요구와 사회적 평등에 대한 동시대 여성의 요구가 결합되었기 때문이다.

따라서 근대라는 당위에 사로잡힌 조선에 있어서, 미용은 하나의 가능성으로 인식되었다. 문화사회적 조건들이 쉽게 변모될 수 없는 상황 속에서 미용은, 근대를 가시화할 수 있는 가장 유용한 방법으로 인식되었기 때문이다. 무엇보다 서구적인 의복과 머리모양 그리고 서구인과 같은 느낌을 주는 화장법은, 그 내면의 근대화와 상관없이 조선인이 근대화되었다는 환상을 주는 것이기도 했다.

이렇게 근대를 향한 내부적 요구와 일제의 전략이 마주치는 교차점에서, 조선에는 근대라는 가상의 시대로 나아가기 위한 롤 모델이 필요했다. 신체야말로 근대화의 표지라고 보는 동시대적 관점 속에서, 건강하고 위생적인 신체란 서구인과 같은 체격조건과 외양을 갖추는 것을 의미하게 된다. 신체의 아름다움에 집중하는 미용에 대한 관심은 이러한 사회적 분위기에 편승하면서 보다 보편화되기 시작한다. 이는 결정적으로 미美의 표준을 몸이라는 외형적인 조건으로 바꾼다. '근대적 신체'라는 열망의 진정한 시작점인 것이다.

우리 여성계에 있어서 미라는 미묘한 것을 부인할 수는 없습니다. 미는 물론 근본적 미 즉 심적미를 제일 존중히 할 것이지만 현하 문화사회에 있어서는 오히려 외형미를 숭상하는 것도 일반의 경향입니다. 동서를 물론하고 어느 문화사회를 보든지 화장이란 것이 여성계에 있어서 상용적이 된 동시에 일대 소비품이 되어 있는 것은 드러난 사실입니다.

— 한영창, 「부인화장과 선택에 대하여」(『신여성』, 1931.3)

1930년대가 되면 외양의 근대화가 곧 내적인 근대화의 표지 혹은 그것을 이끄는 동력이 될 것이라는 믿음은 더욱 강화된다. 위 인용문의 필자는 아름다움에 대한 논의가 내면보다는 외면에 치중할 수밖에 없음을 전제로 하여 이야기를 전개하고 있는데, 이는 이미 외양적인 근대화에 대한 지향이 일반적인 공감을 확보했음을 보여주는 것이라고 할 수 있다. 이런 상황은 여성잡지의 표지를 통해서도 쉽게 확인된다. 1920년대까지만 해도 동양적인 눈매와 이목구비를 가진 조선 여성을 모델로 한 표지가 많았던 데 비해, 1930년대로 접어들면 서양 미인이나 서구형 이목구비를 가진 미인이 표지를 장식하는 경우가 많아진다.

그러면 미인이라고 하여 그 용모를 말한다면 무엇을 가르치는 것이랴. 묻지 않아도 첫째 얼굴에 있다는 것을 누구나 말하리라. 얼굴! 이즈음 항간의 신식말로 말한다면 간판이다. (…중략…) 얼굴의 미를 좌우하는 중요한 부분이 되어있는 코가 낮은 것은 미개한 족속에서나 보는 것이라고 하여 근대인들은 될 수 있는 대로 코를 높이어 근대문명인의 용모를 갖추려고 융비술隆鼻術을 베푸는 것도 있으니 이것도 그 일례가 됨직하다.

— 홍종인, 「미인과 그 심성」, 『여성』, 1936.6, 12쪽

문 선생님 저는 코가 퍽 낮습니다. 그래서 융비정형기隆鼻整形器를 사용하고 싶은 생각도 나는데 그것을 사용해도 해가 없을는지요.

답 무엇보담도 코가 얼굴 미점을 많이 취하고 있습니다. 전에는 수술을 하면 코가 붉어지느니 비틀어지느니 하였지만 근래에 와서는 주사로 높일 수 있으며 해가 없답니다. '융비정형기'에 대하여서는 자세히 모르오니 전문가에게 문의하심을!

— 「화장비결 Make-Up Secrets」(『여성』, 1936.7)

위의 두 인용문에서 보면 미인의 기준은 확실히 얼굴에 집중되어 있을 알 수 있다. 심지어 그것을 '간판'이라고 지칭할 정도로 미인에 대한 동시대인의 동경이 상당했음을 짐작할 수 있다. 그런데 이 기사에서 주목해야 하는 것은 얼굴의 미추를 구분하는 데 있어서 가장 결정적인 역할을 하는 것이 '코'라는 사실이다. 서구인의 외양을 추구하는 데 있어서 이 시기 가장 많이 논의되는 것은 눈이 아니라 코라는 점이 흥미롭다. 그것은 두개골 연구를 중심으로 한 체질인류학적 지식이 광범위하게 통용되었기 때문으로 생각된다. 체질인류학은 얼굴의 골격, 그중에서도 코를 우성과 열성을 구분하는 중요한 요소로 생각했기 때문이다.

실제로 인용문에서 나온 "코가 낮은 것은 미개한 족속에서나 보는 것"이라는 내용이나 코가 낮아 "융비정형기"를 사용하고 싶다는 질문은 이 시기 여성잡지에서 자주 볼 수 있는 것이다. 코에 대한 미용적 관심은 상당해서 이미 코 성형술이나 주사요법으로 코를 높이는 시술이 성행하고 있었다는 점도 인용문에서 확인할 수 있다. 서구인의 높은 코를 기준으로 문명과 야만을 가르는 우생학적 신체담론으로 인해, 높은 코를 갖고자 하는 미적 욕망이 다양하게 분출되었던 것이다. 얼굴을 둘러싼 이런 미적 기준은 점차 전체적인 신체조차 근대적 스포츠를 통해 서구적인 체격으로 변모되어야 함을 강조하는 논조로 나아가게 된다.

우리들의 규정하는 여성미란 상식적으로도 알다시피 어깨가 좁을 것 허리춤이 날씬하여 벌蜂의 허리처럼 될 것 ○부가 넓어야 할 것 대퇴는 굵되 발끝으로 옮아오면서는 뽑은 듯 솔직해야 될 것 등일 것이다. / 서양여성은 이러한 조건이 비교적 구비되어 있으나 우리 동양의 여성은 그렇지 못하다. / 일본여성들 중에는 최근에 와서 비교적 이상적인 타입이 많이 보이나 그러나 대체로 보아서는 어깨와 허리춤이 좁은 것은 좋으나 대퇴부 이하로 내려와서 아래 종아리가 너무 굵다. (…중략…) 조선여성의 곡선만은 확실히 남의 나라 여성보다 떨어진 것만은 사실일 것이다.

— 김용준, 「모델과 여성의 미」(『여성』, 1936.9)

옛날 부인에 비하면 평균해서 장신이나 체중이나 흉위나 모든 것이 잘 발달되었으며 일반적으로 늠름하고 훌륭한 체격의 소유자를 우리들은 신여성 중에서 많이 발견할 수 있다. 이리하여 미인의 표준은 날씬한 허리와 착 늘어진 어깨로부터 쩍 벌어진 가슴과 늠름한 골격으로 옮기어지고 있다.

— 정근양, 「의학상으로 본 신여성」(『여성』, 1937.2)

일반적인 미인론이 서구화된 얼굴에 집중하고 있었다면, 의학적인 기준에서는 얼굴뿐만 아니라 신체조건까지도 포함시키고 있다. 특히 인용문의 필자는 신여성의 특징을 키, 몸무게, 가슴이라는 신체조건 상에 있어서 서구화된 여성으로 한정하고 있다. 이러한 서구적 얼굴과 체격을 갖춘 여성으로 미인에 대한 기준이 변화되어가고 있다는 인용문의 논의는 서구적 외모에 대한 지향이 1930년대 중반 이후에는 완전히 자리 잡았음을 알 수 있게 한다.

이렇게 미적 기준이 바뀜에 따라 여성들의 치장을 둘러싼 미용 관련 논의에서도 조선 여성의 외모를 서구적 미인으로 보이게 할 수 있는 방법들이 주류를 이루게 된다. 커다랗고 둥근 눈매나 높은 콧날 등을 강조하는 서구적인 화장법은 오늘날과도 크게 다르지 않았다. 이는 이 시대 여성잡지의 화장품 광고를 통해서 구체적으로 확인되는데, 당고도랑의 광고를 보면 '티 없이 개인 창공과 같은 명랑화장『여성』, 1937.5'이나 '살아있는 불란서 인형『여성』, 1937.10'과 같은 서구적 피부와 이목구비를 강조하는 표현을 사용하고 있다. 이러한 광고들은 1930년대 여성잡지들에 지속적으로 실리면서 근대적 아름다움의 표준을 완전히 서구적인 외모로 정착시키는 데 결정적인 역할을 담당하게 된다.

문제는 이러한 외적 지향이 그대로 서구화와 근대화를 동일시하는 인식적 오류로 나아갔다는 점이다. 근대적 아름다움은 곧 서구적인 미모를 갖추는 것으로 인식되었고, 근대적 신체란 곧 서구적인 신체조건을 갖추는 것을 의미하였다. 바야흐로 아름다움을 판단하는 준거

〈그림 1〉『여성』지의 당고도랑 광고(1937.5·1937.10)
(좌) 티없이 개인 창공과 같은 명랑화장 (우) 살이 있는 불란서 인형
제공 : 소명출판

가 철저하게 서구인의 표준적인 외모로 방향을 틀게 된 것이다. 이런
방식의 미적 모방은, 망국의 현실을 주도하며 조선의 자생적 근대를
불가능하게 만든 일본의 제국주의적 욕망에 일치되는 것이기도 했다.
서구적 외모를 갖추기 위한 소비재의 대부분이 일본기업의 것이었다
는 점에서 더욱 그러했다. 다양한 산업 영역에서 자국의 기업들이 식
민지에 진출하고 시장을 차지하는 것이야말로, 제국주의 국가가 끊임
없이 식민지 확장 전쟁을 벌이는 근본적인 이유였기 때문이다. 더 나
아가 소비하는 신체로서의 여성은 전쟁과는 또 다른 차원의 동원 대
상이었음은 간과할 수 없다.

　이처럼 우생학은 서구적 외양을 지향하는 근대미용이 조선사회에

수용되는 과정에서 가장 중요한 담론적 기초를 형성하였다. 동시에 그것은 이 새로운 방식의 미적 준거가 가진 태생적 한계이기도 했다. 우생학을 뿌리로 한 이상, 끝없이 주변을 타자화 하고 세력 확산의 대상으로 삼고자 했던 제국주의적 욕망으로부터 자유로울 수 없었던 것이다. 서구화된 외모를 모방하는 것은 근대의 변방인 조선이라는 현실로부터 자신을 구분 짓는 방식이었다. 이러한 동시대인의 욕망과 여전히 식민지 국민일 수밖에 없다는 열등감의 중첩이야말로 조선사회에 우생학을 빠르게 뿌리내리게 했던 숨겨진 동력이었다.

그럼에도 불구하고 거기엔 분명 모방만으로 단정내릴 수 없는 또 다른 동력이 존재했다. 외양의 변모는 단지 겉모습만의 변화를 의미하는 것이 아니다. 외양의 변화를 '선택'할 수 있었던 것은, 이 달라진 미용을 추구하는 여성들의 내면이 '달라졌음'에 대한 표지이기도 했다. 설사 그것이 '달라졌음'을 가장假裝하는 것이라 할지라도 이 변화는 그녀들이 '달라질 수 있음'을 보여주는 것이었다. 따라서 근대미용이 단지 한 개인의 취향이 아닌 근대인이 갖추어야 할 교양으로까지 격상될 수 있었던 이유는, 조선의 여성에게 서구화된 미적 표준을 부여하고자 했던 동시대 여성잡지들의 의도와 이를 통해 스스로 '달라졌음'을 구분 짓고자 했던 모던 걸의 욕망, 그리고 여성을 소비주체로 적극 호명한 상업적 요구가 동시에 개입되었기 때문이다.

5. 근대라는 외적 표지

오늘날 우리에게 근대 시기 미용의 문제는 당대의 소비문화를 드러내는 가장 분명한 표상으로서 인식된다. 확실히 근대적 미용담론은 1930년대를 중심으로 여성잡지들의 상업적 요구와 기업들의 이해관계 속에서 이루어진 측면이 강하다. 그럼에도 불구하고 우리가 간과할 수 없는 것은 상업성으로서만 재단할 수 없는 근대적 여성교양에 대한 동시대적 요구가 일정하게 개입되어 있다는 것이다. 물론 근대적인 외양을 갖추는 것이 곧 근대적 여성이 갖추어야 할 교양이라는 논리를, 가장 적극적으로 이용했던 것은 기업의 상업주의였다. 하지만 외양으로부터 내면으로 이어지는 근대적 여성교양에 대한 동시대적 공감이 없었다면 그러한 상업적 왜곡도 불가능했을 것이다.

근대 이전의 여성들도 자신의 아름다움을 가꾸었고, 그 방법들은 규방을 통해 전달되었다. 그것은 여염집의 여인이든 기생이든 크게 다르지 않았다. 이처럼 미용의 문제는 여성들의 일상적인 삶 속에서 너무나 익숙한 것이었기에, 그만큼 쉽게 새로운 것을 선택하기 어려운 요소이기도 했다. 특히 '근대'라는 새로운 수사 안에서 제기된 미용은 결국 조선의 여성들이 오랜 세월 동안 가꾸어왔던 조선적인 아름다움으로부터 벗어나, 서구적인 아름다움을 얼굴에 입히는 과정이었다는 점에서 더욱 그러하다.

그럼에도 불구하고 이 새로운 미적 준거와 방법론이 순식간에 조선 여성의 일상을 잠식할 수 있었던 이유는 그것이 단지 '근대'라는 수사를 동원했기 때문만은外懸 아니었다. 거기엔 우생학으로부터 촉발된 신체에 대한 관심과 기대가 내재되어 있다. 외적인 근대화가 곧 내적인 근대화를 이끌 것이라는 강력한 믿음이 전제되었기에 가능했던 것이다. 이러한 관점에 기반을 두고, 본고는 우생학과 근대적 신체와의 관계 속에서 1920~1930년대 여성잡지에 나타난 미용담론의 의미를 탐색하였다.

이를 통해 1920년대 『부인』에서 『신여성』으로 이어지는 초기 미용담론은, 남성 정론지의 정치사회적 요구와 한 쌍을 이루게 할 근대적 교양의 일환이라는 분명한 의식 아래에서 기획되고 확산된 것임을 확인할 수 있었다. 또한 동시대의 사회적 담론으로서 우생학은 근대적 신체 변화를 긍정할 수 있는 토대가 되면서, 이러한 근대 미용담론의 형성을 실질적인 이끈 동력이 되었음을 알 수 있었다.

그러나 1930년대에 이르면 보다 거대해진 상업적 요구가 이러한 계몽적 기획을 압도하게 된다. 그로 인해 신체의 근대화를 통해 정신의 근대화를 이끈다는 우생학적 논리도 근대화와 서구화를 일치시키는 모방으로 변질되게 된다. 그럼에도 불구하고 근대적 신체를 통해 보다 빠르게 근대인으로 편입되고자 했던 동시대인의 총체적인 욕망이 근대적 미에 대한 열망의 출발점임은 부정될 수 없다. 바로 이 때문에 미용은 조선인이 꿈꾸었던 근대를 가시화할 수 있는 가장 확실한 가능항으로 기능할 수 있었던 것이다. 그러나 외형적인 미적 근대항이 오직 여성에게만 일방적으로 요구되었다는 것은, 이 시기 미용담론의 어쩔 수 없는 한계로 남을 수밖에 없다.[*]

---

[*] 『한국학연구』 33, 인하대 한국학연구소, 2014 수록본을 개고함.

제2부

근대적 신체와
장소

운동회, 놀이의 근대성과 '몸'담론

김남천의 『대하』 연구

스포츠는 국가와 이념을 초월하여 모든 사람을 하나로 만드는 데 기여한다는 표상을 지니고 있다. 하지만 스포츠만큼 정치적인 이벤트를 찾기도 쉽지 않다. 사실 그것은 국가적이고 정치적인 이데올로기를 가장 사적인 차원에서, 그리고 신체적인 감각으로 소비하게 만드는 모순적인 양가성을 지니고 있다. 그럼에도 오늘날 우리에게 스포츠는 모든 사람들이 하나의 감정으로 묶일 수 있다는 '고양高揚'의 순간을 제공한다는 점에서 매력적인 활동으로 받아들여진다. 그렇다면 근대적 운동경기로서 스포츠의 시작점은 어디에 있을까? 그것은 바로 운동회였다. 1990년대 초반까지도 학교운동회는 마을공동체 모두가 참여하는 최고의 이벤트였다. 봄가을 운동회가 열릴 때면, 아이들의 경기를 보려고 모여든 가족들로 학교가 인산인해를 이루었다. 또한 남녀노소 할 것 없이 즐길 수 있는 스포츠라는 이름으로 근대적 놀이를 배우고 익히는 교육의 현장이기도 했다. 김남천의 소설 『대하』는 근대적 놀이이자 축제로서 운동회의 기원을 보여주는 흥미로운 텍스트이다.

1. 근대적 놀이, 그리고 몸

근대의 수많은 담론을 관통하는 핵심. 그것은 바로 '몸', 즉 인간의 신체를 근대적으로 재편하고자 하는 노력들이다. 개인의 각성이라는 계몽적 당위와 함께 그 개인을 온전히 담아내는 그릇으로서의 신체는, 근대성의 표상으로 중요한 의미를 확보하게 된다. 우생학으로부터 위생, 청결, 제국과 군대, 체육, 의학, 노동, 더 나아가 미용과 패션, 유행에 이르기까지, 모든 근대적 담론의 토대이자 바탕은 바로 이 몸을 둘러싼 육체성이기 때문이다. 근대의 출발점이 개인의 각성이라면, 신체는 그 각성된 개인의 내면을 드러낼 외적 표지라는 점에서 근대성의 표상으로서 주목받았다. 따라서 근대 계몽담론이 형성되던 1890년대에서 1910년대까지가 '몸'이라는 새로운 화두에 계몽과 개화라는 수사를 덧붙이는 시기였다면, 1920년대부터 1930년대까지는 그 화두에 내재된 실질적인 근대성을 확인하고 확장해 나가는 시기였다고 판단할 수 있다.

바로 이 지점에서 김남천의 『대하』[1939]를 새롭게 읽어낼 필요가 있다. 이 작품에서 단연 주목되는 것은 형식의 혼례장면과 실질적인 주인공인 형걸의 면모가 부각되는 운동회 장면이다. 『대하』에서 가장 치밀하게 서술되고 묘사되었던 두 장면은 전근대와 근대를 대비시키며, 근대적 풍속의 결정적인 승리를 예감하게 만드는 것이라는 점에서 중요한 의미를 가진다. 『대하』를 이끄는 진정한 주인공으로서 형걸의 근대성을 육화시키는 것은 바로 그의 신체이며, 그것이야말로 이 '몸'을 둘러싼 초기 근대의 풍경을 가장 구체적으로 형상화한 것이기 때문이다. 이러한 '몸'이라는 화두와 더불어 적극 고려되어야 할 것이 '놀이'의 근대성이다. 건강한 신체에 대한 동경과 그 신체를 단련하는 놀이의 발견이야말로『대하』가 보여주는 근대적 풍경의 핵심이 아닐 수 없다.

이 점에서 본다면『대하』의 핵심적 사건으로서 '운동회'는 근대의 외적 표상으로서 신체에 대한 인식적 변화를 직접적으로 견인하고 있다는 점에서 보다 정밀한 분석을 요구한다. 특히 운동회는 박성권의 세 아들 중에서 서자인 형걸이 새로운 시대의 계승자임을 분명히 하는 결정적인 사건이라는 점에서 그 서사적 중요성을 간과할 수 없다. 이는 형걸이라는 인물의 내적 변화를 이끄는 동시에, 근대라는 새로운 문물의 선구자로서 그를 무대의 전면에 세우는 결정적인 사건이기 때문이다.

이에 본고는『대하』라는 세계를 구성하는 내적 원리로서 '몸'의 담론에 바탕하여 새로운 지평 위에서 그 서사를 분석하고자 한다. 특히 운동회라는 근대적 제도가 소설의 인물 형상화에 끼친 영향과 기능을 고찰하고자 한다. 그 중심에는 근대적 신체에 대한 대중의 열광이 놓여 있다. 형걸과 일련의 애정관계를 형성하는 세 여인-보부, 쌍녜, 부용을 매료시킨 요소는 다름 아닌 형걸의 건강한 신체이기 때문이다. 이처럼 사색하는 신체에서 운동하는 신체로의 인식적 전환은『대하』를 재조명하는 또 다른 분석틀이 될 것이라고 생각한다.

2. 운동회, '몸'에 대한 열광

　신체는 근대를 가늠하는 중요한 지표 중 하나이다. 근대 이전의 학문이 심心을 닦아 신身을 바르게 하는 것이었다면, 식민지 근대는 신身을 강건하게 함으로써 심心도 굳건히 할 수 있다는 인식적 전환 위에서 시작되었다. 따라서 신체에 대한 관심과 열광은 근대가 만들어낸 새로운 산물이라고 할 수 있다. 김남천의 『대하』는 이러한 변화의 시작점인 개화기를 무대로, 새로운 시대를 이끌 건강한 신체를 가진 근대적 인물을 형상화했다. 그 주인공인 형걸이 서자라는 신분적 한계를 넘어 근대인으로서 거듭나는 데 가장 결정적인 계기로 작용하는 것은 다름 아닌 운동회이다.

　김남천의 『대하』는 대략 1900년대 말에서 1910년대 초반을 그 배경으로 한다. 이 시기는 조선을 강제병합하려는 일제의 야욕이 구체화되던 때이며 동시에, 각지에 다양한 사립학교가 개교하면서 신교육에 대한 열망이 고취되던 때이기도 했다. 이와 함께 학교운동회의 양적 팽창이 이루어진 시기이기도 했다._{김성학, 2011, 1쪽} 작품의 후반부에 나오는 동명학교의 운동회 장면은 이러한 시대적 배경으로부터 그 모티프를 차용한 것으로 보인다. 특히 운동회는 성천이라는 작은 도시까지 잠식해버린 근대의 압도를 분명히 한다는 점에서 주목된다. 전반부에 나오는 형선의 혼례식 장면이 성천이라는 작은 도시에 밀려드는 근대문물의 확산을 보여준다면, 운동회 장면은 이 근대문물의 필연적 승리를 보다 확실하게 각인시키는 역할을 담당한다.

운동회에는, 평양서 대성학교와 일신학교 학도가, 각각 열 명씩 온 외에, 용강龍岡과 강서江西와 영유永柔의 앞대에서 다섯 명 여섯 명씩 참가하였고, 가까운 고을에선 순천이 빠지고, 은산, 자산서 열 명씩, 그리고는 이 고장서 고을보다도 먼저 개화사상을 받아들인 대드리, 갱고지, 남전서 학교생도 전부가 거진 참여하여서, 동명학교 학도까지 합하니 이백오십 명이 훨씬 넘었다. 동명학교 학도 중에는 머리를 아직 깎지 않은 학생까지 있어서, 운 동회에 참여하지 않는 작자까지 있었으니 제복도 일치하지 못했으나, 평양 이나 앞대에서 온 학도들은, 무명에다 검정 물을 들여서 양복을 일치하게 해 입고, 신발은 그대로 참신이나 메투리나 짚신이었으나, 흰 각반까지 한 결 깎듯하니 올려쳤고, 한두 명씩 나팔수까지 끼여 있어서, 그 복색하며, 조 련하며, 거동이 제법 군대처럼 놀라웠다.

— 김남천, 『대하』(1947, 357~358쪽)

인용문은 단오를 맞이하여 열린 동명학교의 운동회에 참가하기 위해 평안도 곳곳에서 모인 학도들의 모습을 담아내고 있다. 이 부분은 『대하』의 시간적 배경을 추측하는 데에도 중요한 단서를 제공한다. 김남천은 「직업과 연령」『조광』, 1940.11에서 『대하』의 시대적 배경이 1906년이라고 밝힌 바 있다.정호웅·손정수 외편, 2000a, 644쪽 주인공 형걸과 형선이 다니는 성천의 동명학교가 개교한 시기가 1906년이라는 점은 이를 뒷받침한다. 그러나 실제 작품의 서술을 살펴보면 여기에는 다소간의 오류가 존재한다.

먼저 갑오년1894에 스물서너 살이었던 박성권이 작품의 현재에서는 마흔 살인 점을 고려한다면 이 작품의 현재는 대략 1911~1912년이 되어야 한다. 그러나 작품 내부에서 체육교사인 정영근과 잡화상 주인 나카니시와 같은 주변인물 묘사를 근거로 보면 모순이 발생한다. 서술에 따르면 진위대의 장교였던 정영근은 해산 후에 동명학교 체육교사가 되었다. 여기에 더해 나카니시는 진위대 해산 후에 생긴 수비대의 용달을 1년 정도 맡아 부를 축적해서 잡화점을 차렸다는 서술이 나온다. 진위대가 해산된 것이 1907년이므로 이 작품의 배경은 1908년보다 이전이 될 수는 없다.김종욱, 2007, 106~109쪽 따라서 김남천이 말했던 1906년보다는 박성권의 나이를 기준으로 한 1911년 전후를 시간적 배경으로 보는 것이 일면 더 타당해 보인다. 그러나 이것 역시도 모순되는데, 그 이유는 작품 속에서 경술국치1910에 따른 사회적 동요가 전혀 드러나지 않기 때문이다. 이를 고려하자면 작품의 배경은 최소한 1910년 이전으로 설정되어 있음을 알 수 있다. 작품의 서술이 실제 역사적 사건과 모순되는 것은 기록이 아닌 기억을 중심으로 사건을 재구성했기 때문일 것이다.

"운동회 때 어데어데서 올려넌지 몰루나, 안즉" 하고 길손이가 손을 조끼주머니 속에서 아무쩍거리며 물으니, 말을 멍하니 바라보든 대봉이가, "작년에 폐양 왔던 고장선 거반 다 올게다. 그렇거든 위선 폐양," 하고 넘뜨럭 손을 들어 곱으면서, "쉰천, 은산, 자산, 엥유, 강세, 농강, 이건만 해두 닐급이지, 거기다가 대드리에서 올게구, 기창이랑 아마 이런 데서두 올게다. 강동이랑 양덕 촌놈덜두 올래나. 아마 거진 안즉뚜 학교가 없는 지두 몰라".

— 김남천, 『대하』(1947, 113~114쪽)

그렇다면 이 작품에서 가장 중요한 사건으로 다루어지는 연합운동
회의 직접적인 모티프는 어디에서 찾을 수 있는가? 인용문에서 대봉
이의 대화를 살펴보면, 성천에서 열린 이 연합운동회 이전에 평양에
서 최소한 1회 이상의 연합운동회가 열렸음을 알 수 있다. 기록에 따
르면 1908년 4월에 평안남북도 각 학교의 대규모 연합운동회가 평양
에서 개최되었고,김성학, 2011, 2쪽 이후 평안도 지역에서는 대규모의 연합
운동회가 이어졌다고 한다. 이것이 이 작품의 직접적인 모티프가 되
었을 것으로 생각된다.

요시미 슌야에 따르면 이러한 운동회는 근대의 국민국가가 스스로
권력의 새로운 포메이션의 하나로서 발명하고 연출한 전형적인 '근
대 마쓰리'의 하나로 기능한다.요시미 슌야, 2007, 20쪽 그것은 제국의 건립을
위해 군인이 되어줄 건강한 신체를 조련하는 공적인 교육제도이면서,
동시에 마을 사람들을 하나의 공동체 의식으로 엮어주는 축제로서 기
능하기도 했다. 일본 최초의 운동회로 알려진 것은 1874년 도쿄 쓰키
지의 해군학교 기숙사에서 개최된 '교토요기카이競鬪遊戯會'이지만 일
본에서 운동회가 학교의 연중행사가 된 것은 1890년대 전후였다고
알려져 있다.김성학, 2011, 22~24쪽 운동회를 중심으로 메이지 정부는 근대
스포츠 장려 정책을 펼쳤는데, 이는 '제국의 건설'이라는 거대한 목표
를 위한 것이었다. 다양한 방식으로 신체를 동원하는 것은 제국의 토

대였고, 운동회는 그에 합당한 신체를 가진 '국민'을 탄생시키기 위해 훈련하고 조련하는 경연의 장이었다. 더 나아가 운동경기에 참여하고 응원함으로써 강력한 공동체 의식까지 함양할 수 있었다.

일본의 운동회가 제국이라는 거대한 목표 위에서 조직되었다면, 그러한 일제 야욕의 직접적인 대상이 되었던 조선에서 운동회는 보다 복잡한 성격을 가지게 된다. 조선 최초의 운동회는 '1895년 4월 18일, 김윤식을 비롯한 온건개화파가 만든 일본식 교육기관인 을미의숙乙未義塾에서 개최된 대운동회',황의룡, 2011, 9쪽 혹은 '1896년에 영어학교의 화류회'황의룡, 2011, 11쪽를 꼽는다. 이 시기 운동회는 일본의 초기 운동회와 마찬가지로 꽃놀이를 겸해 몇 가지 육상 경기를 겨루는 방식이었다고 한다. 이러한 운동회의 성격이 달라지기 시작한 것은 1905년 을사보호조약의 체결 이후이다. 이때부터는 연합운동회의 형태로 성대하게 개최되었는데, 군대와 같은 사열이나 체조, 육상, 기마전과 같은 종목이 주류를 이루었다고 한다.『황성신문』, 1907.5.3·1907.10.26 이것은 바야흐로 운동회가 제국주의에 합당한 '국민의 신체'라는 구체적인 목표에 봉사하게 되었음을 의미한다.

이에 따라 점차 규모가 커진 운동회는 실질적으로 군사훈련과 유사한 성격을 가지게 되었다. 이는 『대하』의 서술에서도 확인된다. 보다 개화된 지역인 평양에서 온 학생들에 대해서는 "그 복색하며, 조련하며, 거동이 제법 군대처럼 놀라웠다"라고 표현되는데, 이는 이미 평양지역에서는 운동회의 성격이 군사훈련을 지향하고 있었음을 알 수 있게 한다.

김남천의 『대하』는 이러한 근대 초기 운동회의 성격과 내용을 실감나게 구체화시킨 텍스트라는 점에서 일종의 스포츠 서사라고 명명할 수 있다. 초반부에 나오는 형선의 혼례 장면을 제외하면, 전체적으로 성천에서 열리는 연합운동회의 준비단계에 맞추어 서사가 진행되고 있기 때문이다. 특히 주인공 형걸과 그의 동명학교 친구들이 등장하는 대부분의 장면에서 단오 운동회는 가장 중요한 화젯거리가 된다. 형걸이 주요 서술 대상이 되는 장들은 직간접적으로 운동회와 관련되는데, 그 빈도수를 정리하면 다음과 같다.

등장	내용	의미
4장	형걸과 손대봉의 단발	내적 요인은 형선의 혼례식으로 인한 좌절감을 다른 표출이나, 외적 요인은 곧 있을 운동회를 대비하기 위함이다.
5장	형걸, 형선, 그 외 친구들의 달리기 시합	단오에 있을 대운동회에 대한 여러 이야기를 나누고 달리기 시합도 한다. 이 장면은 형걸과 쌍네의 필연적 만남에 시간적 개연성을 부여한다.
7장	운동장에서의 연합체조	함께 체조를 하면서 칠성이네에 자전거 구경을 가기로 계획. 이 과정을 통해 형걸뿐만 아니라 동년배 친구인 대봉이의 애욕과 평양(개화)에 대한 동경이 구체적으로 드러난다. 또한 이와 연이어 형걸과 쌍네의 만남도 또 한 번 이루어진다.
11장	전도하러 부용의 집에 감	형걸과 그 친구들이 예배당에 출석하게 된 배경을 설명한다. 그것은 동명학교 이전에 다녔던 기독학교의 영향이다. 예배당에서 예배를 마치고 전도하러 다니던 와중에 형걸과 부용의 만남이 이루어진다.
12장	점점 확장되는 나까니시 상점	평안도 연합운동회를 미리부터 준비하는 나까니시 상점의 모습이 도입을 장식한다.
15장	단오 대운동회	운동회의 구체적인 일정과 형걸의 활약을 통해 이 작품에서 형걸이라는 인물이 가진 성격이 확연하게 드러난다. 평안도 각지에서 몰려든 청년들의 모습과 경기는 근대가 가진 압도적인 힘을 분명하게 보여준다. 또한 부용에 대한 박성권의 애욕이 구체화되면서, 향후 부자간의 갈등이 일어날 것임을 예감하게 한다.

총 16장으로 구성된 『대하』에서 6개의 장에서 운동회와 관련된 사건들이 제시된다. 『대하』 전체를 놓고 보아도, 단오 대운동회가 이 작품의 절정이라는 점에서도 그 중요성은 간과될 수 없다. 그러나 무엇

보다도 운동회는 형걸이라는 인물을 근대의 계승자로 성장하게 하는 직접적인 동력이 된다는 점에서 보다 주목된다. 형걸은 운동회 연습을 전후로 하여 그와 연애관계에 놓이는 쌍네와 부용, 두 여인과 인연을 맺게 된다. 또한 대운동회라는 대규모의 근대적 축제는 애욕으로만 충만했던 형걸을 변화시킨다. 새로운 문물과 근대적인 사람들, 대중의 환호성을 통해 형걸은 육체적인 운동으로 내면까지 성장하는 경험을 하게 되는 것이다. 따라서 운동회가 끝난 뒤, 다시 마주친 쌍네 앞에서 형걸이 이전과 달리 애욕이 아닌 모랄을 드러낼 수 있었던 이유도 바로 이 때문이다.

　김남천은 「작품의 제작과정」을 통해서 『대하』는 신흥 부호 박성권의 가족사로 조선의 근대를 재조명하고자 했음을 밝힌 바 있다.^{정호웅·손정수 외편, 2000a, 498쪽} 이 점에서 본다면 이러한 운동회는 이 가족사 연대기 소설에서 김남천이 보여주고자 했던 근대성을 가장 핵심적으로 응축한 제재가 아닐 수 없다. 그것은 비단 박성권의 세 아들 중에서 서자인 형걸이 근대의 계승자로 선택된 것 때문만은 아니다. 운동회는 한 개인의 근대적 성장을 견인하고 전시하는 것임과 동시에, 전통적인 삶의 붕괴와 초기 상업주의의 도래를 가장 비약적으로 보여주는 마당이기도 했다. 전통적인 상업 방식을 유지했던 박리균 형제의 몰락과 신문물을 발 빠르게 들여왔던 나카니시 잡화점의 성장은 이를 분명하게 보여준다. 그와 동시에 조선인 상점과 일본인 상점의 흥망성쇠가 교차되는 지점까지 예민하게 포착함으로써 식민지 근대가 어떤 방식으로 확산되는가를 그려낸다.

눈치 빠른 나까나시 네가 단오 전에 한차판을 실어온 잡화상품은, 단오
도 되기 전에 대부분이 팔리어서, 그는 몇 가지 운동회 때 씌울 상품을 더
첨가해서 다시 한 달구지 가까운 짐을 평양서 해왔다. 집집이 남포동 없는
집이 없고, 양말 신지 않은 젊은이가 드물었다. 대패밥으로 만든 농납도 순
식간에 팔려버렸고, 몇 통씩 해온 히로 담배도 나래가 돋친 듯이 사람 사람
의 호주머니 속에 날아가 들었다.

— 김남천, 『대하』(1947, 354쪽)

이처럼 김남천은 운동회라는 축제가 가진 폭발성과 찰나성을 통해
조선사회에 근대가 어떻게 밀려들었는지, 또한 그것이 얼마나 순식간
에 삶의 모습과 개개인의 내면을 변화시켰는지를 구체적으로 보여주
었다. 더 나아가 '몸'에 대한 근대적 열광을 전시함으로써 운동회는 형
걸이라는 한 인물의 성장과 모든 인간관계를 직접적으로 견인하는 사
건으로서 자리 매김 된다.

3. 놀이의 근대적 재편

근대체육의 등장은 무엇보다도 신체에 대한 인식을 변화시킨다. 도
덕과 예의 수양에 역점을 두었던 유교 교육의 테두리 내에서 형이하
학이자 패도의 길로 간주되던 운동, 신체, 힘, 근육, 강병強兵이 새로운
시대의 패권을 장악하게 된다.김현숙, 2014, 116쪽 이러한 근대체육의 향연

으로서 운동회는 무엇보다도 놀이를 근대적으로 재편한다.

엄밀히 말해 근대 이전까지 놀이는 아이들의 전유물이었다. 고된 육체노동을 감당해야 하는 평민이나 학문수양에 힘써야 하는 양반에게 놀이할 수 있는 여가는 존재하지 않았다. 활쏘기나 말타기와 같은 성인남자의 놀이는 몇몇 부유층에게나 가능한 것이었다. 그러나 보다 본질적으로 놀이문화의 발전을 저해한 것은, 육체적 활동을 정신적 활동보다 낮게 보는 사회 분위기였다. 운동회는 바로 이러한 사회적 인식을 교정하고 개화하는 역할을 담당한다. 학생들 간의 경연을 넘어서, 근대스포츠를 대중에게 소개하는 전시적 기능까지 담당하는 것이다.

> 넓은 운동장 안에서 지금 한창 경기 중에 있는 줄다리기를 흥미 있게 바라보고 있다. 학도 전보를 두 번에다 나누어서, 그것을 다시 두 패로 갈라갖고 굵고 길다란 줄을 양쪽에서 당기는 것이다. 한편에서 발을 버티고 힘을 다하여 '영차'하면 또 한편에서도 이를 악물었다가 '영차' 하고 맞당기어, 굵은 닻줄은 활쩍처럼 곧게 움직이려고 안 한다.
>
> ― 김남천, 『대하』(1947, 361쪽)

"기마전이라면 말을 타고 싸우는 것인가요."

"말이야 있겠소마는, 어떤 자는 말이 되고 어떤 자는 기수가 되겠지오" 하고 대답하는 이가 있다.

"추립" 소리가 나고 "기척" "우로 나라니" "번호" 소리가 연달아 난 뒤에,

두 패로 갈러 선 학도들은, 각각 인솔자의 뒤를 따라 운동장 가운데로 들어온다.

— 김남천, 『대하』(1947, 363쪽)

단오라는 전통적인 축제를 계승하고 있지만, 운동회는 이전의 단오 축제에서 볼 수 없었던 다른 방식의 놀이들로 구성되어 있다. 조선의 축제는 '대동'이라는 목표 아래 모두가 어우러지는 것을 중시했기에, 이러한 축제에서 벌여졌던 여러 민속놀이들은 승자와 패자를 구분한다기보다는 다함께 즐기는 것에 가까웠다. 그러나 운동회는 이러한 놀이를 형식적인 조직에 의해 제도화되며, 합리적인 방법을 통해 합법화된 규칙을 가지고 있고, 정해진 참가자들의 수와 게임장소, 게임 시간이 있으며, 선수와 관객 사이에도 엄격한 구분이 존재하는 근대스포츠로 재편한다.김주리, 2003, 27쪽 승자와 패자가 철저하게 구분되고, 적군과 아군이 분명하게 나누어지는 게임의 룰은 전통적인 민속놀이에서 볼 수 없었던 흥분을 대중에게 선사한다. 따라서 운동회에 참여하기 위해서는 일상적인 훈련이 동반되어야 한다.

바로 이러한 운동회로부터 주인공 형걸의 성격이 결정된다. 형걸에 대한 서사가 등장하는 대부분의 장면에서 그는 무엇인가 운동을 하고 있다. 말을 타고 나가거나, 동명학교 친구들과 달리기 시합을 하거나 씨름을 하고, 운동장에서 체조를 한다. 이러한 그의 신체활동은 그대로 그의 가장 중요한 매력으로 작용한다. 이처럼 운동하는 신체를 가진 남성 주인공의 탄생은 대단히 흥미롭다.

이는 무엇보다도 『대하』가 창작된 1930년대의 시대적 조건으로부터 기인한다. 사색하는 주인공에서 운동하는 주인공으로의 전환을 견인한 것은 다름 아닌 올림픽이다. 1930년대에 일본에서는 본격적으로 스포츠 대중화시대가 열리는데, 이는 1931년의 만주사변을 계기로 일본 정부가 국가의 위상을 드높이기 위해 스포츠에 대한 지원책을 적극적으로 펼쳤기 때문이다.김옥희, 2012, 95쪽 더구나 1940년에 열리는 올림픽의 개최지는 무려 도쿄였기 때문에 이러한 분위기는 더욱 과열될 수밖에 없었다. 물론 중일전쟁으로 인해 개최지는 핀란드 헬싱키로 넘어갔고, 그마저도 제2차 세계대전의 발발로 열리지 못했지만 말이다. 이러한 일본의 분위기는 조선에도 일정한 영향을 미치게 되어, 일본인이 세운 조선의 학교에서도 운동회가 적극적으로 개최되었다.

그런데 그보다 결정적인 사건이 하나 더 있다. 1930년대 후반 장편소설에서 운동에 재능을 가진 만능 스포츠맨형 남성 주인공들이 많이 등장할 수 있었던 배경, 거기엔 손기정 선수가 있었다. 바로 동아일보의 일장기 말소사건으로도 유명한, 손 선수의 1936년 베를린 올림픽 마라톤 금메달 획득이다. 이는 근대스포츠와 그 경연방식에 대한 대중적 관심을 이끌었고, 김남천은 『대하』에서 그러한 독자들의 기호를 적극 반영하였다. 달리기, 줄다리기, 기마전 등 운동회 종목에 대한 구체적인 룰과 경기과정을 세밀하게 묘사한 이유도 바로 여기에 있다. 올림픽의 꽃이라 할 수 있는 마라톤에서의 금메달 획득이 근대적 영웅을 바라보는 새로운 시야를 제공한 것이다.

붉은 끈을 머리에 둥인 형걸이를 오른편쪽 패 첫머리에서 발견하고, 잠시 그의 거동을 눈 붙여 보았다. 윗저고리는 벗어부쳐서 흰 속적삼만 입은 형걸이가, 세 사람으로 된 말안장을 툭툭 두드려 보면서, 기고만장하야 싱글벙글하고 있는 것이 보이었다.

— 그렇게 내세우고 보니 그놈만한 인물이 없겠군 — 하고 박 참봉은 속으로 만족하니 그를 바라보고 있다.

— 김남천, 『대하』(1947, 363쪽)

결국 『대하』에서 가장 근대적인 인물인 형걸의 인물됨을 형상화하는 것은 바로 그의 외적인 아름다움이다. 그것은 단지 얼굴의 아름다움이 아니라 많은 운동으로 단련된 강하고 다부진 그의 신체로부터 비롯된다. 따라서 작품 전반에서 그가 말을 타고 있거나, 씨름이나 달리기 같은 운동에 적극적으로 참여하는 것은 다분히 의도적이다. 게다가 일단 시작하면 또래 중에서 가장 뛰어난 기량을 보여준다. 후반부의 절정인 운동회에서도 동명학교 출신 중 가장 두드러지게 활약하는 것은 바로 형걸이다.

그러나 형걸이 새로운 시대의 계승자로 거듭날 수 있었던 요인은 단지 뛰어난 운동능력 때문만은 아니다. 오히려 그 힘은 그가 '놀이'의 근대적 재편에 가장 적극적으로 개입하고 그것을 주동했던 인물이라는 사실로부터 나온다. '단발'은 그 시작점이다.

선뜩하고 쇠가 형걸이의 ○석에 와 닫는다. 그러드니 똑딱 소리를 연신

내이면서, 찬 금속물은 머리를 한 바퀴 오르내린다. 머리에 부는 바람이 갑자기 차서 등골이 산뜩하였다. 머리채가 털썩하는 소리를 내이며 귀 옆을 스쳐서 그의 눈앞 까만 흙 마당 위에 떨어져 뒹군다. 그러나 기계는 아직도 머리를 다스리노라고 그냥 오르내리기만 한다. 빗자루로 머리를 확확 쓸어내리니 시원하기는 비할 데 없으나, 또 한편으론 걷잡을 수 없는 서운한 생각이 뿌엿하니 가슴을 쳐 받았다. 바른 손으로 가만히 머리를 만져 보니, 여느 때 같으면 기름진 머리빨이 미츳할 텐데, 바늘 끝처럼 손바닥을 찌르면서 착각錯覺같이 손은 허전허전하다. 내 것이 아닌 것처럼 손맛이 온통 변해버렸다.

— 김남천, 『대하』(1947, 88~89쪽)

'단발'은 형걸을 매력적인 근대인으로 변모시킨다. 동시에 그것은 근대적인 신체를 견인한다. 단발을 하고 나면 거기에 걸맞은 몸가짐과 옷차림이 필연적으로 따라오게 된다. 형걸 역시 단발한 이후에 또래와 보다 격렬한 운동에 참여하게 된다. 또한 단발은 운동회라는 근대적 활동에 참여하기 위한 기본적인 전제이기도 했다. 운동회는 서로 간의 힘을 겨루고 공동체 의식을 고취시키고자 하는 축제의 성격을 띠고 있었지만, 이 축제의 주체가 되기 위해서는 운동회라는 근대적 제도에 맞는 외양을 갖추어야만 했다. 이것은 같은 시기를 배경으로 창작된 이기영의 「봄」을 통해서도 확인할 수 있다.

어느 날 신 참위는 학교에 평의회를 소집하고 이와 같은 학도들의 머리

에 대한 공기와 시대풍조를 들어서 일장 연설한 뒤에 도대체 학교라는 곳
은 군대와 같은 것인데 학도들이 머리를 그대로 두고 다닌다는 것은 시대
착오라고 일제히 깎이자는 주장을 해보았다.

— 이기영, 『봄』(1989, 275쪽)

인용문은 당시 학교 교육의 관계자들이 학교를 군대와 같은 것으로
인식하였음을 잘 보여준다. "구호에 따라 정확하게 행동하고 일률적
으로 동작을 맞추어야 하며 그를 통해 집단적인 행동의 방침을 습득
하는 것. 그것이 근대적 학교가 최초로 요구한 학습이었던 것이다."^{김주}
^{리, 2003, 22쪽} '단발'은 그 요구를 습득했다는 외적인 표지였다. 운동회를
위해 단발을 요구하는 것은 『대하』에서도 마찬가지이다. 동명학교 학
도 중에서 머리를 깎지 않은 학생은 운동회에 참여하지 못했다는 서
술을 통해 단발이야말로 운동회에 참여할 수 있는 첫 번째 조건이었
음을 짐작할 수 있다. 결국 운동회는 단발로 대표되는 근대적인 생활
방식과 풍속을 학생들에게 교육하고 강제하는 성격을 가진 것이었다.
따라서 상학나팔을 불기 위해 형걸이 스스로 단발한 것만으로도, 작
가는 이미 그가 이 새로운 시대를 능히 이끌어나갈 계승자가 될 수 있
다고 인식하고 있음을 방증한다.

이처럼 형걸은 놀이의 근대적 재편 과정에 적극적으로 참여함으로
써 근대인으로서 거듭날 수 있었다. 이것은 더 나아가 박성권 가계의
진정한 계승 구도에서도 형걸의 필연적인 승리를 예감하게 하는데, 맏
아들 형준의 타락은 이를 뒷받침한다. 사실 형준과 형걸은 형선의 혼

례를 기점으로 같은 욕망에 빠져든다. 자기의 사업을 갖지 못한 형준은 무료함에 지쳐가고, 서자라는 신분적 굴레로 인해 집안에서 둘째라는 서열을 형선에게 뺏긴 형걸은 자기 처지에 좌절감을 느낀다. 형준과 형걸 모두 자신이 현재 겪고 있는 괴로움을 애욕으로 해소하고자하는데, 그 대상이 되는 것은 바로 막서리 두칠의 처인 쌍네이다. 그런데 쌍네의 마음을 얻어야 하는 이 첫 번째 경쟁에서부터 형준은 형걸에게 패배한다. 이 패배는 그가 놀이의 근대적 재편으로부터 소외된, 구시대의 유산을 계승한 자라는 한계로부터 기인한다.

형준은 박성권의 절대적 권위와 맏아들이라는 우월감에 갇혀 근대교육을 거부함으로써, 동생들과 달리 근대라는 새로운 문물의 세례를 경험하지 못했다. 따라서 고리대금으로 부를 축적한 아버지의 원죄를 가업으로 물려받을 그에게 허락된 것은 무료하거나 타락하는 것뿐이었다. 이 점에서 본다면 형준이 '삼십육계'에 빠지는 것은 필연적이다. 청년이 마땅히 누려야 할 육체적 역동성과 패기를 거세당한 그에게 허락된 유일한 놀이는 노름뿐이었기 때문이다. 그것은 육체적 놀이의 부재를 메우면서 형준을 타락시킨다.

> 그는 아까부터 꿈을 꾸려고 안타까워하는 것이다. 뭣이든 꿈만 꾸면 곧 그놈을 풀어서 해몽을 한 다음, 통수로 있는 신 도감申都監을 따라서, 삼십육계三十六界의 덕대가 앉아서 기다리는 박 이방 네 뒷방으로 갈 참이다.
>
> ─ 김남천, 『대하』(1947, 277~278쪽)

밥 먹으면 잠을 잔다고 야단이었고, 잠을 잔다고 누우면, 꿈이 꾸여지리
다, 라고, 일부러 손을 숨통 있는 가슴에다 올려놓고 빌어 섬기며 지랄이고,
자다 깨여 나선 미친놈 모양으로 눈이 멀개서 꿈을 풀어보노라고 정신이
빠져 앉아 있는 것이다.

— 김남천, 『대하』(1947, 292쪽)

형준의 타락은 동시에 고리대금으로 부를 축적한 박성권의 성공이
투전판에서의 일시적 승리에 불과함을 암시하는 것이기도 하다. 무엇
보다도 그의 타락이 끝없는 잠과 동반된다는 것에 주목할 필요가 있
다. 흔히 계몽주의적 상징 속에서 잠과 꿈은 계몽과 개화의 반대적 의
미를 갖는다. 더불어 그것은 죽음처럼 침체되어 있는 그 무엇, 근대라
는 새로운 시대에 편입될 수 없는 상태를 의미한다. 이 점에서 본다면
꿈을 꾼 뒤 그 해몽을 바탕으로 글귀를 적는 이 삼십육계라는 노름은
다분히 상징적이다. 그러므로 형준이 패배할 수밖에 없는 전근대의
계승자라면, 형걸은 새롭게 도래하는 근대의 계승자이다. 따라서 이
애욕의 관계에서조차 형걸이 승리자가 되는 것은 필연적이다.

『대하』에서 형준과 형선뿐만 아니라 아버지 박성권이 욕망하는
모든 여인들 — 각각 쌍네, 보부, 부용은 모두 형걸에게 전적인 애정
을 드러낸다. 박성권과 형준, 더 나아가 형선조차도 범접할 수 없는
형걸의 절대적 우위는 바로 근대교육과 운동하는 신체이다. 형걸이
지닌 육체적 아름다움이 얼마나 압도적인지는 작품의 곳곳에서 묘
사된다.

"웅, 박 참봉네 작은 아들하구 나팔 불러 가는가 보든" 하고 올케도 천연히 대답한다. 그래 그 쩍에 본 키 크고, 눈이 으글으글하고, 웃으면 흰 이가 새하얗게 내보이는 총각이, 박 참봉네 작은 아들인 것을 비로소 알았고 이따금 선뜻 그 얼굴이 그의 눈앞을 지내가고는 하였다.

— 김남천, 『대하』(1947, 47쪽)

그것이 얼마 전에 꿈도 아닌 생시에, 도련님 중에서도 가장 미쭛하고 깨끗한 두무골 도련님과, 어엿하니 길 위에서 벌어졌다니, 귀신에 홀렸다는 생각을 가짐도 과시 무리는 아니었다.

— 김남천, 『대하』(1947, 144쪽)

그 학도, — 이름도 성도 모르지만 두 손목에서 울리는 억센 혈맥을, 그는 한참 동안이나 제 손목에 넣어 본 일이 있다.
항우 같은 두 외방사람을 거꾸러뜨리기는 했으나, 한참 어울려 싸울 땐 비명을 울리리만큼 그도 피곤하였을 것이다. 비호처럼 몸을 뽑아 행길을 건너 강기슭으로 달아나는 학도의 뒤를 쫓아, 부용이는 저도 모르는 흥분에 싸여 골목길을 뛰어내려 왔든 것이다.

— 김남천, 『대하』(1947, 313쪽)

형걸을 자신과 혼례할 박참봉의 둘째 아들 형선으로 착각했던 형선의 아내 보부, 너무나도 싫은 두칠이와 평생을 살아야 한다는 생각에 자결까지 생각하던 쌍네, 자신을 위해 길에서 불한당과 싸워준 형걸을 사모하게 된 기생 부용. 그녀들의 매료시킨 것은 형걸의 강인하고 아름다운 신체였던 것이다.

결국 형준의 타락과 형걸의 성장이라는 대비는 근대적 신체라는 '몸'의 담론을 통해 변화되는 일상적 삶의 모습을 독자에게 실감하도록 만든다. 놀이의 근대적 재편 과정으로부터 탈락한 자와 거기에 편입된 자를 극명하게 대립시킴으로써, 김남천은 근대의 논리가 그 무엇보다도 인간의 신체에 직접적이고 구체적으로 개입되는 과정을 형상화했던 것이다. 결국 『대하』에서 형걸의 신체는 그대로 식민지 조선의 근대라는 전 과정을 육화하는 것으로 새로운 의미망을 갖게 되는 것이다. 근대의 기원을 재조명하고자 했던 작가의 의도는 바로 여기서 보다 분명해진다.

4. 제국주의 근대의 기원 탐색

『대하』의 제재와 작가의 태도는 내가 작년도에 발표한 「현대 조선소설의 이념」과 「풍속과 세태」 등, 일련의 장편소설 개조론에서 누차 말해온 '연대기를 가족사의 가운데 현현顯現시킨다'는 일구로써 짐작할 수 있는 것으로 시대는 30년 전부터 현대까지, 서도의 어느 고을 신흥 부호의 가족사 흥망기로써 말해볼 수 있다.

— 김남천, 「작품의 제작과정」(정호웅·손정수 외편, 2000a, 498쪽)

김남천은 「작품의 제작 과정」에서 『대하』의 창작의도를 가족사 연대기를 통해 근대의 기원을 복원하는 것이라고 밝힌 바 있다. 『대하』의 소설적 현재가 1900년대 말에서 1910년대 초반으로 설정된 것은, 그 시기야말로 김남천이 살고 있는 1930년대라는 시대가 가진 모든 근대적 조건의 기원이라고 생각했기 때문일 것이다. 그런데 근대의 기원을 재조명하는 작가 김남천의 관심은 운동회에 집중되었다.

운동회는 일제 식민 수탈의 예비단계로서 시작되었지만, 조선에서 운동회가 적극적으로 수용될 수 있었던 데는 조선사회 내부의 요구가 보다 강렬하게 개입되었다. 무엇보다도 운동회는 부국강병이라는 목표 아래 애국심을 고취하는 성격을 가졌다. 따라서 일제의 침략 야욕이 본격화되는 1905년에서 1910년 사이에 대규모 운동회가 전국적으로 확산된 것은, 외세의 침략에 대한 위기의식이 반영된 결과물이라고 보아야 한다. 근대국가의 안정과 성장을 위해서는 건강한 신체가 절대적으로 요구되었기 때문이다. 운동회는 훈련을 통해 다져진 이러한 신체를 겨루는 경합의 장이었고, 이를 통해 서로의 공동체 의식을 애국심으로 발전시키는 일련의 과정이 되어주었다.

그런데 김남천이 『대하』에서 운동회의 이러한 역할을 재조명할 수 있었던 이유는, 대중적인 근대스포츠에 대한 적극적인 지원과 홍보가 이루어졌던 1930년대의 시대적 분위기와도 무관하지 않았다. 대동아전쟁으로 치달았던 일본 제국주의는 근대스포츠를 통해 내부적 결속을 다지고 전쟁에 대한 불만을 잠식하고자 했다. 일제의 이러한 의도와 맞물려 1936년 베를린 올림픽에서 손기정 선수가 마라톤에서 금메달을 딴 사건은, 조선 내부에서도 근대스포츠에 대한 관심과 열망을 높인 계기가 되었다. 이러한 대내외적 조건들로 인해 김남천은『대하』에서 근대의 기원으로서 운동회라는 제도를 새롭게 호출할 수 있었던 것이다.

이는 소설의 인물 형상화에도 영향을 미친다. 이전까지의 소설에서 남성 지식인 주인공에 대한 대부분의 묘사는 그가 얼마나 학문적이고 깊이 고뇌에 찬 인물이었는지 보여주는 것에 집중하였다. 이는 한 개인의 정신적인 고양을 통해 근대에 도달할 수 있음을 기대하였기 때문이다. 그러나『대하』에서 형걸은 전혀 다른 유형의 인물로 거듭난다. 그는 호전적이고, 민첩하며, 생각하기보다는 행동하기를 더 즐기는 인물이다. 그의 근대성은 그의 정신보다는 육체를 통해 드러나며, 그것은 그 누구도 범접할 수 없는 절대적인 매력으로 작품의 서사 전체를 장악한다. 김남천은 운동회로부터 박성권의 세 아들 중 가장 소외될 수밖에 없었던 형걸을 근대의 계승자로 거듭나게 할 수 있었던 동력을 도출한 것이다.

그럼에도 불구하고『대하』의 서사가 가진 한계는 바로 이러한 형걸에 대한 집중, 아니 보다 엄밀히 말하면 '몸'에 대한 집중으로부터 시작된다. 근대적 신체의 도래를 실감하고 그것을 형걸이라는 인물을 통해 육화하면서도, 그 구체적인 제도라 할 수 있는 운동회 뒤에 숨겨진 권력의 문제를 조망하는 것까지 나아가지는 못했기 때문이다. 그것은 운동회라는 근대적 축제를 형걸이라는 한 인물의 개인적인 성장 과정으로 국한시킴으로써 발생된『대하』의 서사적 한계가 아닐 수 없다. 결국 운동회를 둘러싼 모든 욕망과 갈등이 형걸이라는 개인에 집중되면 집중될수록, 운동회라는 근대적 신체의 향연을 실질적으로 조직하고 작동하는 제국주의적 권력과 식민지 자본주의 사이의 관계망은 희미해지는 결과를 초래하게 된 것이다.[*]

---

[*]   『대중서사연구』 21-1, 대중서사학회, 2015 수록본을 개고함.

제2장

응접실, 접객接客 공간의 근대화와 소설의 장소

이광수의 『무정』과 『재생』을 중심으로

　　응접실은 그 명칭에서 알 수 있듯이, 접객接客을 위한 장소이다. 가족이 아닌 외부의 손님을 맞이하는 곳이라는 의미이다. 전통적인 주거에서는 없었던 이 새로운 가내 장소는 근대적 주거공간에서 가장 뚜렷한 변화를 보여주는 곳이다. 공간의 변화는 자연스럽게 일상적 삶에도 영향을 끼치는데, 특히 응접실의 등장은 가정 내에서 남녀의 역학관계에도 유의미한 변화를 야기한다. 남성의 전유물이었던 접객이라는 사회적 활동에 여성이 동참할 수 있는 근본적인 전환이 이루어졌기 때문이다. 더 나아가 접객 장소로서 응접실이 가족의 생활공간 안에 배치됨으로써 가정의 모습을 전시하는 가시적인 장소로 기능하게 된다. 응접실에 모인 이 화목한 가정의 전형적 모습은, 가족들을 위한 것이 아니라 그 집을 방문한 손님을 위해 연출된 모습이 되는 것이다. 근대소설은 이러한 새로운 공간의 탄생이 개인적 삶의 방식에 어떤 영향을 주는지에 주목함으로써, 그것을 사회문화적인 의미망을 가진 문제적 장소로 만들었다.

1. 근대소설과 장소성

　근대소설의 중요한 특징 중 하나는 그 서사가 놓여 있는 공간의 지형이 명징하게 드러난다는 점이다. 그것은 단순히 서사가 전개되는 배경이 아니라, 서사의 동력이 되는 사건을 직접적으로 견인한다는 점에서 작품의 주제와 보다 긴밀한 연관성을 가진다. 이러한 근대소설 속에서 장소는 체험적이고 구체적인 활동의 기반이면서 맥락적이고 문화적인 의미와 관련된다.문재원, 2009, 121쪽 작품의 주제와 긴밀하게 연결되는 사건을 촉발하는 문학적 장소는 서사적 배경으로서의 공간이 가진 의미를 뛰어넘는다. 허구적 서사가 배치된 바로 그 순간의 맥락과 의미에 따른 절대적 가치를 지니게 되는 것이다. 바로 이런 경우, 우리는 그 하나의 작품에 개입된 '장소성'을 본격적인 분석의 대상으로 삼게 된다.

　그런데 춘원 이광수의 서사 안에서 장소성은 보다 흥미로운 결을 지닌다. 그것은 그의 작품 속에서 새롭게 등장하는 근대적인 주거공간들이 작품의 주제와 직결되는 사건을 이끄는 '장소'로서 기능하고 있기 때문이다. 주거공간은 내밀성의 공간이다. 즉, 드러나지 않는 것, 자신만의 고유한 것, 따라서 자신의 내면에 속하는 것으로 채워진 장소이다.이진경, 2000, 231쪽 그러한 공간이 소설 서사의 무대가 된다는 것은 단순하지 않다. 이광수는 새롭게 등장한 근대적 주거공간을 자기 소설의 무대로 활용하는 것에 주저하지 않았고, 그것은 필연적으로 새로운 인물관계를 창출했다. 그렇다면 이광수의 작품 속에서 두드러지는 근대적 주거공간의 특수성은 무엇인가?

　무엇보다 주거공간의 구성 방식에는 가족 내부 구성원들의 역학관계와 상호 작용이 그대로 반영되어 있다.전남일, 2005, 145쪽 조선시대 상층 양반의 가옥은 철저하게 남녀의 역할 구분에 기초해서 구조되었다. 안방과 부엌이 배치된 안채는 주로 여성이 활동하는 공간으로 가족구성원의 의식주와 관련된 역할을 수행할 수 있는 곳으로 특화되었다. 반면 양반 남성의 공간인 사랑 혹은 사랑채는 손님을 맞이하고 학문을 논하고 아이를 교육하는 공간으로 특화되어 있었다. 이러한 사랑채는 가내에서 사회적인 업무까지 수행할 수 있는, 공적인 성격을 내포하였다.

　일제강점기 조선 사회는 일본인 거류지의 확산, 토지 구획 정리, 시가지 계획 등에 의해 주거공간이 물리적으로 재편되는 한편, 질적인 변화를 강요받았다.박진희, 2005, 83쪽 주택개량담론 역시 그러한 과정에서 도출되었다. 특히 부엌을 기능화하는 것에 보다 집중되었는데, 그 이유는 그곳이 가정 내의 물리적 노동이 집중되는 공간이었기 때문이다. 가사노동의 편리성에 집중한 건축학적 변화는 여성의 전통적인 노동에 편리성을 부여했다는 점에서 의의를 가지지만, 부엌을 여성의 공간으로 가사노동을 여성에게 일임한 노동으로 본다는 점에서는 인식적인 전환에까지 이르렀다고 보기는 어렵다. 여전히 부엌은 여성에 대한 성적 구분과 역할 분담이 절대적으로 작용하는 공간이었기 때문이다. 따라서 근대서사 안에서 부엌은 대체로 서사적 공간이라기보다는 사건이 발생하는 주거 내 여러 공간이 이어지기 위해 놓이는 배경

정도로서만 기능하였다.

　그렇다면 근대적 주거양식의 변화 가운데서도 근대소설 속에서 인물의 형상화나 사건의 발생에 직접적으로 영향을 준 것은 무엇인가? 그것은 다름 아닌 응접실의 등장, 이러한 주거공간의 변화 속에서 이끌어진 접객接客의 근대화이다. 응접실의 등장은 단순히 '사랑'의 기능이 대체되었다는 것을 의미하지 않는다. 오히려 교육이나 공적 업무 수행과 같은 사랑의 또 다른 기능은 제외된 공간이기도 했다. 그런데 사랑의 다른 기능들이 축소되고 접객의 기능이 강화된 것은 남성적 공간으로 한정되었던 사랑이 여성에게도 허용될 수 있게 만든 계기가 된다.

　근대 이전까지 접객, 즉 손님을 맞이하는 일은 부녀자의 공식적인 역할이 아니었다. 그 점에서 본다면 부부가 함께 손님을 맞이할 수 있는 응접실의 등장은 가내 남녀의 역학관계에 있어서 변화와 균열을 예감하게 하는 것이다. 무엇보다 공간에 대한 점유권과 사용권이 확대되었다는 점이 중요하다. 이처럼 가내에 부부 공동의 접객공간이 마련된다는 것은, 그와 반대급부로 가정 내 다른 공간들의 사적 기능이 강화된다는 것을 의미하기도 했다. 안방에서 손님을 맞이해야 했던 여성들이 보다 구체적인 접객공간을 갖게 된다는 것은, 안방이 가진 사적 성격을 강화하는 것이었기 때문이다.

　그러나 공간에 대한 관념은 또한 지극히 보수적인 것이기도 하다. 새로운 공간이 만들어낸 균열은 오히려 그 공간에 대한 지배적인 사고를 강화하려는 반작용을 촉발하기도 한다. 이 새로운 공간을 서사의 무대로 삼은 문학작품에서는 그러한 마찰이 보다 구체적으로 드러난다. 이광수는 서구식 주거환경이 주는 충격을 가장 적극적으로 받아들이면서, 그로부터 촉발된 새로운 주거공간을 작품의 구체적인 장소로 활용했던 작가이다. 『무정』『매일신보』, 1917.1.1~6.14과 『재생』『동아일보』, 1924.11.9~1925.3.12은 접객의 공간에서 형성된 인물관계와 작품 전체의 주제가 긴밀하게 연결되었다는 점에서 근대적 접객공간의 등장이 문학적 형상화에 어떤 변화를 야기했는가를 구체적으로 살펴볼 수 있는 텍스트라 할 수 있다.

　남녀가 함께 사용할 수 있는, 가족구성원과 구성원이 아닌 남녀의 만남이 가내에서 이루어질 수 있는 장소로서의 응접공간은 그 자체로 근대적이었다. 따라서 근대라는 사회 속에서 남녀 사이에 벌어지는 새로운 갈등의 무대로 활용되기에 적합했다. 이광수의 서사에서 이러한 응접의 기능을 가진 장소들은 향후 주인공의 운명을 예감하게 하는 사건의 무대로 적극적으로 사용되었다. 본고는 이광수의 『무정』과 『재생』을 중심으로 접객의 근대화를 통한 새로운 충격이 당대의 문화 속에서 어떻게 수용되었는지, 더 나아가 그것이 근대문학의 새로운 장소로서 어떻게 부각될 수 있었는지에 대해 고찰하고자 한다.

2. 경성 가정박람회

이광수의 『무정』은 가내 접객공간을 서사의 무대로 적극 활용한 작품이라는 점에서 주목된다. 그 중심에는 '양실洋室'이 있다. 양실이란 일본식 다다미방을 이르는 '화실和室'과 달리 서양식으로 꾸며진 방을 지칭하는 용어인데, 주로 외부인에게 노출되는 응접실과 같은 공간이 이런 방식으로 꾸며졌다. 이 공간에서 『무정』의 주인공 형식은 김장로와 그의 딸 선형을 만나고, 이것은 형식이 '근대적 삶'이라는 이상으로 다가가고 고뇌하는 출발점이 된다. 따라서 이 작품의 서사가 어떤 방식으로 진행될 것인지는 사실 김장로의 응접실에서 이미 결정되었다고 보아야 한다.

그런데 여기서 우리에게 의문을 품게 하는 것은 1917년 『무정』의 서사 안에서 이러한 근대적 공간을 가능하게 했던 힘은 무엇인가, 하는 점이다. 아직 혼인은커녕 약혼도 하지 않은 생면부지의 남녀가 만날 수 있는 가내 공간, 비록 학습을 위한 것이라 해도 남녀가 지속적으로 만날 수 있도록 허용된 공간으로서 양실. 이러한 응접실의 등장은 사실 당시로서는 대단히 의아한 것이기도 했다.

◇사랑을 남녀 공동으로◇

사랑은 손을 대접하는 응접실입니다 그런데 부인의 내외하는 습관으로 이때까지는 남자만이 사용해왔습니다. 부인 손님은 침실인 안방에서 대접합니다. 침실을 응접실로 쓰게 되니 주객이 모다 불편합니다. 이제부터의 새 사람들은 내외가 없으니 사랑을 남녀 함께 쓰는 응접실로 할 것입니다.

—「가정개량에 관한 의견(6)」(『동아일보』, 1927.1.6)

사랑을 남녀 공동의 접객공간으로 사용하자는 위 기사는 1927년의 것이다. 『무정』의 서사로부터도 무려 10년이나 지나서 나온 기사이다. 이 점에서 본다면 1917년 『무정』에 등장한 김장로 집의 양실은 당시로서는 대단히 이례적인 것이었으리라. 그러한 집이 실제로 존재했는지의 여부를 따지고자 함이 아니다. 일본에서조차 이런 서양식 가내 공간이 흔치 않았던 시대에, 서양식 공간을 가진 집을 굳이 서사적 장소로 삼은 그 '의도성'에 관심을 갖고자 함이다.

즉, 이광수가 당대의 독자들이 일상에서 접해보지 못했을 것이 분명한 이 공간을 작품을 여는 핵심 사건의 장소로 사용한 것은 다분히 의도적이다. 그럼에도 작품의 서사 안에서 작가 이광수는 이 새로운 공간에 대해 별도의 설명을 부여하지 않는다. 너무나 당연하게도 김장로의 집에는 응접실의 기능을 하는 양실이 있고 서사는 자연스럽게 진행된다. 이는 작가 자신이 당대의 독자가 거기에 대한 충분한 지식을 가지고 있을 것이라고 전제했기 때문이다. 그 가능성은 어디에서 찾을 수 있는가? 여기서 1915년 경성에서 개최된 가정박람회를 떠올릴 수밖에 없다.

경술국치[1910]로부터 꼭 5년이 지난 1915년 9월, 식민지 조선의 수도인 경성에서는 두 개의 박람회가 동시에 개최되었다. 그 하나는 일제가 한일병합을 기념하면서 열었던 조선물산공진회[이하 공진회]이고 다른 하나는『매일신보』가 주최하였던 가정박람회이었다. 두 개의 박람회는 경복궁과『매일신보』사옥이라는 각기 다른 장소에서 열렸지만, 실질적으로는 1915년 9월 11일부터 10월 30일까지 같은 기간에 진행된 거의 공동으로 열린 박람회였다. 따라서『매일신보』의 가정박람회 역시 공진회와 마찬가지로 한일병합 이후 조선에 대한 지배력을 강화한 일제가 그 힘의 우위를 과시한다는 목적을 가지고 있었다고 볼 수 있다. 즉, 일제에 의해 강제된 한일병합 5주년을 기념하는 기본적인 성격을 공유했던 것이다.

무엇보다 경성 가정박람회는 식민모국인 일본의 전시를 식민지에 그대로 가져와 전시한 정치적인 기획으로서의 성격을 강하게 가졌다. 이 박람회는 조선의 전통적인 가옥과 그에 따른 주거문화의 후진성을 적극 강조하면서, 일본의 개량된 가옥과 주거문화를 보다 근대적이고 선진적인 것으로 대비하고자 하는 성격을 노골적으로 드러냈다. 조선과 일본의 주거공간 내부를 모형으로 만들어 전시했는데, 그 전시의 대부분이 일본의 중류 가정 모델을 전시하는데 치우쳤다. 조선의 경우 상류가정의 모델만을 제시했는데, 이 역시도 간략하여 근대적 주택의 '모범'으로서 일본식 주거형태를 강조하기 위한 비교로서만 의미를 갖는다는 것을 알 수 있다.김명선, 2012, 156~161쪽

물론 이광수 자신이 경성 가정박람회 개최에 직접 참여했거나, 관람을 했을 가능성은 적다. 이 박람회가 열린 1915년 9월은 상해에서 한 해 전에 귀국한 이광수가 마침 인촌 김성수의 도움으로 다시 도일했던 시기였기 때문이다. 그러나 이미 1915년 8월부터『매일신보』와

『경성일보』 등에서 대대적인 홍보를 시작했고, 당대의 권력자인 이완용·한상룡 등이 박람회 임원으로 참석했을 만큼 커다란 이슈가 된 행사였다.『매일신보』, 1915.8.21 시사정보에 밝았던 이광수가 이 대대적인 박람회를 몰랐을 리 없다. 더구나 이광수는 1905년부터 1920년 무렵까지 수차례 일본에서 유학을 했기에 그곳에서 열린 여러 박람회를 직접 접했을 가능성도 높다.

따라서 이광수가 이 근대적 주거공간을 서술할 수 있었던 배경에는 당대의 독자들이 이러한 공간에 대해 충분히 이해할 수 있으리라는 인식이 깔려 있다. 일제가 공진회의 관람에 대대적으로 인원을 동원했던 만큼 그와 함께 진행된 가정박람회의 방문객도 상당했다. 특히 여학교의 학생들이 관람에 대대적으로 동원되면서 가정박람회는 당시의 신여성들이 스위트 홈의 이상적인 모습을 상상하는 데 상당한 자극을 주기도 했다.백지혜, 2005, 30~31쪽 그러므로 이광수의『무정』에서 응접실과 서재라는 양실의 출현과 그곳이 서사적 공간으로 변모되는 데 이러한 박람회의 영향은 결코 소소하지 않았을 것이다. 또한 이러한 근대적 공간의 적극적인 묘사야말로『무정』의 서사가 보여준 근대성에 독자가 보다 쉽게 매료되는 한 통로로 기능했을 것으로 추정된다.

무엇보다 이러한 이광수의 안목은 대단히 선구적인 것이었다는 점에서 주목된다. 1920년대까지만 해도 아직까지 주택담론에서의 주택개량 문제는 주로 위생담론의 한 하위로서 다루어졌기 때문이다. 주택 자체가 문제라기보다는 주방을 둘러싼 위생의 문제나 생활의 개선이라는 측면에서 접근되었던 것이다. 대표적인 논조는『개벽』을 통해 확인할 수 있다.

> 우리들이 사는 가옥은 어떠합니까. 낮고, 더럽고, 아무 건축의 기교도 장식도 없고, 식당, 침실, 상거실의 구별조차 없고 자용의 사도나 하수도의 설비도 없고 욕실이나 도서실 같은 것은 더구나 없고, 그리고 음식이나 기타 일상생활이 아직 원시시대의 때를 벗지 못하도록 유치하고 빈약합니다.
>
> — 로아자, 「소년에게」(『개벽』, 1921.11)

『개벽』의 기사에서 주택과 관련된 대부분의 기사는 위생의 문제와 함께 다루어져 있다. 따라서 음식을 다루는 부엌을 기능적으로 바꾸는 것이 가장 중요한 문제였다고 할 수 있다. 응접실의 문제가 주택개량 문제에 있어서 주된 문제로 부각되는 데는 또 다른 계기가 필요했다. 부부 중심의 근대가정을 모델로 한 주택공간에 대한 관심이 본격화되기 시작한 것은 1930년대부터였는데, 그 계기로 볼 수 있는 또 하나의 박람회가 바로 1929년에 열린 조선대박람회였다. 1915년 경성가정박람회가 일본주택의 모범에 편중된 것이었다면, 1929년 8월부터 10월까지 열린 조선대박람회는 그 이전까지 조선에서 개최된 그어떤 박람회보다 큰 규모를 자랑했는데, 조선건축회가 조선에 적합한 중류저택의 모범으로 제안한 실물주택이 세 채나 전시되었다.손영민·김용범·박용환, 2010, 135~136쪽 이러한 조선대박람회를 기점으로 명실상부한 조선형 근대주택에 대한 관심은 더 커졌을 것으로 생각된다.

실제로 박람회 이후 신문·잡지매체의 확산과 함께 당대의 명망가들이 살고 있는 근대식 주택에 대한 기사가 대중의 흥미를 자극하는 중요한 꼭지로 다루어지게 된다. 1930년대 발간된 대표적인 여성지인 『여성』, 『신여성』, 『신가정』이나 대중잡지 『삼천리』, 『조광』, 『별건곤』 등에서는 명사들의 집을 방문하는 일종의 가정방문기가 상당수 발견된다._{김진성, 2007, 37쪽} 이러한 유형의 기사들은 근대주택과 주거공간에 대한 대중적 관심이 증가되었음을 방증한다. 이렇게 두 번의 대형 박람회를 거치면서 조선 사회 전체에서 근대적인 주택과 생활방식에 대한 관심이 높아지게 되었다고 평가할 수 있다.

이러한 당대 주택담론의 추이를 고려한다면, 이광수의 『무정』으로부터 촉발된 근대주택에 대한 관심이 예사롭지 않음을 새삼 확인할 수 있다. 그는 주택개량에 대한 담론을 환기한 경성 가정박람회가 개최된 지 불과 2년 뒤인 1917년에 이미 근대적인 주거공간을 소설 서사의 주요 무대로 활용한 것이기 때문이다. 더구나 그곳을 단순히 배경으로 기능하게 한 것이 아니라 작품의 핵심 주제라 할 수 있는 '근대성'을 직접적으로 견인하는 구체적인 장소로 기능하도록 하였다. 이는 이광수가 근대적 접객의 장소인 서양식 방으로서 응접실을, 대단히 의식적이고 선구적으로 인식하고 있었음을 의미한다.

더욱이 이러한 이광수의 의지는 『무정』 한 작품에 국한된 것이 아니라 그 뒤에 발표된 여러 작품 속에서도 이어진다. 본고에서는 그중에서도 『무정』, 그리고 『무정』의 삼각관계를 직접적으로 계승했다고 평가할 수 있는 『재생』을 텍스트로 삼아 논의를 이어나가고자 한다.

3. 양실洋室의 등장과 새로운 인물관계

『무정』의 서사를 견인하는 가장 큰 동력은 사실 이 작품의 도입에서 대단히 상징적으로 드러나고 있다. 김 장로의 집을 처음 방문한 형식을 사로잡은 공간, 그곳은 바로 '양실洋室'이었다. 아직 일본에서도 양실이 일반화되지 않았던 시점에서 『무정』의 서사가 양실에서 시작된다는 것은 그 장소가 단순한 배경에 그치지 않는다는 것을 의미한다.

"안으로 들어오시랍니다" 하는 어멈의 말을 따라 새삼스럽게 가슴을 두근거리면서 중문을 지나 안대청에 오르다 전 같으면 외객이 중문 안에를 들어설 리가 없건마는 그만하여도 옛날 습관을 많이 고친 것이라 대청에는 반양식으로 유리문도 하여 달고 가운데는 무늬 있는 책상보 덮은 테이블과 네다섯 개 홍모전 교의가 있고 북편 벽에 길이나 되는 책장에 신구서적이 쌓였다.

이광수, 『무정』(김철 역주, 2003, 42~43쪽)

『무정』의 서사는 영어교사인 주인공 형식이 김 장로의 집을 방문하는 것으로부터 시작된다. 커다란 저택과 그 대문 옆으로 늘어선 행랑에 위협감을 느끼던 형식이 부담감을 내려놓는 것은 행랑어멈을 따라 중문을 넘어서면서부터이다. 전통적인 한옥 내에 설치된 문은 대문, 중문, 협문으로 구분된다. 일반적으로 남성이 손님을 맞이하는 공간인 사랑채는 대문을 들어서면 바로 보이는 곳에 위치한다. 그런데『무정』의 서사에서 형식은 김 장로의 집에 처음 방문하면서 사랑채가 아닌 중문 너머의 안채로 안내된다. 본래 안채는 외부인은 발을 들여놓을 수 없는 곳이라는 점에서, 이 장면은 당시로서는 대단한 파격이 아닐 수 없다.

이는 근대성에 대한 작가 이광수의 열의와 집착뿐만 아니라 앞으로 이 작품의 주제가 어떠한 방향으로 귀결될 것인지를 분명히 보여준다는 점에서 중요한 의미를 갖는다. 이 집에 별도의 사랑채가 있는지 없는지는 서사 속에 드러나 있지 않다. 그러나 분명한 것은 손님맞이를 구체화할 수 있는 공간이 안채에 마련되어 있다는 점이고, 이는 이 가정이 신식문물을 적극적으로 따르고 있음을 표방하는 것이다.

이 새로운 공간에서 형식은 김 장로의 딸인 김선형에게 영어를 가르쳐줄 것을 제안 받는다. 형식은 김 장로 집을 처음 방문하면서 바로 안채에 있는 접객공간으로 들어섰을 뿐만 아니라, 지속적으로 안채를 드나들 수 있는 간접적인 권리까지 부여받은 것이다. 이는 애초부터 김 장로가 형식을 매우 각별한 손님으로 받아들이고 있음을, 동시에 김 장로의 그런 파격적인 행보는 결국 형식이 선형에게 매료될 수밖에 없는 필연적 조건을 구성하는 것이다. 그것이 바로 이 서양식으로 꾸며진 응접공간이 가진 주된 성격이라 할 수 있다. 이 파격에 가까운 첫 번째 초대의 의미는,『무정』의 중반부에 드러나는 두 번째 초대에서 보다 명확해진다.

형식이 김 장로로부터 받은 두 번째 초대는, 그의 평양 방문 이후에 발생한다. 형식이 평양에 갔던 이유는 사라진 영채를 찾기 위함이었다. 경성학교 교주의 아들인 김현수에게 겁간을 당한 영채가 평양으로 갔을 것으로 추정되었기 때문이다. 평양에서 영채를 찾지 못하고 경성으로 돌아온 형식은 배 학감의 음모로 추문에 휩싸여 경성학교에 사직서를 제출하고 만다. 이렇게 절망에 빠진 형식에게 내밀어진 구원의 손길은 김 장로였다. 첫 방문에 대청에 마련된 응접의 공간에 발을 딛었던 형식은, 이번에는 가주의 공간으로 초대된다. 바로 김 장로의 서재이다.

> 김 장로의 서재는 양식으로 되었다. 그가 일찍 미국공사로 갔다와서부터는 될 수 있는 대로 서양식 생활을 하려 한다.
>
> (…중략…)
>
> 김 장로는 방을 서양식으로 꾸밀뿐더러 옷도 양복을 많이 입고 잘 때에도 서양식 침상에서 잔다. 그는 서양 그 중에도 미국을 존경한다. 그래서 모든 것에 서양을 본받으려 한다. 그는 과연 이십여 년 서양을 본받았다. 그가 예수를 믿는 것도 처음에는 아마 서양을 본받기 위함인지 모른다. 그리하고 그는 자기는 서양을 잘 알고 잘 본받은 줄로 생각한다. 더구나 자기가 외교관이 되어 워싱턴에 주재하였음으로 서양사정은 자기보다 더 자세히 아는 이가 없거니 한다.
>
> ― 이광수, 『무정』(김철 역주, 2003, 471~473쪽)

서재는 명실상부하게 신사의 공간, 즉 가주의 취향을 드러내는 공간이었다. 더 나아가 기존 사랑의 기능을 대체하는 응접실과 서재가 따로 마련되어 있다는 것이 이 집의 특징임이 분명히 드러나는 장면이다.

> 우리가 몸에 양복을 입고 발에 구두를 신고 손에 영문이나 혹은 일문의 신문잡지를 들고 초인종, 따르릉 우는 응접실에 서로 대좌對坐하여 최근의 일미문제가 암만하여도 재미가 없다거나 혹은 조선의 신문화를 건설함에는 여하如何한 타국의 선례를 취한다는 등 수작을 하면 우리는 확실한 문명식 신사이며 또는 지사이지요.
>
> — 김기전, 「농촌개선의 긴급동의」(『개벽』, 1920.11)

인용된 『개벽』의 기사는 동시대인들이 생각했던 응접실의 개념을 잘 보여준다. 무엇보다 응접실은 그 소유주가 "문명식 신사이며 또는 지사"임을 대외적으로 표출할 수 있는 공간으로 인식되었다. 응접실은 말 그대로 손님을 맞이하는 접객용接客用의 방을 의미한다. 일본의 주거에서 거실과 응접실을 엄격하게 분리하고 응접실이 내객을 맞는 장소의 성격이 매우 강했던 것을 고려한다면,김미정, 2009, 48쪽 1910~1920년대 당시 이광수 작품에 드러난 응접실의 모습은 생활공간으로서의 거실과 접객공간이 결합된 성격을 가지고 있었음을 확인할 수 있다. 반면 가주의 권위를 보여주는 공간은 서재로 대체되었다. 이것은 조선의 주택개량화 과정에도 그대로 겹쳐진다. 실제로 1920년대 이후, 주거공간 안에서 별도로 떨어져 있던 사랑이 점차 사라지고, 안채 내에 응접실이 마련되거나 기존 대청마루를 응접공간으로 활용하는 방식으로 주거의 개량화가 이루어졌기 때문이다.

또한 이것은 한 가정의 가내 공간이 변모하기 위해서는 가장의 의지가 가장 결정적인 것임을 드러내는데, 기본적인 가내 공간의 구성이 가정 내의 역학관계에 의한 것임이 다시 한 번 확인된다.『무정』의 서사로 돌아오면 이것은 보다 분명해진다. 김 장로의 안채에는 내빈을 맞이하는 응접실과 응접과 사무를 함께 보는 공간으로서 서재가 따로 분리되어 있었다. 그래서 귀한 손님은 서재에서 맞이하고 있음을 알 수 있다. 또한 응접실과 서재뿐만 아니라 전체적으로 서양식 생활이 일상화되어 있는 집이라는 사실 역시 인용문을 통해 알 수 있다.

흥미로운 것은 김 장로가 서구적 삶을 추구하는 배경이 대단히 속물적으로 그려졌다는 점이다.『무정』의 서사 안에서 형식은 영어를 대단히 잘하고 학문 수준도 높지만 미국 유학을 다녀온 인물은 아니다. 즉, 그의 서양에 대한 지식과 사상은 모두 책을 통해 얻은 것이다. 반면 김 장로는 앞선 인용문에서 언급된 바대로 외교관으로 워싱턴에 다녀온 경험이 있는 인물이다. 따라서 김 장로 자신이 자부하는 것처럼 그만큼 서양 풍속을 직접적으로 경험한 사람을 찾기란 그리 쉽지 않았으리라. 비록 그 경험이 수박 겉핥기에 불과한 경험이었다 해도 말이다.

그럼에도『무정』의 서사는 이러한 김 장로보다 형식의 학문과 사상을 더 서구적인 것으로, 따라서 더 우수한 것으로 평가하는 태도를 노골적으로 드러낸다. 놀라운 것은 김 장로 스스로도 그것을 그대로 인정하고 있다는 점이다. 그리하여 딸 선형의 공부를 형식에게 맡기고,

더 나아가 혈혈단신인 그를 사위로 삼아 딸과 함께 유학을 보내려고 하는 것이 아닌가? 서양에 대한 거의 무조건식의 동경으로 살아가는 김 장로이지만, 그의 이러한 동경 자체가 삶을 대하는 태도마저 변화시켰음을 엿볼 수 있다.

> 김 장로는 자기의 방의 신식이오, 화려한 것을 자랑하고 만족하는 듯이 한 번 방안을 둘러보더니 목사와 형식에게 의자를 권한다. 가운데 둥근 테이블을 놓고 세 사람은 솥귀같이 둘러앉았다.
>
> — 이광수, 『무정』(김철 역주, 2003, 478쪽)

김 장로의 서재에서 형식과 목사까지 세 사람이 테이블에 둘러앉은 이 장면은 그 자체로 상징적이다. 전통적인 성격을 가진 사랑채에서 세 사람이 만났다면 이렇게 나란히 마주앉는 일은 일어날 수 없다. 가장 상석에 김 장로가 앉고 그 밑에 목사가 앉았을 것이며, 아마도 형식에게 주어진 자리는 장지문 바깥의 말석이었을 가능성이 높다. 그 앉은 자리에서부터 서로의 신분과 권위가 결정되는 것이다.

따라서 가운데 둥근 테이블을 놓고 세 사람이 솥귀같이 둘러앉은 이 장면은 단순히 풍경으로서 기능하는 것이 아니라 『무정』이라는 작품이 가진 주제의식의 한 측면을 그대로 상징하는 것이다. 그것은 형식이라는 인물이 가진 근대성이 다른 두 사람의 사회적 지위와 권위에 비견될 만큼 중요한 것임을 강조하는 것이며, 더 나아가 이러한 형식의 근대성이 이 작품이 그려내고자 하는 주제의식 그 자체임을 보여주는 것이다. 전통적인 접객의 공간에서는 불가능한 균형이 이 신식의 응접공간인 서재에서는 가능해지는 것이다.

따라서 형식과 선형, 그리고 은인의 딸이자 기생이 된 영채로 이루어진 『무정』의 삼각관계가 어떤 행로를 걷게 될 것인지는 이 장면에서 분명해진다. 근대적인 장소로부터 촉발된 감성은 주인공 형식을 압도해버린다. 김 장로를 방문하기 전까지 목사나 장로의 집에 드나들면서 잘난 척하는 무리를 구역질이 난다고 생각하였던 형식이지만 김 장로의 집에 들어선 이후 그 모든 상황을 긍정하기에 이른다. 결국 김 장로와 선형이 보여주는 근대성의 외적 표지는 비록 그것이 내면 없는 표지에 불과하다고 할지라도 형식을 사로잡기엔 충분한 것이었다. 영채가 겁간을 당하지 않았더라도 그리고 자살하지 않았더라도_{물론 영채}_{는 기적적으로 되살아난다} 주인공 형식의 선택이 선형이었을 것임은 분명하다.

4. 응접실과 피아노, 타락한 근대교양의 과시

새로운 공간의 출현은 필연적으로 그에 따른 새로운 삶의 방식을 야기한다. 좌식 생활에서 입식 생활로의 변화는 단지 앉아서 생활하던 사람이 이제 서서 생활하게 되었다는 것을 의미하는 것만은 아니다. 일상을 바라보는 풍경이 달라졌음을 의미한다. 이것은 삶을 바라보는 시선, 그 삶 속에서 영위하는 문화적 관습이 변화한다는 것을 뜻한다. 따라서 안채 바깥에 자리 잡았던 사랑을 대체해서, 안채 내에 손님을 맞이하는 기능을 담당하는 공간이 생겨났다는 의미 역시 그리 단순하지 않다.

무엇보다 근대라는 신문물로서 조선사회에 등장한 이 새로운 공간으로서 양실에 대한 인식은 동경만큼이나 반감도 컸다. 이광수 역시 『무정』에서 화려하고 근대적인 접객공간을 과시하기를 즐기는 김장로가 얼마나 빈약한 근대적 인식을 가진 인물인지를 역설한 바 있다. 실제로 새로운 공간에 대한 동경이 경멸과 혐오로 이어지는 데는 그리 오랜 시간이 걸리지 않았다. 그것은 이 공간이 애초부터 과시적 성격을 가질 수밖에 없었다는 점에서 어쩌면 필연적인 것이었을지도 모른다.

신식 가정이라면 필수적으로 갖추어야 할 하나의 '이상理想'이 된 접객의 장소를 가장 노골적으로 풍자한 작품 중 하나는 현진건의 콩트인 「피아노」이다. 이 작품에서 화자인 '궐'은 조혼한 아내가 죽자 여학교를 나온 '이상적 아내'와 결혼하여 행복을 만끽한다. 그는 자신에게 행복을 주는 새 아내를 "비스듬이 가른 머리와 가벼이 옮기는 구두 신은 발"로 묘사하는데, 그가 가정에서 느끼는 행복은 사실 '신식' 자체에서 느끼는 만족에 가깝다. 특히 새롭게 꾸민 그들의 가정은 그 내면의 근대성과는 상관없이 오직 외적으로 근대를 치장하는 데 집중한다. 그리고 그러한 그들의 '스위트 홈'을 결정적으로 완성시킬 화룡점정畵龍點睛은 다름 아닌 피아노였다.

하루는 아내는 그야말로 이상적 가정에 없지 못할 무엇을 깨달았다. '그것은 내가 어째 이제껏 그것 생각이 아니 났는고,' 하고 스스로 놀랄 만한 무엇이었다. 홀로 제 사색의 주도한데 연거푸 만족의 미소를 띄우며, 마침 어디 출입하고 없는 남편의 돌아옴을 기다리기에 제3자로는 상상도 할 수 없이 지루하였다.

(…중략…)

"피아노!"

"옳지! 피아노!"

남편은 대몽이 방성方醒하였다는 듯이 소리를 버럭 질렀다. 피아노가 얼마나 그들에게 행복을 줄 것은 상상만 하여도 즐거웠다. 벌써 피아노 건반 위로 북같이 쏘다니는 아내의 뽀얀 손이 어른어른하였다.

그 후 두 시간이 못 되어 훌륭한 피아노 한 채가 그 집 마루에 여왕과 같이 임어臨御하였다. 지어미 지아비는 이 화려한 악기를 바라보며 기쁨이 철철 넘치는 눈웃음을 교환하였다.

— 현진건, 「피아노」(『개벽』, 1922.11)

여기서 피아노는 근대가정의 전시성, 즉 외적으로 근대성을 드러내는 핵심적인 요소로 기능한다. 『무정』에서 김 장로가 또 다른 응접실로 활용하는 자신의 서재에 장서를 배열해서 장식했다면, 「피아노」에서 응접의 공간인 마루를 장식한 것은 다름 아닌 피아노인 것이다. 문제는 피아노가 배달된 이후에 발생한다. 화려하고 훌륭한 피아노가 마루를 아름답게 장식하며 '이상적인 근대가정'의 외양은 갖추어졌지만, 정작 이 신식 부부는 두 사람 모두 피아노를 연주할 줄 모른다. 당시로서는 엄청난 사치품이었던 피아노를 들여놓을 재산은 있지만 근대음악에 대한 기본적인 교양이나 교육은 전혀 갖추지 못한 이 부부에 대한 작가의 시선은 냉소적이다.

그들은 왜 피아노를 연주할 줄 모른다는 사실을 간과한 채 그것이 꼭 필요하다고 생각했던 것일까? 그것은 그들이 이상으로 삼은 근대가정의 표준 안에 피아노로 상징되는 과시적이고 가식적인 근대교양이 포함되어 있었기 때문이다. 이처럼 내실 없이 외양만을 추구하는 근대인의 허위가 하나의 웃음이 될 수 있는 상황은, 역설적으로 당대 현실에서 그러한 허위의식이 어느 정도까지는 보편적인 현상으로 인식되고 있었음을 의미하는 것이기도 하다.

물론 근대적 가치나 교양에 대해 외적으로 표상하는 근대물품은 피아노만은 아니었다. 오히려 외적인 근대성을 드러내기엔 서구식 복장이나 머리모양이 훨씬 직접적이고 노골적이었다. 그러나 그것은 한 개인에 국한된 것으로, 근대가정의 이상적 형태라 할 수 있는 스위트 홈을 향한 메타포는 아니었다. 피아노는 스위트 홈을 구성하는 모든 요소들 가운데 가장 핵심이라 할 수 있는 경제력, 보다 구체적으로는 소비력을 직접적으로 드러내는 물품이라는 점에서 중요하다. 그것을 연주할 수 있느냐 없느냐보다 더 중요한 것은, 그것을 소유할 수 있는 힘이 있느냐 없느냐의 문제였기 때문이다. 이 때문에 피아노는 타락한 소비자가 되어버린 근대인과 그러한 소비의 부산물로 전락한 근대교양의 허위를 표상하는 중요한 소재가 된다. 이광수의 『재생』[1924]의 서사를 이끄는 것도 바로 그러한 인식이었다.

『재생』은 『무정』과 마찬가지로 세 남녀의 삼각관계를 다루고 있다. 그뿐만 아니라 애정문제에 개입되는 부와 지위의 문제에 대해 심도 있게 다루었다는 점에서도 공통점을 가진다. 무엇보다 두 작품 모두 서사의 시작점에서 각 작품의 주인공인 형식과 순영으로 하여금 압도적인 부를 목격하도록 설정했다는 점에서 소재 상으로도 더 깊은 유사성을 가지고 있음을 알 수 있다.

> 김 장로는 서울 예수교회 중에도 양반이오, 재산가로 두·셋째에 꼽히는 사람이라. 집도 꽤 크고 줄행랑조차 십여 간이 늘어 있다. 형식은 지위와 재산의 압박을 받는 듯한 일변 무섭기도 하고 불쾌하기도 하면서 소리를 가다듬어 "이리 오너라" 하였다. 그러나 그 목소리는 아무리 하여도 뚝 자리가 잡히지 못하고 시골사람이 처음 서울 와서 부르는 소리와 같이 어리고 떨리는 맛이 있다.
>
> — 이광수, 『무정』(김철 역주, 2003, 42쪽)

> 동대문 모퉁이를 휘돌아 얼마를 더 나가서는 높단 솟을대문으로 그냥 자동차를 들이몰아서 수목과 화초 사이로 꼬불꼬불 몇 바퀴를 돌아서, 바로 어저께 역사를 끝낸 듯한 길이 넘는 충충대 앞에 섰다.
>
> (으리으리하게도 큰 집이다!)
>
> 이것이 자동차에서 아직 흙도 아니 묻는 화강석 충충대에 내려 설 때 감상이었다.
>
> (…중략…)

으리으리한 대문으로 자동차가 속력도 줄이지 아니하고 달려 들어올 때
에 무엇인지 모르게 내려 눌리는 생각이 났고, 아직 때도 아니 묻은 화강석
층계에 설 때에는, 일시에 자기의 초라함이 뒤통수를 덮어 눌러서 자기의
온 몸뚱이가 그 돌층계로 졸아드는가 싶었다.

— 이광수, 『재생』(이광수, 1971b, 34~35쪽)

『무정』의 형식이 처음 김 장로 집을 방문했을 때 느꼈던 압도감은
그대로 『재생』의 순영에게 이어진다. 이들은 그 무엇보다 엄청나게 화
려한 집과 그 집을 구성하는 공간, 그리고 근대적인 장식을 통해 처음
으로 목격한 부에 빨려든다. 그러나 그 본질은 상이하다. 『무정』에서
형식이 갈등했던 것은 근대적인 애정과 전근대적인 애정 사이에서 무
엇을 선택할 것인가의 문제였다. 김 장로의 부와 지위가 그 과정에서
일정한 영향을 끼친 것은 사실이지만, 『무정』의 서사 속에서는 그러한
부분이 노골적이지는 않았다. 그런데 『재생』에서는 오히려 부와 지위
의 문제가 애정의 문제에서 훨씬 근본적인 갈등을 야기한다. 주인공
순영이 봉구와 백윤희 사이에서 갈등하는 이유는 애정 때문이 아니라
그들이 가진 재산 정도 때문이다.

(어찌하면 집이 이렇게 굉장하고도 화려할까. 조선 집은 도저히 서양 집만 못
하게만 알았더니 이런 집은 도리어 서양 집보다도 으늑하고 화려하다)
하였다. 사랑에서 안방까지 전부 복도로 되었는데, 복도라야 모두 어떤 방
의 마루다. 방도 많기도 많다. W학교 기숙사 모양으로 많은 듯하였고, 그

방들이 모두 딴 방향이요, 또 조금씩이라도 딴 모양인 데는 아니 놀랄 수가 없었다.

— 이광수, 『재생』(이광수, 1971, 43쪽)

순영을 첫 번째로 사로잡은 것은 백윤희 집의 거대함이다. 조선 가옥의 기본적인 구조를 그대로 가지고 있지만 방과 방 앞에 놓이는 마루가 모두 연결되어 서양식 가옥처럼 복도를 이룬 백윤희의 집은 『무정』의 김 장로의 집과 마찬가지로 일제강점기에 유행했던 개량한옥인 것으로 추정된다.

일제강점기의 개량한옥은 주로 ㄱ자 혹은 ㄷ자 형태로 마당을 둘러싸며 중앙에 대청을 두어 침실을 분리시키는 형태로 구성되었고, 기본적인 공간 구성이나 형태는 조선시대 상류주거를 모방하면서도 벽돌이나 유리, 함석 등의 근대적인 건축 재료를 활용했다는 특색을 가진다.강영환, 2013, 306~310쪽 이광수의 『무정』과 『재생』에 등장하는 두 부호의 집 역시 이러한 개량한옥의 성격을 분명하게 드러내고 있다. 두 작품에서 등장하는 1920년대까지의 개량가옥은 문화주택의 등장 이전에 나온 초기적인 형태의 개량한옥으로, 1930년대에 부동산업자들에 의해 우후죽순으로 만들어진 도시형 한옥과는 다소간 구분되어야 할 필요성이 있다.

또한 『재생』에 등장하는 백윤희의 집은 『무정』에 나오는 김 장로의 집과도 구별될 필요가 있다. 무엇보다 백윤희의 집은 그 방마다 모두 한껏 멋을 낸 것이었기 때문이다. 특히 사치의 정점으로 순영을 완전히 매료시킨 것은 연결된 두 개의 양실이었다.

유리 분합을 들인 복도로 얼마를 걸어가면 거기는 돌로 지은 조그만 양실이 있다. 순영은 이 양실에는 들어가서 더욱 놀라지 아니할 수 없었다. 대개 방은 여덟 간쯤 되어 보이지마는 방안이 온통 비단으로 장식되었는 까닭이다. 응접실식으로 가운데 테이블이 있고, 의자 넷이 둘려 놓이고, 사방에는 눕는 교의, 기대는 교의, 앞뒤로 흔들리는 교의가 놓이고, 한편 구석에는 대리석으로 만든 서양 아궁이요, 나머지 세 구석에는 여러 가지 모양으로 생긴 화류 탁자를 놓고 그 탁자 위에는 소나무와 국화분이 놓였는데,

— 이광수, 『재생』(이광수, 1971, 43쪽)

그러고는 또 한 문을 열었다. 그것은 이 방보다 조금 더 작고 한복판에 누런 침대가 놓이고 거기에는 하얀 시트가 덮이고, 천정에는 분홍 망사 서양 모기장이 달렸다. 그리고 서창을 옆에 끼고 북벽을 향하여서는 그리 크지는 아니하나 얌전한 피아노 하나가 놓이고, 다른 구석에는 서양 경대와 서양 의걸이가 놓이고, 침대 곁에는 조그마한 탁자와 의자 둘이 놓이고, 침대 머리에는 초인종 대가리가 달리고, 동창에는 짙은 초록 문장을 드리웠는데, 그 위에는 나체 미인화 하나를 걸었다.

— 이광수, 『재생』(이광수, 1971, 44쪽)

백윤희가 순영의 마음을 사로잡기 위해 데리고 간 집은 살림집이라기보다는 별장에 가까운 성격을 가졌다. 그것은 이 두 개의 양실로 분

명해진다. 두 양실 중 첫 번째 방은 비단으로 사방이 장식된 화려한 곳으로 예사 손님을 접대하는 곳이 아님을 알 수 있다. 대화를 나눌 수 있는 테이블과 의자 주변을 둘러싼 것은 퇴폐적인 느낌을 주는 교의交倚들이다. 그러나 사치의 극치는 이 화려한 양실과 연결된 구석방에 아무렇지도 않게 놓인 피아노에서 방점이 찍힌다. 더 나아가 그 화려함의 끝은 벽에 걸린 나체 미인화를 향한다. 이 모든 사치가 결국 순영을 유혹하기 위한 것임이 분명해지는 순간이다.

백윤희의 집에서 가까스로 그의 유혹을 뿌리쳤던 순영이지만, 동래 온천에서 다가온 그의 두 번째 유혹에는 넘어가고 만다. 사실 순영이 백에게 넘어갈 것은 이미 예감되어 있었다. 오빠 순기와 함께 온천까지 호화로운 자동차를 타고 이동하고, 그곳에서 모든 하인들이 맞이하는 호강을 받는 순간, 더 이상 순영은 그것에 압도되지도 두려워하지도 않는다. 오히려 순영은 '사람이란 이렇게 살 게야!'라고 생각하며 그 부에 사로잡힌다. 이 지점에서 『재생』의 서사는 『무정』의 궤도에서 완전히 벗어난다. 결국 사랑과 부를 모두 쟁취하며 새로운 미래에 대한 기대감으로 유학을 떠나는 『무정』의 형식과 달리, 『재생』의 순영은 사랑을 버리고 부를 택했지만 처절한 파멸로 생을 마감하고 만다.

두 인물 모두 화려한 부에 압도되고 매료되었음에도 그들의 결말이 상이했던 이유는 무엇인가? 『무정』의 김 장로와 『재생』의 백윤희는 각각 자신이 거하는 공간의 압도적인 화려함으로 두 주인공 형식과 순영을 사로잡았다. 『무정』의 형식과 『재생』의 순영은 부에 압도되었다는 동일한 출발점을 가지고 있었지만, 일차적으로 남성의 욕망은 긍정되지만 여성의 욕망은 부정되는 현실적인 조건과 부딪친다. 그러나 두 사람의 운명을 가른 보다 본질적인 힘은 그들 각각이 선택한, 아니 선택당한 부의 소유자가 완전히 다른 속물성을 가진 인물이었기 때문이다.

비록 속물적이고 표피적인 것에 불과했다고 하더라도『무정』에서 김 장로는 '근대' 그 자체에 대한 열렬한 지향을 가지고 있었다. 그가 형식을 맞이한 두 응접의 공간^{대청과 서재}이 신구서적으로 장식되어 있었던 것을 떠올려 보라. 김 장로는 속물이었지만 적어도 근대에 대한 순수한 열정을 가진 인물이기도 했다. 형식을 매료시킨 것은 그의 부였지만, 그에게 형식은 근대라는 새로운 세계로 나아갈 대리욕망의 주체이기도 했기 때문이다.

반면『재생』에서 백윤희는 근대에 대한 갈구도, 교양에 대한 동경도 없는 인물이었다. 그를 상징하는 것은 근대성이 아니라 타락한 소비였다. 순영을 맞이한 그의 집은 가식적인 지성조차도 사라진, 오직 호사豪奢로 가득 찬 공간이었다. 더구나 그곳은 화려한 장식으로 색욕을 노골적으로 드러낸 공간이 아니었는가. 이러한 집의 특성과 마찬가지로 백윤희는 그대로 근대의 속악한 욕망을 상징하는 인물이었다. 따라서 그러한 그에게 이끌린 순영의 파멸은 어쩌면 필연적이다.

5. 장소성, 근대소설의 새로운 가능성

지금까지 본고는 춘원 이광수의 『무정』과 『재생』을 중심으로, 새롭게 등장한 근대적 접객공간인 양실, 즉 응접실이 작품 주제의 형상화에 어떻게 개입되었는가를 적극적으로 고찰하였다. 근대소설의 중요한 특징 중 하나는 시간과 공간의 개념이 명징하게 드러난다는 것이다. 시간과 공간은 서사가 전개되는 단순한 배경이 아니라, 서사의 동력이 되는 사건들을 직접적으로 견인한다는 점에서 작품의 주제와 긴밀한 연관성을 가진다. 더 나아가 이러한 시간과 공간이 서사 안에서 긴밀하게 매개될 때, 작품의 장소성은 보다 뚜렷해진다.

그런데 우리의 근대 소설에서 이러한 장소성을 보다 강렬하게 인식하게 만드는 것은 바로 근대적 문물이기도 했다. 하나의 장소는 그곳을 채운 사람들 내면의 근대성보다는 그곳을 장식한 근대적 문물을 통해 보다 선명하게 드러났다. 각각의 삶 속에서 근대인으로서 자각하는 것은 더디었지만, 적어도 근대적 문물이 일상 속에 파고드는 데는 그리 오랜 시간이 걸리지 않았기 때문이다.

특히 근대 주거의 공간은 공과 사의 새로운 배치 원리가 가동되고 있던 곳이었으며, 더 나아가 새로운 가족 형태의 출현에 적응해가고 있던 곳이었다.^{박진희, 2005, 85쪽} 그러한 주거 공간 내에서도 접객공간으로서 응접실은 그 자체로 근대적인 공간인 동시에 가장 빠르게 근대 문물로 채워져 간 장소였다. 그것은 응접실이야말로 한 가정이 근대적으로 변모했음을 전시하고 과시하는 성격을 지닌 장소이었기 때문이다.

전통적인 남성의 접객공간이었던 사랑을 대체하는 성격을 가지고 있었던 응접실이 처음부터 여성에게 개방된 공간은 아니었을 것이다. 그러나 가내 공간에 변화가 일어난다는 것은 필연적으로 가정 내의 역학관계에 있어서도 변화가 일어날 수밖에 없음을 예고하는 것이기도 하다. 새로운 공간의 등장으로 인해, 응접실은 점차 부부가 공동으로 사용하는 접객공간으로 안방은 사생활의 공간으로 그 성격이 강화되었다. 견고했던 공간 사용권과 점유권의 균열은 가내뿐만 아니라 그 가정에 초대된 사람들과도 새로운 관계맺음을 가능하게 하였다.

이광수는 이렇게 새롭게 등장한 응접실의 근대성을 가장 예민하게 인식했으며, 가장 적극적으로 소설 서사의 무대로 차용했던 작가였다. 『무정』의 형식도, 『재생』의 순영도 모두 그들을 맞이한 응접실과 그곳을 가득 채운 근대적인 표상들에 매혹되었다. 그들이 조우한 근대가 어떤 장소에 놓였는가는 그들의 운명을 결정짓는 출발점이 되었다. 이를 통해 이광수의 서사 속에서 근대적 장소는 단순한 공간적 배경의 의미를 넘어서 소설 서사의 새로운 가능성을 여는 데까지 나아갔음을 확인할 수 있었다.*

---

* 『춘원학보』 11, 춘원학회, 2017 수록본을 개고함.

제3장

가정상비약, 총후보국銃後報國과 사적 간호의 확대

오늘날 '가정상비약'은 한 가정의 필수품으로 인식된다. 가정 내에 질병의 응급치료와 예방을 위한 간단한 민간약재를 구비하는 관습은 전통사회 때부터 지속되었던 것이지만, 상품으로 판매되는 의약품을 집안 내에 상시적으로 구비하는 가정상비약이라는 개념이 출현한 시기는 근대 이후로 보는 것이 타당하다. 그런데 이러한 가정상비약의 구비는 단순히 생활용품을 구비하는 것과는 다른 차원의 교양을 요구한다는 점에서 주목할 필요가 있다. 그것은 의약품의 효과와 사용에 대한 지식을 가족구성원 중 누군가는 인지하고 있어야 함을 전제로 하는 것이기 때문이다. 따라서 가정상비약의 등장은 근대 이후 가정에 대한 사회적 요구가 어떻게 변모되었는지를 단적으로 보여주는 중요한 요소라 할 수 있다.

1. 주부교양으로서의 근대의학

근대 이후 여성의 교육 수준이 올라가면서 신여성들은 구여성과는 다른 가정관을 갖게 된다. 이러한 신여성들이 꿈꾸었던 근대적이고 이상적인 가정관이 바로 '스위트 홈'이다. 이 개념은 '이와모토 젠지巖

本善治의 홈론home論에서 기인하는데 가족구성원 상호간의 애정을 기반으로 하는 정서적 공동사회'우정미, 2008, 178쪽를 지향한 것이었다. 그러나 애정을 강조하는 그 구성 원리와 달리 스위트 홈에 대한 사회심리적 요구는 훨씬 기능적이었다. 스위트 홈의 표면적 의미는 가족구성원의 행복을 추구한다는 것이지만, 그 본질적 의미는 근대라는 새로운 사회를 이끌어나갈 동력으로서의 개인을 키워낸다는 더 큰 가치에 복무하기 때문이다. 따라서 이 가정의 실질적인 경영자로서 신여성은 전통적인 가사 외에도 자녀의 양육과 교육, 더 나아가 가족구성원 전체의 건강을 유지하는 것까지를 필수적인 덕목으로 요구받게 된다.

가정상비약의 개념은 바로 이러한 변화 속에서 등장했다. 일차적인 계기는 근대적인 의료에 대한 관심이었다. 기존에 알지 못했던 질병들이 과학의 이름으로 정확하게 호명되면서, 전통적으로 가정 내의 기능으로 여겨졌던 간호看護의 성격도 변화한다. 환자의 진료와 치료, 그리고 간호 모두를 적극 담당하는 근대적 의료시설들이 등장했기 때문이다. 물론 이러한 의료시설이 질병에 대한 응급처치와 예방, 요양에 따른 가정의 간호 기능을 완전히 대체한 것은 아니었지만, 가내 간호에 있어서도 보다 과학적인 지식이 요구되었다. 이러한 필요에 맞추어 여성잡지나 매체들도 적극적으로 의료상식을 전달하면서 근대적인 의료와 의학상식은 한 가정의 경영자인 주부가 가져야 할 필수적인 교양으로 자리 매김한다. 그 배경엔 전쟁이 있다.

전시체제로의 편입은 일제의 식민지 여성 정책에 보다 결정적인 변화를 야기한다. 일제는 1937년 중일전쟁을 시작으로 본격적인 전시체제로의 전환을 맞이하였다. 식민지 조선에 대한 정책 역시 이와 긴밀하게 연관되어 진행되었다. 1938년 발표된 국민정신총동원운동은 식민지 조선의 인적·물적 자원을 전쟁에 구체적으로 활용하고자 하는 방안으로서 제시되었다. 그리고 1941년 진주만 공격을 시작으로 식민지 조선 역시 제국주의 일본의 한 부속으로서 태평양 전쟁에 개입되게 된다. 이러한 일본의 전쟁 정책과 함께 1930년대 후반부터 조선사회를 휩쓸었던 것은 '총후부인銃後婦人'이라는 개념이었다. 이로 인해 근대가정의 경영자로서 주부에게 요구되었던 교양의 성격까지 변화되게 되는데, 그 중심에 가내 보건에 따른 근대적 의학 상식이 놓이게 된 것이다.

이 글은 1920년대부터 1930년대까지의 신문매체를 중심으로 주부교양으로서의 근대의학과 그 구체화라 할 수 있는 가정상비약의 등장 과정을 세밀하게 고찰하였다. 이로써 교양으로서 가정주부에게 요구되었던 의학상식이 일제의 식민주의와 맞닿아 가는 과정을 논의의 대상으로 삼고자 했다. 이는 스위트 홈으로 상징되는 근대적 가정관에 개입된 제국의 통제와 욕망을 규명하는 과정이 될 것이다. 또한 주부에게 요구되는 교양으로서 근대의학을 탐구하는 것은 이 시기 여성 담론에 요구된 제국주의적 개입을 이해하는 중요한 키워드가 될 것이다. 특히 이 시기 근대의학이 신여성들에게 교양으로서 요구되고 일면 강제된 측면은 작게는 스위트 홈이라는 그림을 완성하는 퍼즐이 되고, 크게는 제국이라는 거대한 가치에 각 가정이 복무해야 한다는 당위로 연결된다는 점에서 그러하다.

2. 총후銃後의 모체, 제국의 요구

일제의 전시체제를 이끈 식민지 정책은 조선인을 새롭게 호명한다. 그것은 바로 '제2국민'과 '황국신민'이라는 개념이었다. 조선인을 식민모국의 일본인과 비등한 수준의 국민으로 호명하겠다는 것으로, 식민지에 본격적인 의미의 '합병'을 제시하고 그 지위를 격상하겠다는 의미였다. 이는 표면적으로는 피아彼我로 명확하게 구분되었던 식민모국과 식민지와의 경계를 일정하게 허무는 것이었으며, 그것으로부터 식민지 조선의 민중에게 식민지인으로서가 아닌 제국의 일원으로서 새롭게 정신을 개조할 것을 요구하는 것이기도 했다. 비록 그것이 조선의 인적·물적 자원을 총동원하기 위해 일본이 제시한 허울뿐인 명분이자 위선적인 '당근'에 불과했다고 할지라도 그 영향은 양가적이었다.

무엇보다 식민지 조선의 인적자원이 단순한 잉여가 아닌 구체적인 정책의 대상으로 재평가됨에 따라 여러 가지 교육적인 성과들이 뒤따랐다. 실제로 일제의 전쟁 정책이 최고조를 이루었던 1930년대 후반에는 조선의 학령기 학생에 대한 의무교육을 일본 본토의 수준으로 격상시켜줄 것을 요구하는 논의들이 본격화되었는데, 일제가 내세웠던 '내선일체'가 좋은 명분이 되었다.류수연, 2017b, 264쪽 1930년대 후반에 조선의 교육열이 노골적으로 뜨거워질 수 있었던 것도 이러한 일제의 전쟁 정책하에서 가능했던 것이다.

이처럼 전쟁의 시작은 그 무엇보다 식민지인의 신체를 다르게 인식하게 했다. 중일전쟁 이전까지 식민지는 식민모국의 경제를 부흥시킬 원료의 생산지나 상품의 시장으로서 기능했다. 식민지의 인적자원은 식민지 경영을 위한 최소한으로만 요구되었다. 그러나 전쟁은 이러한 식민지 정책까지 변화하게 만든다. 전쟁이 야기한 복합적인 경제적 조건 하에서는 식민지의 인적자원 역시 중요한 전쟁물자로 인식되었기 때문이다. 식민지 여성에 대한 일제의 정책 역시 전쟁의 효율성을 극대화하기 위한 방편으로 이용되었다는 점에서 양가성을 지닌다.

여기서 주목한 것은 식민지의 기혼여성, 그 중에서도 특히 가정주부를 일제가 어떤 방식으로 전쟁의 한 인적자원으로 수단화했는가에 있다. 일제는 본격적인 전시체제에 돌입하면서 최소한의 비용으로 제국의 군인을 키우기 위한 한 방책으로 모성이데올로기를 적극적으로 이용하였다. 이러한 책략은 식민지 정책에도 그대로 반영되었다. 식민지 여성에게 일방적으로 제국에 필요한 여러 요구를 강제하고 책임을 부여하였다. 식민지 사회의 제반 사회문화적, 정치적, 경제적 조건은 무시한 채, 제국의 모성 관념을 주입하고 식민 통치에 유용하고 적합한 식민지적 어머니 역할을 강요하며, 모성의 모든 역할과 그 수행 방식 ─ 출산, 양육, 교육 등 ─ 에 개입하는 지배양식을 강요했던 것이다. 1930년대 후반부터 등장해서 일제말기까지 이어진 총후부인銃後婦人에 대한 강조 역시 제2국민과 황국신민담론에 따른 이러한 모성의 식민화로서 인식할 수 있다.안태윤, 2003, 75~84쪽

총후부인이라는 개념은 총후보국銃後報國으로부터 파생된 개념이다. 총후보국이라는 용어는 1938년 4월 조선총독부가 발표한 국민정신

총동원령에 따른 슬로건이었다. 당시 조선총독부는 1938년 4월 26일 부터 1주일간을 국민정신총동원 주간으로 설정하고 각 행정기관별로 각각의 실행방안을 제시하도록 하였다. 처음 총후보국의 요강 안에서 가장 중시한 것은 물자의 절약과 비축이었다. 전쟁에는 막대한 자본과 물자가 필요하기 때문에 민중 전체가 전쟁과 관련된 물자를 절약하는 것을 일상화하도록 요구하는 것이었다. 그 내용은 대단히 구체적으로 제시되어서 '하루에 성냥 3개, 휴지 1장씩만 아껴도 엄청난 전쟁 물자를 절약할 수 있음을 강조'하는 기사들이 대거 등장했는데, 여기서 제시된 슬로건은 "사랑하라 자원資源·아껴라 용품用品"『동아일보』, 1938.4.27이었다.

사실 식민지 조선의 기혼여성에 대한 담론은 중일전쟁 이전까지 조선총독부의 직접적인 영향권 안에 들어 있지 않았다. 전술한 대로 중일전쟁 초기만 해도 전쟁에 따른 일제의 정책은 물자 절약에 집중되어 있었고, 일제의 식민지 경영에 있어서도 인적자원은 고려의 대상이 아니었기 때문이다. 더구나 식민지 근대 초기 위생담론 하에서는 다산보다는 산아제한이 권유되는 측면이 강했다. 신맬서스주의의 등장으로 식량난을 대비하기 위해 인공적인 피임법에 따른 산아제한으로 인구를 억제해야 한다는 주장이 유럽을 중심으로 힘을 얻고 있었기 때문이다. 따라서 조선 내에서도 산아제한이 보다 근대적이고 과학적인 것으로 인식되었다.

인구의 증가는 확실히 전쟁의 원인이 된즉, 마땅히 세계적으로 산아를 제한치 아니치 못하리라 제의하였더라.

―「미주사정」(『동아일보』, 1921.11.16)

기사는 제1회 미국산아제한대회에서 나온 제의를 소개하고 있다.
인구의 증가가 전쟁의 원인이 됨을 강조하면서 산아제한을 평화의 방
식으로 내세우고 있다. 이러한 산아제한의 논의를 견인한 것은 여권
신장의 담론이었다. 산아제한이라는 말을 처음 사용한 사람은 여성운
동가인 마거릿 생어Margaret Sanger, 1883~1966였다. 생어는 1920년대 무렵
전 세계를 다니면서 산아제한과 피임법에 대한 강연을 했는데, 1922
년에는 일본을 방문하였다. 당시 생어는 일본에서도 산아제한과 관련
된 강연을 준비하고 있었으나 일본 당국과의 갈등으로 이루어지지 못
했다. 식민지 경영과 확장을 위해 일본 본토에 다산을 장려하고 있었
던 일본으로서는 생어와 산아제한담론이 반갑지 않은 손님이었기 때
문이다. 일본에서 소기의 목적을 이루지 못한 마거릿 생어는 다시 북
경을 향하였고, 이때 조선을 경유하게 되면서 조선사회에도 상당한
영향을 끼쳤다.

일본에서 산아제한에 대한 의견은 여러 가지가 있는 모양이나 나는 이
문제에 대하여는 아무 말도 아니하기로 당국과 약속을 하였음으로 아무 말
도 할 수가 없음은 매우 유감으로 생각하오. 또 신문기자와 직접 면담하는
것도 자유롭지 못합니다만은 일본에서 가장 깊이 느낀 바는 인구는 해마
다 비상히 늘어가고 그와 동시에 여러 가지 공업이 발달되었음으로 이후

로 부인노동자가 매우 많이 생길 모양인대 일반 부인 노동자와 가난한 집 안 부인네의 건강에 관한 일이 장래 일본의 중대한 문제가 될 것이오. (…중략…) 공업이 발달되는 것이 장차 세계의 자손의 건강에 대하야 어떠한 영향이 미치는지 의문이오. 중국에서는 각 방면에서 비상히 환영을 하는데 의사 같은 전문가들이 나의 주장을 선전하여 전문적 수단으로 아이 적게 낳는 법을 실제로 시행하려는 터이오.

—「구속 많던 일본을 떠나며」(『동아일보』, 1922.4.7)

일본 당국이 마거릿 생어의 강연을 막았음에도 불구하고, 이후 산아제한에 대한 문제는 조선사회를 휩쓸었다. 산아제한과 관련된 토론회가 실시되었고, 신문에는 피임약 광고가 등장하기도 하였다. 그러나 산아제한담론이 조선사회에서 부각되었던 이유는 비단 여권신장 때문만은 아니었다. 오히려 그것이 빈곤의 문제와 밀접한 연관성을 가지고 있다는 생각이야말로 산아제한담론을 이끈 진정한 축이었다. 실제로 민족운동 계열 내에서는 질적으로 우수하고 건강한 민족구성원을 낳아야 한다는 공감대가 널리 퍼져 있었고,안태윤, 2003, 89쪽 그것이 산아제한을 통해 가능하다고 여겨졌다.

우리나라에는 옛날부터 가난할수록 아이가 많다 합니다. 아이가 많을수록 그 집안의 가난은 더불어 간다 합니다. 그것도 그럴 것이 똑똑한 교육 한 가지 시키지 못한 자녀가 어찌 유복하게 되기를 바라겠습니까? 더구나 오늘 같은 세상이 됨에는 더욱더욱 어려운 일이외다. 우리 조선 부인들은 어

떠한 생각을 가지고 이 문제를 해결하려 하십니까? 반드시 크나큰 문제이
오니 깊이 생각하심이 좋을 듯합니다.

— 「산아문제와 빈곤」(『동아일보』, 1925.1.14)

요컨대 기아棄兒는 불필요로 인할 경우의 영아를 투기하는 것이니 이 불
필요한 영아를 미리 제한함은 하등 도덕상 죄악 될 것이 없을 뿐 아니라 개
개인의 편의를 존중하고 사회의 빈곤을 다소 완화하는 데 일조가 될 것이다.

— 「산아제한을 공인하라」(『동아일보』, 1932.7.9)

조선 사회의 이러한 경향은 식민모국인 일본의 다산장려 정책과는
모순되는 것이었지만, 일제는 1930년대 초반까지도 식민지 조선의
인구 정책에는 큰 관심이 없었던 것으로 보인다. 실제로 1930년대 초
반까지도 조선우생협회를 중심으로 우생학적인 입장에서 산아제한
에 대한 이유를 제시하는 강연들이 별다른 제지 없이 진행될 수 있었
다는 것이 이를 방증한다.

그러나 1937년 중일전쟁의 발발 이후 식민지 조선에 대한 일제의
정책에도 일정한 변화가 시작된다. 신속한 승리를 얻으리라 생각했던
전쟁이 장기화 되면서, 일제의 관심은 전쟁을 직접 수행할 인적자원
에 대한 것으로 옮겨 갔다. 인적자원의 공출지로서 식민지 조선의 중
요성이 높아지면서, 조선 역시 보다 구체적인 인적자원 관리 정책의
대상이 되었다. 물론 처음부터 그러한 의도가 노골적이지는 않았다.
오히려 일본에서와 마찬가지로 처음엔 모자건강을 지키겠다는 명분

이 앞섰다. 그러나 그 실질적인 내용으로 본다면 미래의 군인이 될 어린이들의 건강관리와 함께 그러한 아이를 출산할 모체의 건강을 관리하겠다는 의도였다.

> 강하고 튼튼한 아기를 낳기 위해서는 먼저 모체의 영양을 충분히 섭취해서
> ① 태아의 발육을 좋게 할 것
> ② 입덧惡阻, 각기脚氣, 부종, 신장염 등 각종의 임신장애의 유인이 되는 임신빈혈을 예방할 것
> ③ 전신의 저항력을 강케 하고 특히 심장과 자궁의 기능을 튼튼케 해서 출산의 순조를 도할 것 등이 무엇보다도 긴요하므로 결국은 영양의 문제가 제1인데, 보통 식물로는 영양에 편파되야 긴요한 성분을 섭취치 못하거나 위장이 쇠해서 소화흡수가 잘 안 되거나 하므로 아무래도 임신에 적당한 영양제를 먹을 필요가 있게 됩니다.
> ─「강화하라 총후의 모체」(『동아일보』, 1938.10.25;『조선일보』, 1938.10.26)

인용문은 기사처럼 느껴지지만 사실은 제약회사 후지사와 토모키치藤澤友吉, 현 아스텔라스제약의 영양제 광고이다. 이 광고는 같은 시기에『동아일보』와『조선일보』모두에 여러 차례 게재되었다. 이 광고에서 강조하는 것은 튼튼한 아기를 낳기 위한 모체의 영양 상태이다. 그런데 여기서 주목되는 것은 식민지 기혼여성에 대한 호명이 '모체'로 변화되었다는 것이다. 이것은 신여성이나 (가정)주부, 어머니와 같

은 호칭과는 달리 신체의 기능에 의한 명칭이며 동시에 그 자체로 전쟁을 수행하는 데 필수적인 인적자원으로서 인식되는 것이라는 점에서 중요한 의미를 가진다.

모체라는 말의 등장은 식민지 여성 정책과 담론의 핵심이 변화될 것임을 암시한다. 이제 여성은 아이를 출산하는 혹은 출산할 수 있는 신체 자체로 호명된다. 그런데 그 신체의 기능은 제국주의의 요구에 의해 다시 한 번 한정된다. 그것은 다름 아닌 '총후銃後'이다. 인용된 광고 속에서 기혼여성은 "총후의 모체"로 호명되고 있는 것이다. 이는 식민지 여성의 신체가 이제 오직 출산을 위한 모체로, 더 나아가 그 출산 역시 일본 제국주의의 전쟁을 실제로 이끌어나갈 새로운 군인을 탄생시킨다는 것으로 한정되고 있음을 의미한다. 이 점에서 본다면 이 광고는 당대의 정치적 프레임을 가장 적극적으로 반영한 결과물이라 할 수 있다.

일본은 인구증가율이 높은 점으로는 세계에서도 유명하야 어떤 학자는 출산통계를 기초로 여자의 출산연대를 십오 세부터 사십오 세까지로 하고 그 삼십 년 간에 일본인의 일 부부 간에서 약 오륙 인을 출산한다고 계산하고 있는 터입니다.

(…중략…)

다산한 부인이 조사早死한다는 원인도 결국 이러한 상태를 되풀이 하는 데 있는 고로 임부는 항상 영양의 충실을 도圖하야 임신출산 때문에 신체의 쇠약을 방지하도록 노력하여야 합니다.

거기에는 근년에 비타민과 무기염류 등의 필요가 일반의 상식이 되어 가정에서도 모체의 보호와 태아의 발육을 향상시키기 위하야 식이와 섭생의 방법에도 여러 가지 주의를 하게 되어 있으나 일상의 영양증진제로서는 「錠劑わかもの정제와카모노」의 복용이 가장 추천推獎됩니다.

— 「일본의 여성은 평균 칠인의 자를 출산」(『동아일보』, 1936.5.26)

기사는 일본의 여성이 평균 6~7명의 아이를 낳는데 이렇게 다산한 부인의 경우 조사早死할 위험이 크므로 영양제를 적극 섭취해야 함을 강조하는 내용이다. 가정의학이라는 이름을 달고 나왔지만 실제 그 내용은 비타민제를 광고하는 것으로 1930년대 신문매체에 자주 등장하는 기사형 광고였다. 이러한 제약광고는 그대로 일제의 다산 정책을 추종하면서 그에 따른 필수약품들을 가정상비약으로 반드시 구비할 것을 강조하는 내용을 담고 있었다. 특히 주로 기사형 광고로 등장한 '정제와카모노錠劑わかもの'는 모체와 유아 모두가 필수적으로 복용해야 할 비타민으로 일종의 만병통치약처럼 제시되었다.

그런데 이러한 모체에 대한 집중은 식민지 여성담론 장에 중요한 변화의 바람을 일으키기도 한다. 무엇보다 출산과 육아의 과정 자체가 처음으로 과학적이고 의학적인 가치를 지닌 것으로 인식되기 시작했다는 점 때문이다. 특히 출산의 전 과정을 실제로 수행하면서도 소외되고 간과되었던 여성의 건강과 영양상태가 구체적인 논의의 대상이 되었다는 것은 중요한 의미를 갖는다. 비록 제국의 군인을 '생산'한다는 가치에 복무하고는 있지만, 결국 여성의 신체 역시 군인으로서의 남성과 마찬가지로 건강하게 보호되어야 하는 존재로서 호명되었기 때문이다. 더 나아가 자녀의 양육과 교육에 따른 여성 노동의 가치 역시 일정하게 격상된다.

그러나 이러한 긍정적인 동력보다는 "일제의 전쟁 수행에 동조하고 전쟁과 관련한 어머니의 역할만을 강조하는 군국주의적 모성"[안태윤, 2003, 93쪽]만이 강조되면서, 1940년대로 접어들수록 식민지 여성에 대한 모성 정책은 점차 퇴행에 가깝게 변질된다. 무엇보다 다산을 강조하는 일제의 정책은 조선사회의 저변에 깔린 가부장적 전통에 쉽게 부합되는 것이었기 때문이다. 더구나 다산을 장려하고 그것을 수행할 모체의 건강을 강조하는 정책이 실질적인 수행으로 이어지는 것은 아니었다. 실제로 조선총독부는 식민지 조선에서도 모체의 건강을 증진한다는 이름 아래 후생국을 설립했지만 인력과 예산의 부족을 이유로 1년 만에 폐지하였다.[『매일신보』, 1942.7.14]

일제는 전쟁을 수행할 인적자원을 생산할 주체로서 식민지 조선의 모체에 주목하였으나, 거기에 따른 국가적 책임은 비용을 이유로 방기했다. 그럼에도 정책의 방향 자체는 포기되지 않았다. 그 때문에 국가라는 제도권이 이끌어야 할 보건의 문제를 각 가정, 보다 구체적으로는 가정주부에게 전담하는 결과가 초래되었다. 모체의 건강과 육아에 대한 책임은 전적으로 여성에게 전가되었고, 그 결과 식민지 기혼 여성에게 요구되는 교양 역시 변화되게 된다.

3. 가정상비약과 교양으로서의 주부의학

오늘날 의약품 산업은 다국적 제약회사의 글로벌 마케팅과 로비가 벌어지는 레드오션인 동시에 모든 산업 영역 가운데서도 각국 정부의 통제가 가장 긴밀하게 개입되는 공공재적 성격을 뚜렷하게 지니고 있다. 그런데 대부분의 나라에서 의약품 산업은 모순적인 성격을 가진다. 소비자가 환자인 동시에 구매자이지만 의약에 대한 구매결정권은 처방권을 가진 의사에게 있고, 구입하는 의약품에 대한 대가의 대부분은 건강보험조합에 의해 지불되는 특이한 성격을 가져 정부의 엄격한 규제를 받는다.손일선, 2009, 4쪽 의약품 산업이야말로 국민 전체의 건강과 생명에 직결되는 산업 영역이기 때문이다. 코로나19로 인한 팬데믹이 전 세계를 휩쓸고 지나간 2020년대는 더 말할 필요도 없을 것이다.

그런데 이는 근대적 의약품이 유입되었던 식민지 초기에도 마찬가지였다. 당시에도 의약품 산업은 일제의 정책적 주도를 통해 유입되고 통제되는 산업으로 인식되었고, 중일전쟁과 제2차 세계대전을 관통하면서 그 경향은 더욱 강화되었다. 그래서일까? 근대적인 신문·잡지 매체가 등장한 1900년대부터 해방 이전까지 각 매체의 광고를 주도했던 것은 다름 아닌 의약품 광고였다. 근대 전 시기를 걸쳐 가장 많은 광고가 게재된 것은 의약품으로, 당시 의약업계는 신문잡지의 최대 광고주로 자리매김하였다.김응화, 2012, 171쪽 이것은 동시대의 사회과학적 담론이었던 우생학의 영향으로 개인의 신체적 건강을 유지하는 일의 중요성이 과거 그 어떤 시기보다 강조되었기 때문이다.

가정상비약이라는 이름으로 근대 의약품을 조선 가정 내에 구비해 두는 것이 일상화되기 시작한 것도 바로 이러한 신문의 의약품 광고를 통해서였다. 전술한 바대로 일제의 전시체제가 식민지 조선에도 영향력을 확대한 총동원체제하에서 모자 건강의 중요성은 정책적으로 강조되었지만, 그에 따른 실질적인 지원은 전무한 상황이었다. 이러한 제도적인 의료 서비스의 공백을 메운 것은 바로 제약 상업주의였다.

그런데 근대 의약품을 둘러싼 제약 상업주의는 일제의 식민지 정책과 매우 긴밀한 연관성을 가지고 있었다. 무엇보다 일본 제약회사는 제국의 '위생' 이데올로기와 결탁하여 제품을 팔았다.권창규, 2011.10, 88쪽 총동원체제하에서의 의약품 광고는 그대로 일본의 전쟁 정책과 상통하는 것이기도 했다. 철저히 전쟁이라는 가치에 복무하는 내용을 상식과 교양을 이름으로 전달했기 때문이다. 실제로 이 시기 의약품 광고는 단순히 제품명을 알리는 것뿐만 아니라 의학에 대한 전문적인 지식이 없는 사람들에게 질병과 치료에 관한 기본적인 정보를 제공하는 역할을 함께 담당하였다. 문제는 건강을 둘러싼 제반 인프라를 구축하는 일은 요원한 채, 건강에 대한 정보는 오직 광고라는 편중된 매개체를 통해서만 전달되었다는 데 있었다. 그것은 일제의 전쟁 정책이라는 것이 기본적으로 식민지 조선에 대해 얼마나 약탈적이었는지를 더 강렬하게 환기한다.

그런데 이러한 의약품 광고 속에서 식민모국의 일본인과 식민지 조선인의 역할은 대단히 전형적인 것이기도 하였다. 광고 내에서 일

〈그림 1〉 1920년대 아사다아메 광고(좌)
출처 : 『동아일보』, 1927.6.8
〈그림 2〉 2018년에 판매되었던 아사다아메 상품 사진(우)
출처 : http://www.asadaame.co.jp

제의 국가주의와 제약 상업주의는 교묘하게 결합되어 있었기 때문이다. 대부분의 근대적 의약품이 일본에서 생산되거나 일본 제약회사를 통해 판매되는 것인 만큼, 암묵적으로 이 광고 내에서 의학정보와 상식을 발화하는 전달자는 일본인이었다. 반면 그러한 내용을 학습하는 대상이자 소비자는 조선인으로 설정되었다. 특히 가정상비약이라는 명칭으로 가내 간호를 위한 필수약품임을 내세운 의약품의 광고는 1930년대 들어서면서 뚜렷한 변화를 보였다.

1930년대 후반 가정상비약이라는 명칭으로 광고되었던 약의 종류는 크게 3가지 차원으로 구분해볼 수 있다. 첫 번째는 전술했던 비타민이 있고, 감기약과 피부약이 그 뒤를 따랐다. 먼저 기침보조제인 아사다아메淺田飴 광고를 살펴보고자 한다.

〈그림 1〉은 1920년대 가정상비약으로 광고되고 판매되었던 '아사다아메'라는 기침보조제 광고이다. 『동아일보』에 게재된 이 광고에서

〈그림3〉 1930년대 아사다아메 광고
출처 :『동아일보』, 1936.1.22

는 아사다아메라는 일본식 명칭 대신 '천전태淺田飴'라는 한자와 한국 식 독음으로 상품을 광고하고 있다. 여기서 '飴태'는 '飴이'를 한국식으 로 읽은 것으로 보인다. 비록 광고의 좌측 하단에 일본 여성의 모습이 제시되어 있지만, 해당 광고만 보아서는 이 광고 속의 의약품이 일본 상품이라는 점은 그리 강조되어 있지 않다. 오히려 가정상비약이라는 문구와 약품의 원료가 강조되어 있다. 아사다아메는 현재에도 시판되 고 있는 상품으로, 〈그림 2〉에서 볼 수 있는 것처럼 2010년대까지도 욱일승천기를 케이스 디자인으로 사용했을 만큼 제국주의의 잔재를 그대로 가지고 있는 기업임을 확인할 수 있다.

〈그림 3〉에서 제시한 1930년대 아사다아메 광고에서 두드러지 는 것은 일단 제품의 명칭이 일본식 독음으로 변화되었다는 것이다. 1920년대 광고가 이 약의 원료에 대한 내용을 강조하고 있다면, 1930 년대 광고에서는 이 약의 소비자인 모자의 모습이 더 뚜렷하게 제시 되어 있다. 1920년대까지 이 약의 목표 고객이 특정되지 않았지만, 1930년대 이후가 되면 여성, 특히 어린 아이를 가진 기혼여성으로 구 체화되었음을 알 수 있다.

그런데 여기서 또 한 가지 주목해야 할 것은 어머니의 모습은 전형

〈그림 4〉 1920년대 맨소래담 광고(위)
출처: 『동아일보』, 1928.12.16
〈그림 5〉 1930년대 맨소래담 광고(아래)
출처: 『동아일보』, 1933.9.26

적인 조선여성인 데 비해, 자녀의 모습은 서양아이에 가깝다는 점이
다. 이것은 아사다아메를 먹는 아이는 서양아이처럼 건강한 신체를
가질 수 있음을 암시한다. 따라서 이 광고의 숨겨진 메시지는 현명한
어머니라면 아이에게 아사다아메를 사줄 것을 권고하는 것이다. 1930
년대 들어서면 다른 약품 광고에서도 어머니의 이미지가 두드러진다.
현재까지도 생산되고 있는 또 다른 의약품인 맨소래담의 광고를 비교
해보자.

〈그림 4〉와 〈그림 5〉는 각각 1920년대와 1930년대 맨소래담 광고
인데, 두 광고는 이 약품이 가정상비약임을 강조하고 있다는 점에서
는 공통적인 속성을 가지고 있다. 그런데 1920년대에는 의약품의 전
문성을 보여주기 위한 듯 간호부 복장을 한 여성 이미지가 중심을 차

지하고 있었던 데 반해, 1930년대 광고에서는 그 역할이 어머니로 대체되고 있음을 확인할 수 있다. 1930년대 들어서 광고 이미지의 뚜렷한 변화는 가내에 의약품을 구비하고 그것을 사용함에 있어 필요한 모든 정보의 책임이 가정주부에게 있음을 암묵적으로 표방하는 것이었다. 이러한 의약품 광고는 그대로 일제의 전시체제에 따른 정책적 요구와 맞닿아 있었다.

> 의료기관이 희소한 농촌에 화급한 시 응급수당의 일조로 개풍군開豊郡에서는 관하 40종씩 넣은 구급상자救急箱子 91개를 비치하여 농가에 큰 도움을 주고 있다는 바, 그 상자는 인구 225명에 1상자씩의 배당割當으로 많은 면에는 10개, 적은 면에는 5개씩 상치되어 있다 한다.
> ─「불비(不備) 의료의 구급책 구제약상자를 설비」(『동아일보』, 1938.12.1)

위 기사는 1930년대 후반 가정상비약과 그것을 담은 구급상자의 구비가 얼마나 일반화되었는지를 보여주는 것이다. 동시에 본격적인 전시체제에 돌입한 조선총독부의 정책방향에 맞추어 지역단위에서 할 수 있는 최선책이 면마다 구급상자를 구비하는 것에 불과했다는 것은, 이 시기 조선의 의료상황이 얼마나 열악했는지를 단편적으로 보여주는 것이라 할 수 있다. 제도적인 의료기관의 부족으로 인해 의료를 둘러싼 전반적인 의무와 책임이 각 가정에 전가되었고, 가정 내에서 그 역할을 담당한 것은 필연적으로 가정주부일 수밖에 없었다. 결국 총후의 모체는 자신의 건강과 육아뿐만 아니라 가족구성원 전체의 건강까지 떠맡게 된 것이다.

실제로 1930년대 신문에서는 당시 조선사회의 높은 영아사망률의 원인을 모체의 무지로 단정하였다. 조선의 사회경제적인 조건을 고려하지 않은 채 영아사망의 원인을 모체인 여성에게 전가한 것이다. 제대로 교육받지 못한 조선 여성들의 임신·출산 및 육아에 대한 무지가 영아의 사망을 야기했다는 식의 논리가 팽배하였다. 이에 따라 각종 신문매체는 이러한 여성들이 근대 의약품 및 응급처치, 가내 간호에 따른 근대 의약에 대한 교양을 익힐 수 있도록 적극적으로 기사를 게재하였다.

> 유아의 영양불량의 원인은 선천적先天的과 후천적後天的으로 나눌 수가 있습니다. (…중략…) 후천적 원인으로서는 모유에 있습니다. 영양불량의 대부분은 모유에 있나니 원래는 어린 아이를 그 어머니 되는 이가 양육해야 하는데 그 양육방법에도 여러 가지 주의가 있습니다. 어머니가 게을러서 아이에게 젖을 때맞추어 주지 않고 굶긴다든지 젖이 나지 않는다 하여 그대로 둔다든지 하면 어린아이는 여지없이 영양부족으로 잘 발육하지 못합니다. 그런 고로 어머니 되는 이들은 이 점에 대하여 많은 주의를 해야 합니다.
>
> —「어린아이 영양불량의 원인과 치료법」(『동아일보』, 1927.11.12)

애기는 매일 목욕시키는 것이 보통인데 목욕시킨 뒤에 부주의하게 되면 감기가 듭니다. 더구나 집안에서 시키는 목욕이면 몸을 충분하게 덥게 하기는 극히 곤란합니다. 방의 온도를 덥게 하고 물을 따뜻하게 많이 써서 몸을 충분히 덥게 한 다음 손 빨리 물을 훔쳐서 옷을 입혀야 합니다.

— 「갓난애기와 감기」(『동아일보』, 1939.12.16)

모유를 먹이기 위한 주의사항부터 감기 예방을 위한 아기 목욕법 등의 육아법들이 당시 신문기사에 높은 빈도수로 등장한다. 이를 통해 당대 언론의 관심사가 다산뿐만 아니라 그렇게 태어난 영아들이 사망하지 않고 성장할 수 있도록 하는 데 있었음을 알 수 있다. 이것은 당시 여학교의 교육과정에서도 드러난다. 식민지 시기 여학교 가사교과서에서 가장 중요하게 다루어지는 부분은 '육아'였고, 그 내용은 임신부터 출산뿐만 아니라 아동의 취학까지의 내용을 고르게 다루고 있었다.고상옥·전미경, 2006, 139~141쪽 이는 결혼하여 아이를 낳는 모체가 되는 것이야말로 식민지 여성이 근대적 신교육의 수혜자가 될 수 있는 중요한 명분이었을 뿐 아니라 사회가 요구하는 소명을 달성할 수 있는 중요한 지점이었음을 시사한다.고상옥·전미경, 2006, 147쪽

그런데 이 시기 주부가 된 신여성들에게 의학적 지식을 교육하는 데 보다 적극적으로 관여한 것은 일제 당국이 아닌 제약광고와 신문기사였다. 여성에 대한 교육이 보편화되지 않았던 상황에서 학교의 교과과정은 부수적인 것이었다. 광고는 약품정보를 둘러싼 진입장벽을 낮추었고, 의약품의 효능과 투약방법은 일상적이고 필수적인 교양을 넘어 점차 상식의 차원으로 변모되었다.

이러한 제약회사들의 상업적 요구야말로 가정상비약이 가정 내에

서 필수적인 물품이 되는 결정적 계기가 되었다고 볼 수 있다. 하지만 실제로 가정상비약이라고 강조되고, 그 효용을 섬세하게 전달하고자 했던 약들이라는 것은 비타민이나 기침약, 피부약 등이었다. 물론 가정에서 가장 효용성 있게 사용할 수 있는 것들이지만, 굳이 제약회사에서 판매하는 근대적인 약이 아니더라도 이미 민간약재에 대한 정보가 충분히 공유되어 있던 것이기도 했다. 따라서 근대적 의학지식이 절대적으로 필요하거나 대체되어야 할 만큼 정보가 부족한 영역은 아니었다. 그럼에도 1930년대 의약품 광고는 약에 대한 이해가 곧 지식과 교양임을 강조했고, 그것이야말로 한 가정의 안전과 건강을 위한 필수품임을 내세웠다.

이러한 제약광고는 전쟁을 치러야 하는 일본 제국주의의 정치사회적인 요구, 그리고 그와 맞물린 자본주의적 산업의 욕망을 내포하고 있었다는 점 역시 간과할 수 없다. 굳이 대체되어야 할 필요가 없는 가장 일상적인 물품에 대한 필요를 야기하고 상비하도록 만드는 것이야말로, 그들의 소비자를 가장 수동적으로 만들 수 있는 방법에 다름 아니었다.

무엇보다도 가내 응급치료를 위한 가정상비약의 필수화는 궁극적으로는 전쟁을 예비하는 것이었다. 그리고 일제의 이러한 전쟁 정책은 역설적으로 제약기업이 이러한 욕망을 가장 적극적으로 펼칠 수 있는 장을 마련해 주었다. 가정 내에서 질병을 관리하고 그 책임이 가정주부에게 부여됨으로써 시장은 저절로 넓어졌던 것이다. 더 나아가 기업은 광고라는 매체를 통해 식민지 대중이 습득할 수 있도록 의약품과 질병에 대한 기본적인 지식을 전달함으로써 이러한 전쟁 이데 올로기에 적합한 교양을 확산하였다. 제도권 내의 의료시설이 현저히 부족한 조선의 현실에 대한 개선 없이, 대동아 전쟁을 위한 일제의 식민지 정책은 가내 의료의 중요성을 강조함으로써 오히려 보건에 따른 책임을 개인에게 전가하는 방식을 사용했던 것이다. 이것은 더 나아가 광범위하게 식민지 조선 사회를 포섭했던 제약 상업주의와 맞물리면서 하나의 교양으로 승격되었고, 식민지 착취의 또 다른 전제가 되었다.

4. 일상을 지배한 제국의 이데올로기

오늘날 우리의 일상은 수많은 상품들로 채워져 있다. 어떤 상품을 소비하느냐는 때때로 그 사람의 취향과 교양을 가늠할 수 있는 척도처럼 여겨지기도 한다. 그런데 이렇게 소비가 그 사람에 대한 하나의 징표가 되는 것은 명백한 근대의 산물이다. 하나의 상품을 선택하고 구매하고 구비하고 사용하는 모든 행위는 지극히 일상적이지만, 동시에 지극히 자본주의적인 것이기도 하다. 더구나 어떤 재화를 '필수품'이라고 규정하는 데는 그 사회가 말하는 보편타당함으로써의 가치가 개입되어 있다. 따라서 근대라는 세계 속에서 우리의 소비는 자본제적 가치와 그 정치적 요구로부터 자유로울 수 없다.

1930년대 후반 조선의 근대에서도 마찬가지였다. 일본 제국주의라는 한층 더 왜곡된 욕망을 감내해야 했던 식민지 조선에 있어서는 이 문제는 더욱 예민했다. 근대를 추구한다는 것, 근대적 물품을 소비한다는 것 자체가 그대로 일제에 복무하는 일이 되는 경우가 많았기 때문이다. 가정 내에 필수적인 근대적 의약품을 구비한다는 개념으로서 가정상비약이야말로 그 대표적인 상징물이라 할 수 있다. 가족 구성원의 건강을 유지하고 관리한다는 것 자체가 그대로 일제의 전쟁 정책과 그 이데올로기를 수용하는 과정으로 이어질 수밖에 없었기 때문이다. 무엇보다 가내 응급치료를 위한 가정상비약의 필수화는 궁극적으로는 전쟁을 예비하는 것이었다는 점에서 더욱 그러했다.

본고는 이러한 관점에서 가정상비약이 어떠한 제국의 이데올로기 속에서 구현되었고 확산되었는지, 그 양상에 대해 고찰하고자 하였다. 그것은 가정 내의 의학상식이 근대가정의 필수적인 교양으로 자리 잡게 되는 과정에 대한 고찰이기도 했다. 그런데 가정상비약을 둘러싼 군국주의적 문제는 비단 일제강점기에 한정된 것은 아니었다. 한국전쟁과 휴전, 그리고 여전히 남겨진 분단의 문제 속에서 적어도 한국사회에서 가정상비약의 문제는 그리 단순하지 않기 때문이다. 따라서 이 논문이 제기한 문제의식은 해방 이후의 의학 교양에 대한 문제제기로까지 이어질 수 있을 것이라고 생각한다.*

---

* 『비교한국학』26-1, 국제비교한국학회, 2018 수록본을 개고함.

제3부

근대과학이라는
상상과 실재實在

제1장

실험실과 상상된 과학

이광수의 「개척자」 연구

제국주의하에서 근대과학, 그 중에서도 화학이 갖는 의미는 상당하다. 무엇보다 화학은 제국주의의 토대로서 다양한 산업을 기반하는 것이었다. 그러나 산업으로서 화학의 중요성은 비단 이것만이 아니었다. 오히려 생필품 영역에 이르면 그 중요성은 더욱 커졌다. 화학적인 발견과 발명은 의약품이나 화장품과 같은 생필품을 아우르는 기술의 발전을 촉진하였기 때문이다. 따라서 과학적인 성과만이 아니라 산업 영역에서 그 중요성이 더욱 두드러졌음을 인식할 수 있다. 실제로 일제강점기 당시 조선사회에서 대중들이 인식할 수 있는 일본의 기술적 발전은 화학분야에서 보다 부각되었다. 각종 제약회사나 생활화학 관련 기업들이 식민지 조선을 시장으로 삼아 적극적인 공세를 펼쳤고, 이는 당대의 신문이나 잡지에 연재된 광고의 내용만 보아도 쉽게 발견할 수 있다.

1. 실험실의 등장

메이지시대 일본에서 화학은 '직접적으로는 화약을 제조하는 군수산업의 토대였으며, 간접적으로는 비료 생산을 통해 필수적인 식량

확보까지 책임지는'^{이행미, 2014, 44쪽} 총체적으로 제국주의 확장을 견인하는 기반산업의 영역이었다. 이광수의「개척자」^{『매일신보』, 1917.11.10~1918.3.15}는 바로 이러한 과학자, 그 중에서도 화학을 전공한 주인공 김성재를 통해 근대과학의 문제를 정면으로 제기하고 있다는 점에서 흥미롭다. 특히 작품의 핵심적인 사건은 실험실이라는 한정된 장소에서 주로 이루어지는데, 이 때문에 이 작품 속에서 실험실은 단지 공간적인 배경만이 아닌 직접적으로 사건을 견인하는 동력까지 내재하게 된다. 그 자체로 작중인물 사이의 관계를 규정하게 되는 것이다.

이광수의 서사에서 근대적 장소는 사건의 인과를 부여하는 요소로 활용된다는 점에서 단순한 배경 이상의 의미를 갖는다. 그는 다분히 의도적으로 근대적 장소를 서사적 배경으로 설정하고, 그곳을 통해 인물 사이에 나타나는 필연적 인과관계를 견인한다. 그의 소설에서 주요 사건이 발생하는 근대적 장소들은 단순한 배경이 아니라 그대로 인물을 하나의 성격으로 살아나게 만드는 핵심적인 요소라는 점에서 주목된다. 그 장소에 속함으로써 한 인물은 근대적인 관계망 속에 놓이고, 자연스럽게 근대적인 감각 속에서 대상을 사유하게 되기 때문이다. 즉 근대적 장소 자체가 사건을 이끄는 결정적인 계기로 작용하고 있는 것이다.

이러한 이광수의 장소성은 무엇보다 근대학문에 대한 그의 적극적인 고찰과 이해를 통해 구체화된 것이라는 점에서 주목할 필요가 있다. 이 책의 앞장에서 논의한 대로『무정』에서 이광수는 접객공간인 응접실을 작품 주제와 직결되는 사건을 이끄는 장소로서 적극 활용하였다. 그런데 이러한 근대적 장소로서 응접실이 등장할 수 있었던 배경에는 근대 건축에 대한 이광수의 관심과 조망이 있다.

1900년대 조선에서는 경성 가정박람회[1905]를 필두로 다양한 건축 관련 박람회가 이어졌고, 이는 자연스럽게 근대적인 주택과 공간구조에 대한 대중들의 이해 폭을 넓혔다. 무엇보다 이광수가 『무정』에서 그려낸 응접실은 단순히 사랑[房]을 대체한 장소만은 아니었다. 그것은 오직 '접객'이라는 기능성이 강조된 장소이었고, 바로 그 때문에 성별뿐만 아니라 신분과 나이에 따른 위치 구분조차 희석될 수 있는 가능성을 지닌 장소가 될 수 있었다. 이는 필연적으로 이전에는 볼 수 없었던 인간관계를 이끌어냈고, 더 나아가 세계를 인식하는 사고 체계에까지 일정한 영향을 미치게 된다. 이를 통해 『무정』의 응접실은 조선의 전통 가옥에서 나타나는 사랑과는 다른 근대적인 장소로서 인식될 수 있었다.

이러한 근대적 장소의 특이점은 「개척자」[1917]에서도 유사하게 반복된다. 그런데 「개척자」의 장소성은 『무정』보다 한층 더 뚜렷하다는 점에서 주목할 필요가 있다. 응접실이 그 근대성에도 불구하고 여전히 접객이라는 측면에서 전통적인 가내 공간과도 맞닿는 지점이 있었다면, 실험실은 그야말로 그 어떤 전통적인 장소와도 비견될 수 없는 완전히 새로운 장소였기 때문이다.

『무정』에서 응접실이라는 공간이 인물들의 관계를 결정해주었던 것처럼 「개척자」에서도 실험실이라는 근대적 공간이 인물들 간의 관계망을 정의하는 역할을 담당하였다. 그러나 「개척자」의 경우 주요 서사가 이루어지는 공간적 배경이 주로 실험실에 한정되어 있고 작품 내의 핵심적 사건들 역시 대부분 거기에서 이루어진다는 점에서, 그 의미는 이미 『무정』을 초과한다. 이에 본고는 장소성과 근대과학^{科學}이라는 두 개의 키워드를 통해 「개척자」의 지평을 새롭게 조명하고자 한다.

2. 중앙시험소와 공업국가의 꿈

이광수에게 있어서 근대성은 그가 지향하는 최고의 목표였으며, 소설을 통해 구현하고자 했던 허구적 세계의 본질이었다. 따라서 그의 소설은 이러한 계몽적 열정의 집약체로서 근대성이라는 화두를 가장 능동적으로 사유하고 실천하는 인물들을 형상화했다. 『무정』에서 그것이 '연애'였다면, 「개척자」에서는 '과학^{科學}'이었다.

그런데 그에게 과학은 science의 개념보다는 technology에 가까웠던 것으로 추정된다. 이는 「동경잡신」『매일신보』, 1916.9.27~11.9에서 잘 드러난다. 여기서 그는 조선의 발전을 견인할 모델로 '공업국'을 제시하고 있는데, 이는 이광수가 생각하는 근대과학의 모습이 무엇인지를 잘 보여준다.

조선은 장래 공업으로 제2 본업을 삼아야 할 경우라. 인구가 일로 증가하여 극도에 경지를 정리하고 경작의 방법에 학리를 응하여 최대한도의 농업을 출^出한다 하더라도, 이^此로써 의식은 근득^{僅得}할지언정 부는 득^得하기 불능함이 명료하니, 만일 조선으로 하여금 금일의 빈궁을 버리고 영광스러운 부명^{富名}을 득^得하려 할진대 불가불 공업에 뢰^賴하여야 할지며, 겸하여 조선은 공업지의 자격이 족足하다.

— 이광수, 「동경잡신」(이광수, 1971c, 304쪽)

이 글에서 이광수는 공업이야말로 조선이 제2의 본업으로 삼아야 할 산업이라고 강조한다. 그러나 제2의 본업이라는 말은 언표일 뿐 그가 진정 주장하고자 하는 본질은 아니었다. 그것은 그가 공업이 단지 제1 본업이라 할 수 있는 농업을 보조하기 위한 것이 아님을 제시하고 있는 데서 분명히 드러난다.

이광수는 농업은 아무리 부흥해도 결국 의식衣食의 곤궁에서 벗어나는 것일 뿐, 근본적인 의미에서 빈궁을 벗어날 수는 없음을 강조한다. 따라서 그는 조선이 부국강병을 이룰 수 있는 유일한 방안은 오직 공업의 발전뿐이라고 역설한다. 이 점에서 본다면 적어도 이광수에게 있어서 공업은 제2의 본업으로 시작되어 제1의 본업이 되어야 할 가치였다고 판단할 수 있다. 이 때문에 그는 이 글에서 보다 많은 사람들이 공업에 투신하기를 요청하면서, 기수와 직공을 양성하는 교육기관을 설치할 것을 강조하였다.

그렇다면 여기서 그가 말하는 공업의 본질은 무엇인가? 1917년 발표된 「개척자」는 어쩌면 그에 대한 일종의 문학적 답변에 가깝다고 할 수 있다.

성재는 빨리 탁자 앞으로 걸어가서 그 시험관을 쳐들어서 서너 번 쩔레쩔레 흔들어 보더니, 무슨 생각이 나는지 의자에 펄썩 주저앉으며 주정등酒

精燈 뚜껑을 열고 바쁘게 성냥을 그어서 불을 켜 놓은 뒤에, 그 시험관을 반쯤 기울여 그 불에 대고 연해 빙빙 돌린다. 한참 있더니 그 황갈색 액체가 펄럭펄럭 끓어오르며 관구管口로 무슨 괴악한 냄새 나는 와사瓦斯가 피어오른다. 성재는 고개를 반만치 기울이고 한참 비등하는 액체만 주시할 때에, 그 눈은 마치 유리로 하여 박은 듯이 깜박도 안한다.

— 이광수, 「개척자」(이광수, 1971a, 210쪽)

동경에서 공업학교를 졸업한 뒤 귀국한 주인공 김성재는 자신의 집에 실험실을 차려놓고 자신의 "계획이 성공이 되어 목적한 발명품이 여러 나라의 전매특허를 얻고 경성에 그 특허품을 제조하고 큰 공장이 서는 날"이광수, 1971a, 216쪽만을 꿈꾸며 7년 동안 두문불출하고 실험에 매진한다. 그는 조선의 '신생新生'이라는 목표를 내세우며 "생명적으로 분해한 화학적 원소는 넉넉히 신생명의 영양이 될 수 있다"이광수, 1971a, 394쪽는 신념으로 화학실험에 매진하고 있다.

이러한 성재라는 인물은 1910년대 조선의 현실을 고려해보았을 때, 상당히 낯선 인물이다. 당시까지 조선에서 근대과학은 위생 및 신체담론의 장 안에서 주로 문제 제기되었고, 따라서 생물학이나 의학 등이 주 논의 대상이었다. 이것은 모두 산업의 영역이라기보다는 여전히 학술적인 영역에 머무르는 것이었다. 더구나 동경의 공업학교를 졸업한 후 일시 귀국한 성재의 7년간의 행보는 사실상 '룸펜'에 가깝다. 실제로 작품 내에서 그가 추구하는 발명의 진짜 목표는 드러나지 않으며, 그는 자신의 추상적인 목표조차 다른 이에게 설명하려고 하지 않는다. 스스로 내세운 '첨단'에 사로잡힌 채 타인에게 일방적인 이해와 배려를 요구하는 있는 상황이다. 그럼에도 불구하고 「개척자」의 전반부에서 화학실험에 몰두하고 있는 성재의 모습은 상당히 긍정적으로 형상화된다.

그것은 무엇보다 성재라는 인물이 작가 이광수의 계몽적 의도 안에서 창조된 인물이기 때문이다. 이광수는 학술에서 산업에 이르는 근대과학이야말로 조선이 근대로 도약하기 위해 선취해야 할 계몽적 과제라고 인식하고 있다. 이는 이광수의 계몽적인 지향점을 서사적인 성취로 이끌었던 『무정』에서도 그리고 후속작인 「개척자」에서도 뚜렷하게 드러난다. 특히 「개척자」의 경우에는 화학자인 주인공을 내세움으로써 이러한 성격은 보다 명징해진다. 당시 조선사회의 담론장 안에서는 아직 큰 주목을 받지 못했던 화학을 조선의 미래를 위한 동력으로 적극 의미부여하고자 했던 이광수의 계몽적 전략이, 그대로 성재라는 인물을 둘러싼 허구세계를 구축하고 있는 것이다.

> 작년 추기에는 경성 공업전문학교의 초빙함을 받았고, 금년 사월에는 연희전문학교의 초빙을 받았다. 더구나 신설되는 연희전문학교에서는 실로 비사 후폐卑辭厚幣를 가지고 청하였건마는 실력이 부족하다 함과 교수에 뜻이 없다는 이유로 다 사퇴하였다. 성재의 뜻은 결코 백 원이나 이백 원의 월급에 있지 아니하다. 그가 칠 년 전에 정한 목적으로 더불어 일생을 마칠 것이다.
>
> — 이광수, 「개척자」(1971a, 216쪽)

그런데 아이러니컬한 것은 「개척자」에서 주인공 성재가 공업교육에는 뜻을 두고 있지 않은 인물로 그려지고 있다는 점이다. 앞서 언급한 「동경잡신」에서 이광수는 조선의 공업화를 위해 공업교육기관 설립의 중요성을 역설한 바 있다. 하지만 「개척자」의 주인공 성재는 엄밀히 말해서 공업교육의 현장에서 헌신할 것을 거부하는 인물이다. 실제로 그는 자신의 실험을 위해 공업과 관련한 여러 교육기관의 요청을 수용하지 않았다.

「개척자」는 무엇보다 근대과학을 향한 이광수의 계몽적 가치를 서사적으로 형상화한 작품이다. 그러한 「개척자」에서 이광수는 어쩌면 자신의 가치에 가장 모순되는 성재라는 인물을 주인공을 내세웠다. 「동경잡신」과 「개척자」, 두 글 사이의 간극은 불과 1년 남짓에 불과하다는 점을 기억한다면, 이러한 관점의 변화는 귀국 후 이광수가 포착한 조선사회의 정황 속에서 원인을 찾아야 할 것이다. 1912년 조선총독부 산하기관으로 설립된 중앙시험소는 이에 대한 유의미한 추정을 가능하게 한다.

> 명년도에 신설할 중앙시험소는 남만철도회사가 경영하는 중인데, 그 성적이 극히 양호함을 감鑑하고 금회今回에 총독부에서도 공업전습소의 사업으로 할 터인데, 직물, 염물, 도자기의 조업 급 양조, 응용화학, 유기무기의 분석 등을 행한다더라.
>
> ─「중앙시험소 조직」,(『매일신보』, 1912.1.14)

중앙시험소^{현 한국방송통신대 별관}는 식민지 시기 조선에 설립된 유일한 공업 시험연구기관으로, 공업 종사자들이 의뢰한 공업원료를 분석, 시험, 감정하거나 공장을 방문하여 기술지도 및 강습 등의 사업을 전개했던 조선의 공업을 대표하는 하나의 상징적 존재이었다고 평가된다.^{이태희, 2009, 104쪽}「개척자」가 발표된 시기가 1917년이고, 이 발표 시기를 기준으로 주인공 성재의 귀국 시기를 가늠해보면 1910년 무렵임을 알 수 있다. 여기서 성재라는 인물을 형상화할 수 있었던 배경은 분명해진다.

1912년 중앙시험소의 전격적인 설립 이후, 시험소는 지속적인 성장을 거듭하였다. 설립 1년 만인 1913년에는 시험소의 확장이 이루어졌으며,^{『매일신보』, 1913.4.16} 공업소의 성과를 바탕으로 한 전람회가 열리기도 했다.^{『매일신보』, 1913.5.9} 또한 1914년에는 조선총독부에서 공업전문학교위원회를 세웠는데 중앙시험소의 구성원들이 대거 포함되었다.^{『매일신보』, 1914.12.23} 1915년부터는 중앙시험소와 공업전습소가 함께 발명자 표창위원을 구성하였고,^{『매일신보』, 1915.4.10} 이윽고 발명가를 표창하겠다는 공고로 이어진다.^{『매일신보』, 1915.4.14}

이러한 배경을 고찰하면 「개척자」의 주인공 성재는 다분히 조선총독부의 정책적인 지원으로 촉발된 식민지 조선의 공업에 대한 지대한 관심 속에서 탄생한 인물임을 알 수 있다. 그렇다면 소설 속에서는 자세히 다루어지지 않았던 성재의 귀국 배경 역시 이를 통해 추정할 수 있다. 중앙시험소의 설립과 확장 과정에서 필요한 인력에 대한 귀국이 권유되었을 것임을 짐작할 수 있는 것이다. 이로써 성재라는 돌

출적인 인물에 따른 개연성도 확보된다. 발명가를 존중하고 장려하는 사회적 분위기는 그대로, 성재라는 인물이 7년 동안이나 실패를 거듭하는 실험 속에서도 일정한 지지를 받을 수 있었던 소설적 상황을 가능하게 하는 것이다.

그러나 중앙시험소의 존재에서도 알 수 있듯이 발명은 제국의 요청이고, 제국에 속한 모든 구성원에게 마땅히 그 요청에 응답해야 할 의무와 책임을 부여하는 것이었다. 애초에 식민지 조선의 필요는 반영되지 않은 것이다. 또한 동시에 그것은 일제의 식민지 정책이 가진 허위성을 보여주는 것이기도 했다. 총독부의 이러한 조선 공업화 정책은 조선의 실질적인 공업화가 아니라 가내 수공업에 기여하는 시험연구 활동과 공업 현황 및 자원에 관한 기초 조사 연구 활동에 국한된 것이었기 때문이다.^{이태희, 2009, 134~135쪽} 이 점에서 본다면 사실상 룸펜이 될 수밖에 없었던 성재의 7년은 뜻밖의 개연성을 획득한다. 그가 실험을 통해 추구하는 가치는 조선의 산업구조에도 일제의 식민지 정책에도 포섭될 수 없는 것이었기 때문이다.

3. 골방의 과학자

「개척자」는 그것이 『무정』의 후속작이라는 점에서뿐만 아니라 화학과 발명이라는 당시 조선 소설에서는 흔히 보기 어려운 소재를 선택했다는 점에서도 많은 관심을 받았다. 이러한 「개척자」의 본격적인 연재를 예고하면서『매일신보』는 다음과 같은 광고를 게재하였다.

고단한 화학자의 발명사업과 그 가정의 파란과 또 그 학자의 시대를 같이 한 제 방면의 학자, 사업가의 생활과 심리는「개척자」의 골자요, 여러 종류의 연애와 질투와 부호의 불륜패덕, 냉혹은「개척자」의 육과 혈이라.

춘원 군의 치밀한 관계와 극교한 필치는 독자의 정평이 자자한 바어니와 또 다시 독자로 하여금 얼마나 울게 하며 웃게 하며 기쁘게 하며 슬프게 할는지 내월 초순을 고대하시오! 고대하시오!!

— 개척자 광고(『매일신보』, 1917.10.27)

이 글에는「개척자」의 서사가 지닌 두 가지 특징이 모두 예고되어 있다. 첫째, 이 작품은 화학자를 주인공으로 하여 그의 발명사업을 담아낸 작품이라는 점. 둘째, 연애와 질투를 담아낸 작품이라는 점. 이를 본다면『매일신보』는 이 작품을 근대과학과 연애 양자를 모두 다룬 것으로 인식하고 있음을 알 수 있다. 그러나 작품이 발표된 이후 독자들은 이 작품의 핵심 주제를 연애로 인식하였고 그 결과 성순과 민을 주인공으로 인식하였다고 한다.김영민, 2015, 89~95쪽 이는 후반부로 갈수록 여동생 성순의 사랑과 그로 인한 비극성이 보다 핵심적인 서사로 전개되었기 때문이다.

반면 오늘날「개척자」에 대한 논의는 두 가지 속성 모두에 주목하고 있다. 대부분의 논자들은 이 작품의 핵심인물을 성재와 성순 남매로 보고, 그들의 근대적 지향과 실패를 담아낸 서사로서「개척자」를 분석한다. 그럼에도 실질적으로는 성재보다는 성순의 연애에 보다 많은 논의들이 집중되는데, 그 이유는 근대적 성취라는 면에서 성재의 과학보다는 성순의 연애가 더 극적인 변모과정을 겪기 때문이다.

이러한 편중은 사실상 이 작품의 서사적 한계에서 기인한다. 앞에서 주지했듯이 「개척자」는 화학자를 주인공으로 하는, 당시로서는 대단히 파격적인 성격을 띤 작품이었다. 그러나 이는 소재적인 차원에 국한된 것이었다. 초반에 주인공 김성재가 자신의 포부를 그려내는 부분 외에, 화학자로서 김성재의 세계 인식은 오직 '발명의 성공'이라는 추상적인 목표에만 집중된다. 그 발명의 구체적인 모습이나 그것을 가능하게 하는 학문적 토대에 대한 인식은 찾아보기 어렵다.

실로 성재의 책임은 너무 중하다. 수다한 식구의 활계活計가 이제는 전혀 성재의 손에 달렸다 할 수밖에 없다. 가족이 일생에 먹을 것을 성재의 손으로 온통 시험관에 넣고 말았으니 이제는 그것을 시험관에서 다시 찾을 수밖에 없이 되었다. 만일 성재의 계획이 성공이 되어 목적한 발명품이 여러 나라의 전매특허를 얻고 경성에 그 특허품을 제조하고 큰 공장이 서는 날이면 서재의 몽상한 바와 같은 결과를 얻을 수도 있지마는, 만일 아주 실패하는 날이면 성재의 일가족은 거지가 될 수밖에 없다. 이러한 생각을 할 때마다 성재는 몇 번이나 심화를 내었으며, 몇 번이나 장래에 대한 공포에 눌려 시험관을 온통 깨뜨려 부수고 온다 간다는 말없이 달아나려는 생각을 가졌으랴.

— 이광수, 「개척자」(1971a, 215~216쪽)

성재의 실험실에서 묘사되는 화학은 본질적이기보다는 기능적이다. 성재는 하루 대부분의 시간을 실험실에서 보낼 만큼 자신의 실험에 열중하고 있는 상태이다. 그러나 놀랍게도 「개척자」의 서사 안에서 성재의 실험은 단 한 번도 구체화되지 않는다. 독자는 물론, 서술자조차도 성재가 무엇을 발명하고자 하는지, 그리고 그 발명의 과정에서 필요한 과학적이고 이론적인 토대가 무엇인지에 대해서 전혀 알지 못한다. 이는 이 작품이 과학자를 주인공으로 하고 있음에도 불구하고 그 어떤 과학적 세계관도 구체적으로 보여주지 않기 때문이다. 따라서 그가 매일같이 무엇인가를 실험하고 있지만, 그 '무엇'의 본질도 그에 따른 인물의 변화도 전혀 찾아볼 수 없는 것이다.

이는 무엇보다 근대과학에 대한 작가 자신의 미흡함에서 비롯된 결과일 가능성이 높다. 그에게 과학은 구체적인 학문이라기보다는 근대성에 따른 일종의 당위에 가까웠다. 『무정』에서 형식이 조선의 부흥을 위해 막연하게 생물학을 전공하겠다고 다짐하는 것처럼, 「개척자」에서 성재 역시 크게 다르지 않다. 그가 화학을 전공하였다는 전제 외에 화학자로서 그의 자질을 보여주는 구체적이고 전문적인 이해가 전혀 드러나지 않기 때문이다.

그 때문일까? 오히려 이 작품에서 묘사되는 성재의 실험은 화학 그 자체라기보다는 연금술에 가까운 느낌마저 준다. 중세 유럽에서 널리 유행했던 연금술은, 인공적인 힘을 가함으로써 값싼 물질이 금이나 보석과 같이 값비싼 물질로 변화될 수 있다는 믿음 위에서 시작된 주술적인 성격의 자연학이다. 비록 과학의 발전과 함께 도태되었지만,

물질에 대한 관심과 다양한 실험이라는 연금술의 요소들이 근대화학의 발전에 지대한 공헌을 했다는 것은 잘 알려진 사실이다. 그런데 「개척자」에서 성재의 실험 장면은 화학자라기보다 연금술사와 더 비슷해 보인다. 그의 실험이 구체적인 물질의 본질을 탐구하는 것이 아니라 세계를 완전히 바꿀 새로운 물질의 드라마틱한 탄생을 추구한다는 점에서 그러하다.

실제로 「개척자」의 서사를 이해함에 있어서도 화학적인 지식이나 관점은 전혀 필요하지 않다. 이 작품은 화학적인 발명과 발견에 따른 세계의 변화나 그 변화를 상상하는 아이디어를 전혀 포함하고 있지 않다. 오늘날 우리가 「개척자」를 과학서사로 평가하기 어려운 이유도 바로 이 때문이다.

사실 「개척자」에서 성재의 실험실은 생산의 공간이라기보다 유폐의 공간에 가깝다. 7년이나 이어온 실험. 그 시간은 한때나마 새로운 가능성으로 가득 찼던 그의 실험실을 현실도피의 장소로 변질시키고 만다. 성재의 내면에는 늘 과도한 책임감과 사명감, 그리고 두려움이 혼재되어 있고, 이는 그의 실험실을 세상으로부터 더욱 더 고립되도록 만든다. 그는 "내가 만일 성공만 하면, 만인에게 이익을 줄 것이지만 실패하는 날에는 곯을 사람은 나 하나밖에 없을 것이다"라고 토로할 만큼 사회적인 존재로서 자신의 책무에 사로잡혀 있는 인물이다. 이는 역설적으로 성재라는 인물을 한 '개인'으로서 성립될 수 없게 만든다. 그가 끝없이 환기하는 사회적인 책무는 오히려 그로 하여금 화학실험과 발명이라는 행위 자체에 완전히 함몰될 수 없게 만드는 한계로 작용한다.

그럼에도 「개척자」의 서술시간 위에서 그려진 성재의 모습 역시 사실 7년이나 자기만의 실험에 몰두한 과학자라기엔 어쩐지 허술하다. 앞서 언급한 대로 이 작품 속에서 김성재의 직업은 반드시 화학자가 아니어도 괜찮을 만큼 '화학' 자체가 작품 서사와 긴밀한 연관성을 지니고 있지 않기 때문이다. 작품의 서사는 성재가 반복되는 실험으로 인해 가산을 탕진하고 사회적으로 고립되어 가는 과정을 그리는 있지만, 굳이 이러한 실험이 아니어도 인물을 7년이나 유폐시킬 수 있는 방법은 얼마든지 있다.

> 성순은 "네 시 반보다 오 분이 지났네" 하고 혼자 생각하였다. 네 시 반은 성재가 실험을 그치고 삼십 분 동안 산보를 하거나 성순과 이야기를 하는 시간이니, 이것은 삼 년 내로 일정불변하는 가규라.
>
> ─ 이광수, 「개척자」(1971a, 211쪽)

메리 셸리의 『프랑켄슈타인』을 떠올려 보라. 주인공 빅터 프랑켄슈타인은 과학적 호기심에 사로잡혀 몇날 며칠을 자지도 먹지도 않는 실험 끝에 인공의 생명을 가진 괴물을 탄생시킨다. 이와 비교한다면 성재의 실험은 지나칠 정도로 규칙적이고, 너무나도 평온하다. 그것은 그가 자신의 실험에 완전한 열정으로 함몰되지 않았음을 보여주는 것이다. 더구나 시간에 맞추어 규칙적인 생활을 하는 성재의 모습은 열정적인 과학자라기보다는 철학자 칸트의 모습을 더 닮아 있다.

그것은 성재가 추구하고 있는 과학자 내지 발명가로서 삶의 원천이 사실상 조선사회의 외부에 있기 때문이다황종연, 2012, 147쪽. 성재가 가진 사회적 책임감과 상관없이 당대 조선에서의 발명은 일본 제국주의에 복무할 것을 요구받는 가치였고, 더구나 그조차도 '첨단'이라기보다는 일상생활의 영역에서 활용될 수 있는 수공업적인 성격에 더 가까운 것이었다.

　　그러나 아직 이 작품을 평가절하하기엔 이르다. 이 작품의 진정한 주제가 과학서사로서의 성취에만 놓여 있는 것은 아니기 때문이다. 오히려 우리가 주목해야 할 것은 작가 이광수 내면에서 꿈틀거리던 근대성에 대한 당위와 그 현실적인 좌절이다. 바로 이 지점에서 우리는, 역설적이게도 성재를 유폐시킨 그 실험실이라는 장소에 다시 주목해야 한다.

　　한참 이 모양으로 시험관을 돌리더니 다시 그것을 세워 놓고는 탁자 위에 놓았던 조그마한 병에서 백색 분말을 좀 떠내어서 천평에 단다. 조그마한 숟가락으로 병의 것을 더 떠서 천평에 놓기도 하고 천평의 것을 도로 떠서 병에 넣기도 하더니, 얼마 만에 천평이 평형을 얻어 가만히 서는 것을 보고 얼른 천평 접시를 들어 그 백색 분말을 시험관에 집어넣는다. 그 분말이 들어가자 시험관 속에서는 푸시시 하는 소리가 나며 수증기 같은 것이 피어오른다. 성재는 수증기가 그치기를 기다려서 다시 그 시험관을 주정등에 대고 아까 모양으로 빙빙 돌린다. 그 황갈색 액체는 아까보다 조금 담淡하게 되었으나, 여전히 황갈색대로 부글부글 끓으며 잠시 쉬었던 악취를 발한다. 열심히 시험관을 보고 앉았든 곁에서는 그 팔각종이 똑딱똑딱 가면서 주인의 실험하고 앉았는 양을 물끄러미 내려다본다.

주인의 얼굴에는 기쁜 듯한 미소와, 걱정스러운 듯한 찡그림이 몇 분간을 새에 두고 번갈아 왕래한다.

— 이광수, 「개척자」(1971a, 21~211쪽)

「개척자」의 주인공 성재는 화학자이고, 가내에 마련된 실험실은 그가 직접적으로 여러 화학물질을 발명하는 공간이다. 그곳은 단순히 취향을 드러내는 장소가 아니라 주인공 성재의 일상이 집중적으로 이루어지는 장소이다. 실험이라는 실질적이고 반복적인 행위가 이루어지는 기능적 성격을 지닌 공간인 것이다. 따라서 이 공간에 대한 실감은 묘사가 아닌 인물의 행위를 통해 구체화된다. 작가는 실제로 그 장소에서 주인공 성재가 실험을 어떻게 진행하고 있는지를 보여줌으로써, 독자로 하여금 그 장소와 인물의 관계를 조명하도록 만드는 것이다.

이러한 실험실이라는 장소의 성격을 결정하는 것은 주인공 성재 자신이고, 그러므로 응접실이나 서재에서 보였던 등장인물의 취향 문제와는 다른 차원의 결을 가진다. 이 장소에는 별도의 장식적인 요소가 특별히 없다. 이 실험실에서 실험도구 외에 성재와 일상을 함께하는 유일한 사물은 팔각목종뿐이다.

화학자 김성재金性哉는 피곤한 듯이 의자에서 일어나서 그리 넓지 아니한 실험실 내를 왔다갔다 한다. (…중략…) 방 한복판에 우뚝 서며 동벽에 걸린 팔각종을 본다. 이 종은 성재가 동경서 고등 공업학교를 졸업하고 돌아오는 길에 실험실에 걸기 위하여 별택으로 사온 것인데, 하물로 부치기도 미안히 여겨 차중이나 선중에 손수 가지고 다니던 것이다. 모양은 팔각목종에 불과하지만 시간은 꽤 정확하게 맞는다. 이태 칠년간 성재의 평생의 동무는 실로 이 시계였었다.

— 이광수, 「개척자」(1971a, 210쪽)

성재가 동경에서 귀국할 때 가지고 온 팔각목종은 그대로 성재의 삶을 상징한다. 스스로를 실험실 안에 유폐시킨 성재의 유일한 벗은 바로 그 목종이다. 그것은 성재와 마찬가지로 실험실이라는 사각의 공간에서만 오롯이 제 소임을 다하는 존재이다. 매순간의 실험과 생활습관까지 모두 목종과 함께할 수밖에 없기 때문이다. 동시에 그것은 성재라는 인물이 가진 화학에 대한 강박을 잘 보여주는 것이기도 하다. 성재에게 화학이란 가장 정밀하고 정확한 계량의 세계이고, 실제로 성재는 매시간 자신이 해야 할 일을 수행하는 일종의 강박에 매달려 있는 상태이다.

여기서 화학실험을 향한 성재의 열정은 지독하리만치 순수하다. 심지어 그는 생업을 갖고 돈을 버는 것조차 자신의 순수한 열정을 포기하는 것에 다름없다고 여긴다. 귀국하면서 발명하기로 한 자신의 목표야말로 월급이라는 물질로 평가될 수 없는 가장 고귀한 가치라고 생각하고 있는 것이다. 문제는 그러한 순수가 사실상 맹목의 또 다른 이름이라는 것을 외면하고자 한다는 데 있다.

실험실 속에 어찌 실사회가 들어오랴 마련마는 지구를 버리고 천상으로 날아올라 가기 전에야 어디를 간들 실사회의 풍파가 아니 미치랴. (…중략…) 성재의 실험실에도 아침부터 저녁까지 실사회의 고민 번뇌가 창 틈과 벽 틈으로 꾸역꾸역 들어온다. 시험관을 들고 앉았을 때에는 모든 것을 다 잊어버린다 하더라도, 주정酒精불이 턱 켜지자 세상의 천사만려千思萬慮가 성재의 가슴을 누른다. 성재의 피난처는 실로 시험관과 성순과 둘뿐이다.

— 이광수, 「개척자」(1971a, 215쪽)

이처럼 「개척자」에서 성재의 실험은 열정이라기보다는 맹목과 맹신에 가깝다. 따라서 그의 실험은 광기에조차 이르지 못하는 실패로 귀결되고 만다. 그것은 무엇보다 실험에 대한 그의 태도가 반성 없는 지속으로 이어졌기 때문이다. 그러므로 「개척자」 서사의 중심이 후반부에 이르러 성재가 아닌 성순에게로 넘어가는 것은 필연적이다. 근대적 성취를 추구하는 작가 이광수의 계몽적 열정을 담아내기엔 성재의 화학실험은 너무나 협소한 그릇이었기 때문이다.

그러나 보다 본질적으로는 근대과학에 대한 작가 자신의 식견이 아직은 충분히 무르익지 않은 상태였다는 것 역시 간과할 수 없다. 주인공 김성재의 근대적인 지향이 생활이라는 실제적 무게 앞에서 빠르게 무너지고 마는 것도 그 때문이다. 따라서 성재라는 인물이 이광수의 계몽적인 지향 바깥으로 밀려나고 마는 것 역시 어쩌면 필연적이다. 이제 「개척자」의 후반부 서사는 성재가 아닌 그의 여동생 성순을 통해 새로운 근대적 가치를 향해 변주하게 된다.

4. 근대적 각성의 공간이 된 실험실

성재의 실험이 밀려난 실험실, 그러나 「개척자」의 서사 안에서 이 장소의 효용성은 실험만을 위한 것은 아니었다. 성재의 실험이 끊어지자 그의 실험실은 새로운 장소적 의미를 부여받는데, 이 장소의 근대성을 새롭게 계승하는 주체는 바로 성순이다.

성재에서 성순으로 서사의 중심이 옮겨가는 과정은 사실 이광수의 작품세계 안에서는 그리 모순적이지 않다. 『무정』의 서사가 형식에서 영채로 옮겨가는 과정처럼 「개척자」의 서사 역시 유사한 방식으로 전환되기 때문이다. 그 때문일까? 연속적으로 발표된 두 편의 작품에서 반복되는 이러한 전환은, 근대성의 문제가 어떻게 확산되고 또한 그 한계가 어떤 방식으로 극복되는지를 보여주는 일종의 서사적 장치처럼 느껴지기도 한다.

『무정』의 형식과 마찬가지로 「개척자」의 성재 역시 지독한 자기애와 순결주의에 함몰된 인물이다. 그것은 선구적인 근대인으로서 그들의 독보적인 매력인 동시에, 동시대와 불화할 수밖에 없는 자가당착의 한계로 작용하기도 한다. 따라서 서사적 주체의 전환은 선구적인 근대인의 모순이 후발적인 근대인의 성장을 통해 극복되는 과정을 보여준다는 점에서 의미심장하다.

이렇게 서사적 주체가 전환되면서, 이제 실험실은 『무정』의 응접실이 가진 성격을 직접적으로 계승한다. 근대적 인간관계를 가능하게 하는 장소가 되는 것이다. 성순에게 이제 그곳은 민과의 구체적인 만남을 야기하는 연애의 장소가 된다. 성재의 부재로 인해 실험실이 오직 성순만의 독립된 장소가 되면서, 다른 가족에게 부속된 존재로서가 아니라 개인 대 개인으로서 민과 만날 수 있는 기본적인 조건이 갖추어지게 되었기 때문이다. 『무정』에서 응접실이 근대적인 인간관계를 가능하게 만들었던 것처럼, 「개척자」에서 실험실 역시 같은 기능을 가진 공간으로 전환된 것이다.

> 그래서 여덟 시 경에 오빠가 나가고 자기가 오빠의 방을 치우고 한참 앉았다가 팔각목종의 시침이 아홉을 가리킬 때가 되면 민이 기다려지게 되고, 오후 한 시나 두 시쯤 하여 문에서 민을 전송하고 나면 서운한 듯한, 적막한 듯한 생각도 나게 된다. 그래서 방에 들어와 앉았다가 다시 들창 밖으로 민의 돌아간 방향을 바라보기도 하고, 혹은 민의 하던 이야기를 가만히 생각도 하여 보고, 또는 그 이야기 중에 재미있던 구절을 혼자서 반복도 하여 보게 되었다.
>
> — 이광수, 「개척자」(1971a, 240쪽)

성재의 실험을 관장하던 팔각목종이 민에 대한 성순의 기다림으로 대체되는 이 장면은, 이 소설 안에서 근대성의 주체가 드라마틱하게 변화되는 순간을 포착해낸다. 오직 실험을 위해 존재했던 팔각목종이 이제 애정의 대상에 대한 기다림을 상징하는 것으로 변모되는 것이다. 이로써 실험실의 오롯한 주인은 이제 성재가 아닌 성순으로 변주된다. 장소의 주인이 바뀌면서, 근대인으로서 성재의 인식이 퇴보하는 것 역시 순식간이다.

모친과 성재와 변과 삼 인이 성재의 방에 모여 앉아서 약 한 시간 만에 결말이 났다. 성재는 성순의 의향을 물어볼 필요가 있다고 주장하였으나, 모친은 성순이가 결코 반대할 이유가 없다는 추정적 보증에 병여病餘의 성재는 심하게 반대도 아니하였다. 그리고 만일 성순이가 반대하거든 오빠인 자기의 권위로 족히 수무綏撫하리라고 생각하였다.

— 이광수, 「개척자」(1971a, 251쪽)

성재의 이러한 태도는 여동생 성순의 혼담이 오가는 과정에서 분명하게 드러난다. 그는 성순이 자신의 친우 중 한 명인 민민은식에게 호감이 있는 것을 알면서도 오히려 성순과 변변영일과의 결혼을 밀어붙인다. 혼담이 오갈 때 성순의 의향을 묻겠다는 언급을 하긴 하지만, 그것은 사실상 제스처에 불과하다. 겉으로는 동생의 의향을 존중하겠다는 태도처럼 보이지만, 사실상 오빠의 권위로 동생을 얼마든지 설득할 수 있다고 믿는 것이다. 이로써 성재는 자신을 조혼시킨 아버지 김 참서의 모습을 답습하면서 계몽주의자이자 근대인으로서 자신의 어제와 완전한 이별을 고한다. 부양에 대한 책임이 근대인으로서의 반성적 태도마저 무화시킨 것이다.김종욱, 2002, 294쪽 이는 더 이상 성재의 실험에 그 어떤 가능성조차 남아 있지 않았음을 시사한다.

그러나 바로 이 지점이야말로 「개척자」의 서사가 기사회생하는 전복의 순간이기도 하다. 성재를 통해 근대성을 각성하고 민과의 사랑을 통해 자유연애에 대한 새로운 인식을 넓혔던 성순은, 이 작품 속에서 가장 능동적으로 근대적 자아를 각성해가는 인물로 그려진다. 여기서 성순의 변화를 이끈 힘의 원천은 다름 아닌 끊임없는 거리두기를 통해 자기 자신의 내면을 되돌아보는 반성적인 태도이다.

변이 아닌 민과의 사랑을 선택하기로 결심하면서, 성순은 "성재의 시험관의 실패가 죄가 아니라면 내가 설혹 실패를 한들 무슨 죄가 되랴"[이광수, 1971a, 259쪽]라는 말로 성재의 실험과 자신의 연애가 동등한 근대성 위에 놓인 것임을 확인한다. 성순은 자신의 이성을 통해 정당한 것으로 인식되지 않는 어떠한 권위에도 복종할 수 없는 명실상부한 근대인으로 자각한 것이다.[이행미, 2014, 121쪽] 이 각성이야말로 성순을 근대적인 연애의 주체로 거듭나게 만드는 힘이다.

성순의 인식은 거기서 멈추지 않는다. 그녀는 오빠인 성재와 연인인 민을 통해 흡수하였던 근대적인 진리를 무조건적으로 수용하는 것이 아니라 논리적이고 반성적인 태도로 분석하고 사유하고자 노력한다. 성순은 민에 대한 애정 그리고 변과의 강요된 혼담 사이에서 갈등하는 과정 속에서, 누군가에게 종속되어 있던 과거를 떨쳐내고 새로운 근대적 자아로 각성해 나간다.

> 모친의 슬픈 눈물과 오빠의 비분하는 용모가 목전에 보일 때에 성순은 몸에 소름이 끼쳤다. 그러나, 한 사람은 결코 다른 사람(비록 그가 부모나 형제라도)의 체면이나 명예의 희생이 될 것이 아니다. 나는 내다. 내 사람이다. 모친의 성순도 아니요, 성재의 성순도 아니요, 오직 성순의 성순이다.
>
> — 이광수, 「개척자」(1971a, 261쪽)

이제 한 개인으로서 자기의 선택이 가진 무게와 가치를 알게 된 성순을 막을 수 있는 사람은 아무도 없다. 성재와 민은 그녀에게 근대라는 새로운 가치를 열어준 사람들이지만, 가장 인습에 눌려 있기에 오히려 더 능동적으로 그 인습으로부터 벗어나고자 했던 성순은 그들보다 한층 더 앞선 성숙한 근대적 인식을 갖게 된다. 그것은 성순의 근대적 자각이야말로 구체적인 생활 속에서 싹튼 것이었고, 자기 삶을 내건 실천으로 이행된 것이었기 때문이다.

그런데 흥미롭게도 성순의 이러한 각성을 가능하게 한 것 역시 성재의 실험실이다. 성순에게 실험실은 단지 오빠의 공간이 아니라, 그녀 자신 역시 익숙했던 관계로부터 벗어나 스스로를 성찰할 수 있는 '고독'을 가능하게 만들어주는 곳이었다. 고독은 한 사람을 근대적인 개인으로서 각성하도록 만드는 힘의 원천이다. 그것은 가족과 가문이라는 견고한 관계망 속에 갇혀 있던 사람이 그로부터 벗어나 스스로를 독립적인 존재로 인식할 수 있는 철학적인 사유의 출발점이 되기 때문이다. 성재에게 실험실이 유폐의 공간이었다면, 이제 성순에게 그곳은 새로운 가능성으로 나아가는 성장의 공간이 된 것이다. 이는 이광수 소설에서 근대적 장소가 단순한 배경이 아닌 구체적으로 인물의 근대적 사유와 성장을 견인하는 장소임을 다시금 확인할 수 있게 한다.

이러한 근대적 각성 앞에서 사실상 연애는 오히려 부차적인 것이 된다. 민과의 사랑은 성순으로 하여금 근대인으로서 자기 '개인'을 각성시키는 계기는 되었지만, 성순이라는 인물의 성장이 도달하는 최종의 목표는 아니었던 것이다. 따라서 성순의 자살이 갖는 의미 역시 변주되어야 한다. 그녀의 자살은 단순히 사랑의 실패로 인한 파국이라고 평가할 수 없다. 오히려 그녀의 자살은 성순이라는 한 개인의 존재론적 인식과 근대적인 성취와 좌절 안에서 재평가되어야 한다.

무엇보다 성순에게 연애는 단순한 애정관계만이 아니었다. 그것은 오히려 지금까지 누군가에게 속박되었던 자기 자신을 완전히 독립시킬 수 있는 결정적인 계기가 되었다는 점에서 의미심장하다. 성순이 연애의 과정에서 중요시 한 것은 애정 그 자체라기보다 자기 '선택'의 당위성과 도덕성이었다. 그녀는 매순간 이것이 진정 자기 자신의 오롯한 선택인지를 고뇌했고, 그녀의 고통은 애정 그 자체에서 촉발된 것이 아니라 비자발적인 선택이 강요되는 현실에서 기인한 것이었다. 따라서 그녀의 자살은 단순히 연애의 실패에 따른 결과로 치부될 수 없다. 오히려 그것은 자신의 주체적인 선택이 좌절되었을 때, 스스로 자기 선택을 책임지고자 하는 의식의 발로라고 보아야 한다.

5. 근대적 개조를 위한 서사적 실험

「개척자」에서 실험실이라는 장소는 조선이라는 사회의 일상 영역으로 서서히 스며들기 시작한 근대의 또 다른 면면을 보여주는 것이었다. 그러나 실험실이라는 공간을 전면에 내세운 것과 달리, 「개척자」를 과학서사로 보기는 어렵다. 이 작품 속에 드러난 과학의 모습은 사실상 관념의 차원을 넘어서지 못했고, 실질적으로 과학적인 세계관이 이 작품의 서사를 견인하고 있는 것도 아니기 때문이다. 따라서 「개척자」가 과학자를 주인공으로 전면에 내세웠다는 점에서 일정하게 선구적인 성격을 내포하고 있다는 점을 인정한다고 해도, 여전히 이 작품 속에서 형상화되는 과학은 아직은 추상적인 담론 차원에 머물러 있다.

그러나 이 작품 속에서 과학은 하나의 계몽적 개념어로서 중요한 의미를 가진다. 그것이 작품의 세계관을 구성하는 데까지 나아간 것은 아니지만, 인물의 형상화와 공간 구성에 가장 결정적인 영향을 끼치는 것임은 부정할 수 없기 때문이다. 특히 주인공 성재의 인생 전체를 이끄는 실질적인 목표가 되고 구체적인 실천으로 이어지는 사건이자 행위가 된다는 점에서 더욱 그러하다. 더 나아가 그러한 과학에 대한 열망을 담는 상징적인 공간으로 등장한 실험실은, 「개척자」의 서사 안에서 인물 사이의 근대적인 관계망을 구축하는 실질적인 기능을 담당한다는 점에서도 흥미롭다.

실제로 「개척자」의 서사적 장소가 된 실험실에서 작가 이광수가 진정 실험한 것은 발명품이 아니라 인물들의 내면이었다. 그러나 그것은 역시 골방의 실험실에 갇혀버린 것이기도 하였다. 바깥의 현실과 차단된 실험실은 그 실험을 위한 가장 완벽한 공간이었지만, 인물들은 실험실이라는 골방 밖으로 나가는 순간 무너지고 만다. 실험실 안에서는 완벽하게 충족되었던 그들의 이상은 그 바깥에 존재하는 수많은 변수에 대해 그 어떤 면역성도 갖추지 못한 상태였기 때문이다.

그럼에도 「개척자」의 서사가 또 다른 측면에서 『무정』의 근대성을 더욱 강화하고 있음은 간과할 수 없다. 그것은 바로 이 소설의 모든 사건을 직접적으로 견인하는 근대적 장소, 바로 실험실의 존재 때문이다. 『무정』에서의 응접실과 마찬가지로 「개척자」에서도, 이광수는 근대적으로 꾸며진 가내의 장소가 만들어짐으로 인해 각 인물의 삶이 어떻게 변화할 수 있는지를 서사의 중요한 동력으로 삼았다. 「개척자」에서 화학자 성재를 가능하게 한 것도, 성순으로 하여금 자유연애라는 실질적인 가치를 각성하도록 만든 것도 모두 실험실이라는 장소가 있었기에 가능했던 것이다. 이는 한 사람의 근대적 각성은 단순히 그의 의지만이 아니라 그를 둘러싼 모든 일상적 조건의 변화 속에서만 가능할 수 있음을 역설하는 것이었다. 결국 『무정』에서부터 「개척자」까지, 이광수가 주목한 근대적 장소들의 가치는 식민지 조선의 '개조'라는 당위를 보여주기 위한 선택이었음이 여기서 분명해진다.*

---

* 『비교한국학』 27-2, 국제비교한국학회, 2019 수록본을 개고함. 이 논문은 인하대의 지원일반교수연구비에 의하여 연구되었음.

제2장

기술자와 직업서사

김남천의 『사랑의 수족관』 연구

2020년대를 이끈 최고의 화두는 인공지능과 융복합이다. 인간의 능력을 초월하는 고도화된 기술이 만들어낸 새로운 변화는, 기술만능주의와 그에 따른 복잡한 윤리문제를 동반한다. 이로 인해 전문기술을 바탕으로 사회적 의사결정에 직접적으로 참여하는 기술 관료로서 테크노크라트technocrat의 중요성은 날로 높아지고 있다. 그런데 이것은 비단 최근의 일만은 아니다. 대륙을 향한 일제의 야욕이 최고조에 이르렀던 1930년대 후반, 식민지 조선에서도 새로운 시대를 이끌어나갈 테크노크라트에 대한 동경은 날로 커졌다. 특히 제2차 세계대전의 폭풍 속에서, 근대성의 표상은 육체로부터 기계로 대체되어 갔다. 김남천의 『사랑의 수족관』은 '기계'라는 새로운 신체와 그것을 다루는 인간으로서 '기술자'에 대한 매료를 담아냈다.

1. '기술자'의 등장

김남천의 『사랑의 수족관』1939은 그의 전작인 『대하』와 함께, 근대의 기원을 천착하는 연속성을 띤 작품으로 평가받는다. 이 작품은 이후 단행본으로 발간되었지만, 연재 당시의 여러 시사적 정보가 소설의 내용에 일정하게 개입되고 있다는 점을 고려하여 이 글에서는『조선일보』의 연재본을 판본으로 삼았다.

『대하』가 성천이라는 소도시를 배경으로 근대문물이 조선사회에 확산되어가는 양상을 예민하게 짚어냈다면,『사랑의 수족관』은 평양에서 시작된 김광호와 이경희의 인연을 바탕으로 식민지 근대의 핵심이었던 경성을 경유하여 식민지 근대 확산의 기점이었던 만주로까지 서사적 배경을 확장하고 있다. 이러한『사랑의 수족관』은 한편으로는 작가 김남천이 살아가고 있는 1930년대 후반의 양상을 반영했고, 다른 한편으로는『대하』와 함께 '근대의 기원'을 그려내는 연작의 성격까지 띠고 있다.

『사랑의 수족관』에 대한 기존 논의는 크게 세 가지 갈래로 정리할 수 있다.「사랑의 수족관」을 단행본으로 출판한『인문평론』의「출판부소식」1940.11에서 이 작품을 "흥미진진한 쾌작"이라고 소개한 대로, 많은 논의들이 1930년대 후반 신문연재소설에 드리워진 통속성과 관련해서 이 작품을 분석하고 있다. 또 다른 논의들은 이러한 통속화 속에서도 동시대의 '풍속'을 천착함으로써 김남천 스스로「시대와 문학의 정신」『동아일보』, 1939.5.7에서 강조했던 것처럼 "리얼리즘의 새 계단 위에 나서게 할 수 있을 만한 심리적 준비"라는 측면에서 김남천의 리얼리즘적 추구가 만들어낸 결과물로 이해하고자 한다. 이러한 견해 위에서 새롭게 부각되는 논의는 이 작품이 일정하게 대동아공영권이라는 일제의 논리에 부합하면서도 식민주체의 현대성, 그 모순과 한계를 동시에 드러내고 있다는 관점이다.

여기서 특히 주목되는 것은 김남천이 발견한 '현대성', '현대청년'이라는 주체의 특성이 한 개인이라기보다는 직업의 문제로 귀결되고 있다는 점이다. 이는 근대성의 문제가 근대 초기에서 후기로 넘어가면서 어떠한 변화를 맞이하고 있는지 분명하게 드러낸다. 『대하』의 배경이 되는 1910년대 초반까지 개인의 발견과 근대적 신체의 탄생에 집중되었던 근대성의 문제는, 『사랑의 수족관』의 배경이 되는 1930년대 후반에 이르면 일정한 변화를 겪는다. 이는 대동아전쟁을 향한 일제의 야욕이 노골화되어가던 이 시기, 전쟁을 실질적으로 이끄는 동력이 신체로부터 기계로 대체되어갔기 때문이다. 따라서 새로운 시대의 신체, 그 중심에는 '기계'와 그것을 다루는 실질적 인간으로서 '기술자'가 놓여 있다.

　이처럼 『사랑의 수족관』은 신체로부터 기계로의 변화를 실질적으로 매개하는 '기술자'라는 특수한 직업군을 본격적으로 탐구하고 그것을 서사 속에 적극적으로 반영한 작품이라는 점에서 더욱 흥미롭다. 이 글에서는 한 개인의 직업에 따른 전문성이 인물의 형상화 및 서사에 결정적으로 영향을 미치는 서사 형태를 '직업서사'라고 규정하고, 이를 『사랑의 수족관』에 대한 새로운 분석 틀로 삼고자 하였다.

2. 노동하는 신체, '기술'에의 매혹

『사랑의 수족관』은 김광호라는 인물을 축으로 이경희와 강현순의 삼각관계를 메인플롯으로 하는 연애서사이다. 이 삼각관계는 다시 이경희를 축으로 하여 김광호와 송현도의 삼각관계로 연결되지만, 이경희를 향한 송현도의 감정은 애정이라기보다는 야망에 가깝기 때문에 서브플롯 이상으로 기능하지는 못한다. 따라서 이 작품에서 모든 사건의 중심에 놓여 있는 것은 삼각관계의 꼭짓점이라 할 수 있는 김광호이다.

김광호는 이 작품에서 가장 매력적인 인물로 그려지는데, 이는 모든 등장인물들이 그를 적극적으로 관찰하고 있다는 점에서 분명해진다. 토목기사로서 철도부설과 관련된 일체의 설계를 담당하고 있는 그는, 철도라는 근대적 기제에 부여된 모든 아우라를 그대로 내면화한 인물이다. 그는 무엇보다도 김남천의 전작인 『대하』에서 주인공 형걸에게 부여되었던 근대적 매력을 직접적으로 계승한 인물이다.

> 그 학도, ― 이름도 성도 모르지만 두 손목에서 울리는 억센 혈맥을, 그는 한참 동안이나 제 손목에 넣어 본 일이 있다.
>
> 항우 같은 두 외방사람을 거꾸러뜨리기는 했으나, 한참 어울려 싸울 땐 비명을 울리리만큼 그도 피곤하였을 것이다. 비호처럼 몸을 뽑아 행길을 건너 강기슭으로 달아나는 학도의 뒤를 쫓아, 부용이는 저도 모르는 흥분에 싸여 골목길을 뛰어내려 왔든 것이다.
>
> ― 김남천, 『대하』(1947, 313쪽)

『대하』에서 주인공 형걸의 근대성은 그의 '운동하는 신체'로부터 표명된다. 『대하』에서 형걸을 설명할 수 있는 모든 수사는 '운동성' 그 자체로 환원되었다. 운동하는 신체는 그가 지닌 매력의 핵심이었고, 동시에 그에게 부여된 근대성의 전부였다. 마찬가지로 『사랑의 수족관』에서 광호 역시 독자에게 신체적 운동성을 강렬하게 각인시키면서 서사의 전면에 등장한다. 급사와 당구를 치는 광호의 모습은, 그가 『대하』에서 형걸이 보여준 근대성을 그대로 계승한 상속자임을 시사한다. 그러나 『사랑의 수족관』의 광호에게 있어서 운동하는 신체는 부차적인 것이다. 오히려 광호의 현대성은 다른 것으로부터 구체화된다. 이를 포착하기 위해서는 먼저 『사랑의 수족관』의 서사 속에서 그가 '무엇'을 하고 있는지 살펴보아야 한다.

> 그럼 인제 공사장을 구경하시기로 할까요? 허긴 광산공사와 다른 건 별로 없고, 지금 적은 교량이 하나와 터널이 하나 남았습니다마는……. 철로는 얼추 다 되었고, 이 부근에 정거장이 서게 되는데, 지금 그 설계가 끝났으니까 그 공사가 장차로 시작되겠습니다. 그러곤 길 위에 레일을 깔면 그만이겠습니다.
>
> ── 김남천, 「사랑의 수족관」(『조선일보』, 1939.8.2)

이경희와의 첫 만남에서, 광호를 매력적인 인물로 만들어주는 첫 번째 요소는 기술자라는 그의 직업과 직무에 대한 전문성이었다. 사실 직업에 대한 작가 김남천의 관심은 비단 『사랑의 수족관』이 처음은 아니다. 그는 『대하』를 집필하면서부터 근대적 직업에 대해 폭넓은 관심을 드러낸 바 있다.

1939년 발표한 「절게·막서리·기타」『조선문학』, 1939.4에서는 『대하』에 등장하는 과도기적 직업인 절게와 막서리에 대해서 구체적으로 논의했는데, 이는 그가 직업과 그 직무를 수행하는 인물에 대해 많은 관심을 가졌음을 시사한다. 그러나 직업에 대한 김남천의 관심이 보다 분명하게 드러난 것은 「직업과 연령」『조광』, 1940.11이라는 글로, 여기 그는 『대하』와 『낭비』에 등장하는 모든 인물의 직업과 연령을 구체적으로 밝히기도 하였다. 이러한 저술을 통해 김남천이 작품 창작에 앞서 각 인물에게 구체적인 사회적 역할까지 전제해놓을 만큼, 근대적 직업에 대해 많은 관심을 가지고 있었음을 알 수 있다.

직업에 대한 그의 이러한 관심은, 카프의 해체 이후 1937년 고발문학론으로 시작하여 모랄론·풍속론·로만개조론을 거치면서 자신의 문학방법론을 구체화하는 과정에서 표출된 것이라는 점에 주목해야 한다. 관찰문학론으로 명명되는 1939년 즈음의 김남천 문학론은 '발자크 연구 노트'라는 부제를 가진 두 편의 평론, 「「고리오옹」과 부성애·기타」『인문평론』, 1939.10와 「성격과 편집광의 문제」『인문평론』, 1939.12를 통해 구체화된다. 이 글에서 김남천은 전형의 창조에 주목하고 있는데, "성격적 전형의 창조의 부면部面에 나타난 것과, 환경묘사의 확실성과 근대 사회생활의 전 조직을 흐르고 있는 원천의 해명에 있어, 그가 언제나 화폐의 위력을 궁극의 것으로 생각하고 있는 것 등은 발자크적이라고도 할 만한 불란서적 명석성明晳性의 하나의 타입이 아닐 수 없다.정호웅·손정수 외편, 2000a, 526쪽"라고 언급한다. 이는 그가 생각하는 성격적 전형이란, 곧 각각의 인물들이 근대와 근대를 형성하는 화폐혹은 자본 속에서 어떤 사회적 역할을 가지고 있느냐의 문제와 연관되어 있음을 의미한다. 그 대표적 사례는 악당의 묘사인데, 김남천은 발자크 작품에 등장하는 모든 악당이 각각 구체적이고 사회적인 성격을 가지고 있음을 강조한 바 있다.

> 이들은 한가지로 각종의 악당과 모노매니아를 묘출하였다. 교제사회交際社會의 악당, 부랑자배浮浪者輩 중의 악당, 도형장徒刑場의 악당, 스파이 직업의 악당, 은행계와 정치계의 악당 등.
>
> (…중략…)
>
> 여기에서 나는 전형적 성격 창조에 있어서의 리얼리스트의 최대의 교훈을 다음과 같이 정식화하련다. 자본주의 사회의 화폐의 위력과 그의 법칙을 폭로하는 데 소설가는 청빈주의淸貧主義와 빈궁문학貧窮文學을 택하지는 않았다고! 황금을 기피하고 그것을 경멸하는 샌님을 그려서 시민사회가, 그리고 그 사회에서의 화폐의 죄악이 묘파描破된 것이 아니라, 실로 그란데 씨와 같은 황금익애자黃金溺愛者와 눗칭겐 씨와 같은 은행적 악당을 그려서 그것이 비로소 가능하였다는 것을 나는 이곳에서 강조하려고 생각한다.
>
> ― 김남천, 「성격과 편집장의 문제」(정호웅·손정수 외편, 2000a, 549~550쪽)

인용문은 직업에 대한 김남천의 관심이, 현실사회의 모순을 가장 정밀하게 그려내기 위한 리얼리즘적 방법론의 일환이었음을 분명하게 보여준다. 김남천은 발자크가 속물세계의 속물성을 드러내는 것을 결코 두려워하지 않았다고 강조한다. 그것이야말로 발자크가 화폐의 위력과 그 법칙을 폭로함으로써 자본주의 사회가 가진 모순성을 신랄하게 드러낼 수 있었던 힘이라는 것이다. 그에 따르면 "작가는 속물성을 비웃는 인간이 아니라, 속물 그 자체를 강렬성에서 구현하고 있는 인물을 창조하는 것이 리얼리즘의 정칙定則"정호웅·손정수 외편, 2000a, 550쪽이기 때문이다.

일제에 의해 진행된 일련의 근대적인 '개혁'이 기존의 공동체적 관계를 붕괴시키고 토지로부터 분리된 '자유로운' 노동력을 대량 생산하면서,차승기, 2012, 356쪽 조선인의 노동 조건은 급격한 변화를 겪었다. 그에 따라 식민지 조선에는 이전에는 상상할 수 없었던 다양한 직업군이 탄생하게 되었다. 그러나 이렇게 발생된 새로운 근대적 직업군에 편입될 수 있었던 부류는 대단히 한정적이었다. 오히려 대부분의 잉여 노동력은 프롤레타리아로서 근대산업의 내부에 뿌리내리지 못한 채 부유했다.차승기, 2012, 354~358쪽

이 점에서 본다면『사랑의 수족관』에서 김광호를 가장 매력적인 인물로 만드는 요소는 다름 아닌 그의 직업임이 분명해진다. 보다 적확하게 말하자면 이는 토목기사라는 그의 직업이 가진 현대성으로, 그 핵심은 '기술'이다. 김광호가 기술자라는 것, 그것이야말로 형걸의 '운동하는 신체'로부터 광호의 '노동하는 신체'를 구분해주는 결정적인 요소인 것이다.

김남천은 노동하는 신체로서 광호의 매력을 부각시키기 위해 그의

형 광준과의 비교를 적극적으로 서술한다. 기술자인 광호가 자기 기술을 노동으로 승화시키는 인물이라면, 병자인 광준은 노동으로부터 소외되어 있는 인물이다. 따라서 광호에게 광준은 극복해야만 할 대상으로 그려진다. 이 작품 속에서 광호가 1930년대 후반이라는 사회가 요구하는 현대성을 대표하는 인물이라면 오히려 광준은 그 이전 시대의 근대성을 대표하는 인물이기 때문이다. 이처럼 근대를 초극해야 한다는 인식 기저에는 현재가 전환기라는, 즉 근대에 대한 공포와 부정 심리의 논리가 깔려 있다.손미란·노상래, 2008, 381쪽

> 어디서 본 적이 있는 얼굴처럼 생각되었던 것도 결코 무리는 아니었다. 광준이와 광신이의 모습의 공통점이 광호의 얼굴에도 있었던 것이다.

> 그 사나이는, 광준의 형제가 갖는 얼굴의 특징이 가장 아름답게 나타나면서도, 그것이 균형이 잡힌 몸집과 옷매무시와 어울리게 조화를 이루어서 현순이의 눈에는 거의 완성에 가까운 청년의 모양으로 느껴지는 것이다.
> 　　　　　　　　　　　— 김남천, 「사랑의 수족관」(『조선일보』, 1939.8.27)

이경희와 사랑의 라이벌이자 탁아소 사업의 협력자가 되는 강현순은, 광호에게 첫눈에 반한다. 그녀는 광호 삼 형제가 분명히 닮아 있음을 인식하면서, 그 중에서도 광호를 "거의 완성에 가까운 청년의 모양"이라고 평가하고 있다. 더 나아가 작가 김남천은 광준과 광신을 "속물을 비웃고 경멸하는 신경질적인 고고한 결벽성"정호웅·손정수 외편, 2000a, 550

쪽을 지닌 인물로 그려내는 반면, 광호는 그 속물적 근대 속에서도 가장 이상적인 직업윤리와 직분의식을 가진 인물로 형상화한다.

따라서 『사랑의 수족관』의 서사는 광호를 이상적인 현대청년으로 그려내는 데 주력한다. 폐결핵으로 죽음을 맞이하는 광준의 퇴락은 그 첫 번째 수순이다. 혁명을 꿈꾸다가 결국 피폐해진 정신과 육체로 죽음을 맞이하는 광준의 모습은 이미 그 효용성을 잃어버린 '근대'를 상징한다. 그러나 김남천은 광준과 광호를 단순하게 사유와 노동이라는 도식으로 대비하지 않는다. 오히려 그는 광호에게 '운동하고 노동하는 신체'와 더불어 '사유하는 두뇌' 양자 모두를 부여한다. 기술자라는 전문적인 직업을 가진 그를 매력적으로 만드는 것은 그의 노동이 끊임없는 두뇌작용을 바탕으로 한다는 점이다. 이 때문에 『사랑의 수족관』에서 광호의 직업적인 열정과 확고한 직분의식은 중요한 서사적 대상이 된다.

광호는 그 무엇보다도 자기 일에 열중하는 인물이다. 그는 형 광준의 죽음이나 동생 광신의 퇴학이라는 힘겨운 상황 앞에서도 늘 자기 업무에 충실하다. 또한 그에게 업무는 사적인 관계에서 발생하는 모든 괴로움을 잊게 만들어준다. "두 손에 제도기를 들고 도면을 마주하여 계산에 정신이 쏠리면 머리는 자연히 통일이 되고 잡념은 정리"『조선일보』, 1939.12.3되는 것이다. 일에 대한 집중은 여기에서만 드러나는 것이 아니다. 광호는 이경희의 서모인 은주부인이, 송현도와 이경희의 결혼을 추진하고자 꾸민 음모로 인해 만주로 떠나게 된다. 경희는 광호가 은주부인을 유혹했다고 오해하면서 그와의 만남을 거부하고 칩

거한다. 만주에서 광호는 이러한 배경을 모른 채 경희와 연락이 닿지 않는 상황을 안타까워하는데, 이때에도 그는 자기 업무에 충실함으로써 고뇌를 잊는 모습을 보여준다.

> 그러나 그는 다음 편지를 펼쳐 보았다. 그것은 길림서 사가방까지 시찰을 하고, 길림으로 다시 돌아와서 쓴 것인데, 역시 경희의 병에 대해서, 그리고 소식이 없는 것에 대해서, 근심과 섭섭한 마음을 간단히 기록하여 있었다. 그러나 이러한 것을 기록한 한 장이 넘어가면 그것과는 딴판으로 철도선에 대한 이야기를 한참이나 늘어놓았었다.
>
> (…중략…)
>
> 철도에 대한 이야기라고 하여도 그가 시찰한 연선의 풍경을 기록하거나 그런 것이 아니었고 길림사가방선이 부설되는 의의 같은 것으로 시작하여 내용은 적지 않게 전문적인 방면에까지 탈선해 나가는 것이었다.
>
> — 김남천, 「사랑의 수족관」(『조선일보』, 1940.2.10)

경희에게 보낸 광호의 편지는 그가 얼마나 자기 업무에 충실한 인물인지를 보여준다. 그의 편지를 읽으면서 경희는 "이런 쑥스러운 편지를 쓰고 앉았을 만큼 제의 직업과 과학에 대해서 진지하고 정렬적인 사람이 여자와의 관계에 있어서는 전혀 새로운 딴 사람처럼 음흉하고 징그럽고 복잡하고 타락적일 수가 있는 것일까?"[1940.2.11]라고 생각하며 광호에 대해 품었던 자신의 오해에 의혹을 갖게 된다. 결국 광호를 둘러싼 모든 오해를 해결하는 실마리는 광호가 가진 직분의식과 직업윤리에서 기인하는 것이다. 더 나아가 이는 일종의 면죄부로서도 기능하는데, 광호에 대한 이신국의 생각이 이를 대변한다.

> 김 군의 성격으론 도저히 그러한 재물에 탐을 낼 사람도 아니고, 또 토목기사가 가져야 할 가장 큰 도덕을 그렇게 허술하게 하였을 턱이 만무하다. 그러나 일이 이렇게 된 이상 토목협회에서 어떤 징계가 내리기 전에 그의 전도를 보호해 주어야겠다. — 그런 궁리를 하고 있었다.
>
> — 김남천, 「사랑의 수족관」(『조선일보』, 1940.1.14)

여기서 이신국은 김광호가 일정하게 토지 브로커들과 관련을 맺었을지 모른다는 음모를 믿으면서도, 광호에 대한 신뢰를 저버리지 않고 오히려 그를 구제할 방법을 모색하고 있다. 그런데 그 이유는 광호가 그 무엇보다도 '토목기사가 가져야 할 가장 큰 도덕과 윤리'를 저버리지 않을 인물이라는 것에 대해 믿고 있기 때문이다. 기술자로서 광호의 직업윤리가 다른 모든 비도덕성을 상쇄할 만큼 큰 것으로 인식되는 것이다. 결국 광호라는 인물의 현대성을 대변하고 그를 결정적으로 구원하는 열쇠는 바로 기술자로서 그가 가진 전문성, '기술'이었던 것이다.

이는 『대하』에서 시작된 '근대의 기원 찾기'라는 김남천의 과제가 새로운 전환을 맞이하고 있음을 보여준다. 『대하』에서 그가 형걸이라는 인물의 '운동하는 신체'를 통해 근대라는 가능성을 발견하였다면, 이제 『사랑의 수족관』에서는 광호라는 인물을 통해 '신체'를 넘어 '기계'라는 새로운 시대로 나아갈 매개를 발견한 것이다. 생각하고 노동하는 신체, 더 나아가 기계를 신체화할 가능성까지 내포하는 것. 그것이 바로 '기술'이다. 이러한 인식적 전환이야말로 사유를 통해 노동하는 새로운 인물형으로서 광호를 연애서사의 중심에 세우고, 새로운 시대로의 전환을. 이끌 한 전형적 인간으로 형상화할 수 있게 만든 결정적인 힘이었다.

3. 제국으로 소환되는 청년들

기술자로서 광호는 그 무엇보다도 자기 직분에 충실한 인물이다. 그러나 식민지의 직업인으로서 직분에 대한 그의 충실성은, 제국의 심상지리로부터 결코 자유로울 수 없었다.^{허병식, 2006, 59쪽} 그가 자기 직업에 충실하면 충실할수록 제국주의적 가치관에 따른다는 모순에 봉착하게 되는 것이다. 그런데 이러한 모순을 강화시키는 것은 다름 아닌 '만주'라는 공간이다. 광호와 경희의 연애를 둘러싼 모든 갈등과 해소의 서사적 무대가 되는 만주는 제국을 둘러싼 모든 욕망이 집결되는 곳이었기 때문이다.

만주는 대동아공영권으로 표상되는 일본 제국주의의 확산에 따른 실질적인 적자였다.^{나카미 다사오 외, 2013, 90~91쪽} 청일전쟁으로 만주진출을 현실화하고 러일전쟁 이후 만주의 실질적인 패권을 장악한 일제가 획득한 최대의 이권은 만철경영이었다.^{나카미 다사오 외, 2013, 121쪽} 이러한 만주는 우리 근대 소설사에서 독특한 사회문화적 맥락을 지닌다. 식민지 시대 만주는 조선과 일본, 중국인들의 삶이 수많은 층위의 갈등과 통합 속에서 존재했던 특수한 공간이었다.장성규, 2007, 177쪽 수난의 땅이면서 또 다른 측면에서는 가능성의 땅이기도 했던 만주에 대한 양가적 인식은 1940년대까지 지속된다. 특히 『사랑의 수족관』의 배경이 되는 1930년대 후반 만주는, 대동아전쟁의 한 기점이자 근대산업들이 한 단계 더 도약하는 실질적인 무대로서 기능한다.

이 작품은 무엇보다도 만주의 미개지를 개척하여 더 나은 생활과 지위를 획득할 수 있다는 정치·경제적 동기에 대한 긍정을 밑바탕에 깔고 있다.정종현, 2005, 234쪽 특히 작가 김남천은 이 작품의 시간적 배경을 작품이 연재되는 동시기로 잡고 있는데, 제2차 세계대전의 발발과 더불어 만주가 더 큰 가능성을 지닌 땅으로 그려진다는 점에 주목할 필요가 있다. 이경훈은 이를 '친일 로맨티시즘'이경훈, 2003으로 명명했으며, 김철은 이태준의 『농군』을 다루면서 만주경영이라는 '국책'에 적극적으로 편승한 '만주 유토피아니즘'에 비판적으로 접근김철, 2002, 124쪽한 바 있다. 정종현은 더 나아가 만주라는 공간이 가진 이러한 성격을 '애수와 퇴폐'로 규정하여 그 양면성을 고찰한 바 있다.정종현, 2005 그 중심에는 새로운 기술을 그대로 노동으로 연결하는 존재이자 그 기술을 바탕으로 제국주의의 확산 정책에 일정한 영향을 끼친 초기적 형태의 테크노크라트technocrat, 기술관료라 할 수 있는 '기술자'가 놓여 있다.

기술자는 이미 러일전쟁 이후 현대사회를 이끌어나갈 새로운 주체로 부각되었다. 제국 일본의 지정학적 기획 속에서 식민지 조선이 병참기지로 위치 놓여지고, 그에 따라 군수산업과 관련된 국책회사가 대거 조선에 진출하면서 기술자에 대한 사회적 수요는 늘어났다.^{차승기, 2008, 23쪽} 기술의 총력전이자 총동원 체계였던 러일전쟁 이후 근대적 운송수단과 전투기기의 중요성에 눈을 뜬 일제는 새로운 전쟁의 발판이 될 만주로 모든 역량을 집중하였다.^{최현식, 2016, 112쪽} 더 나아가 제2차 세계대전의 발발은 기술자에 대한 사회적 인식을 이전보다 강화한다. 사회경제적으로 각광받는 직업군으로 부각되었던 기술자가 이제 기술만이 아니라 정책에까지 영향을 미치는 테크노크라트로 성장할 것임이 예감되고 있는 것이다.

> 제도대 위에는 그가 상경하여 곧 착수한 만주국 길림吉林 부근의 '일만분지일'지도가 압정으로 눌리어서 깔려 있다.
> 길림으로부터 사가방四家房으로 통하는 90'킬로'의 철도부설을 위하여 그 기초가 될 세밀한 지도를 꾸미고 있는 것이다.
> 만주처럼 아직 세밀한 지도가 되어 있지 않은 곳엔 험준한 산악이나, 어디가 어딘지 분간할 수 없는 삼림 속에 무턱대고 측량기계를 들여, 세울 수가 없었다. 그래서 이러한 곳엔 측량을 시작하기 전에 비행기로 사진측량寫眞測量을 하게 한다. 항공회사에 의뢰해서 이루어진 사진측량을 기초로 하여 '일만분지일' 지도를 만들고, 이 위에 비로소 최단거리를 취하여 철도의 예정선을 그어보고, 이것을 들고 현지측량을 개시하게 되는 것이었다.
> — 김남천, 「사랑의 수족관」(『조선일보』, 1939.12.3)

『사랑의 수족관』에서 만주가 처음 언급되는 부분은 광호의 설계도면을 통해서이다. 토목기사인 광호는 지도를 만드는 작업에 몰두하고 있다. 그것은 만주에 새로 부설될 철도를 설계하기 위한 기초 작업이다. 여기서 우리가 주목해야 하는 것은 '지도'가 주는 독특한 지리적 경험이다.

근대 이전까지 지도는 국가가 독점해야 하는 정보로 취급되었다. 한 국가의 지형을 그대로 드러내는 지도는 군사적 기밀이자 권력 그자체였다. 그런데 근대 지리학은 이러한 지도를 둘러싼 모든 정보를 지식의 영역, 더 나아가 근대적 교양으로 탈바꿈시킨다. 바로 이 때문에 근대라는 시공간 속에서 지도는 이전보다 강력한 힘을 가지게 된다. 이제 지도의 중요성은 단순히 지형을 축소하여 시각화한 정보에 그치지 않는다. 그것은 국가와 국가 사이의 경계를 표시하는 정치적 성격을 넘어, 공간과 공간 사이의 물리적 거리를 뛰어넘는 가상의 실감實感까지 가능하게 한다.

이로써 지도는 현상을 추상화하고 체계화함으로써 인식의 영역으로 포섭하는 근대적인 시선 그 자체가 된다.장두영, 2007, 329~330쪽 그런데 지도 위에 기록되는 지리정보는 철저하게 선택과 배제의 논리를 갖는다. 지도제작자에게 필요한, 그의 정치적·사회적·경제적 목적에 부합하는 정보들만이 '선택'되기 때문이다. 결국 이 점에서 본다면 근대사회에서 지도란 한 사회, 그리고 그것을 둘러싼 모든 이해관계가 "세계를 보는 방법을 표현한 집합적인 표상"홍순애, 2009, 366쪽이라고 볼 수 있다. 그런데 무엇보다도 『사랑의 수족관』의 주인공 광호는 토목기사이다. 식민지를 병참기지로 위치지우고 제국 일본의 국토계획에 입각해

도시, 산업, 자원, 인력 등의 배치와 이동을 수행하고자 하는 시도야말로 사회구조 전체의 전환을 가능하게 하는 거대한 기술적 실천으로 인식되었던 시기였기에,차승기, 2008, 38쪽 그가 토목기사라는 것은 곧 일제의 신체제담론을 첨병에서 실천하는 인물임을 의미한다.

　　김남천의 『사랑의 수족관』은 이러한 지도로부터 촉발된 감각 위에서, '선만일여鮮滿一如'라는 동시대인의 지리적 감수성을 서사의 또 다른 동력으로 삼았다. '선만일여'는 말 그대로 조선과 만주가 하나라는 것을 의미한다. 일제가 선만일여를 내세운 가장 큰 이유는, 대륙침략과 경영이라는 실질적인 정치적 목표 때문이었는데, 1936년 미나미 지로가 조선총독으로 부임하면서 강화되었다. 1936년 10월 일제는 만주에 조선인 이주자를 취급하기 위한 이민회사인 만주척식고빈유한공사滿洲拓植股份有限公司를 설립했고, 이러한 일제의 이주 정책과 조선인에 대한 국적 부여는 조선에서 '만주붐'이 확산되는 계기가 되었다.송규진, 2009, 257~258쪽 이로 인해 조선과 만주의 관계는 경제적인 측면에서 보다 주목되었다. 만선철도의 개통을 기점으로 만주를 '기회의 땅'으로 여기는 분위기가 확산되었고, 그것이 『사랑의 수족관』의 서사에도 그대로 반영된 것이다.

　　두 주인공 광호와 경희의 연애 역시 이러한 시대적 감각 위에서 전개된다. 기술자의 사회적 지위가 이전과는 비교할 수 없을 정도로 상승되었다고 하더라도 일개 토목기사인 광호가 자신의 취업을 알선해준 대부호의 영양인 경희와 인연을 맺는 것은 그리 쉬운 일은 아니다. 작가가 의도적으로 그의 직업에 대한 전문성과 그것으로부터 촉발된 매력을 강조하였다고 해도, 서로 다른 신분적 배경을 가진 두 남녀를 연인으로 만드는 과정은 그리 용이하지 않다. 따라서 거기엔 일정한 계기가 필요하다. 성천이라는 공간과 제2차 세계대전이라는 사건이 바로 그것이다.

먼저 광호와 경희 모두에게는 다급하게 경성으로 돌아가야 할 이유가 있다. 광호는 형인 광준이 위독하다는 전보를 받았고, 경희는 노골적으로 자신과의 결혼을 추진하고 있는 송현도와 더 이상 동행하고 싶지 않다. 그런데 흥미로운 부분이 하나 더 있다. 서로의 필요에 의해 시작된 양덕에서 경성까지 이 여정의 성격을 바꾸는 계기, 그것이 다름 아닌 '성천'이라는 점이다.

> 자동차는 높은 산을 구비구비 돌고 있다. 아슬아슬한 '커브'가 쉴 사이 없이 불쑥불쑥 눈 앞에 나타난다. 운전수는 '크락션'을 연해 울리면서 '핸들'을 꺾느라고 득의양양하다
>
> "성천成川 들러서 강선루降仙樓 구경 안하실라우? 십이봉十二峰과 비류강沸流江과 강설루가 조선팔도의 절경이올시다."
>
> (…중략…)
>
> "평양 모란봉이 조타구들 하지만 여기 비하면 그건 아무것도 아닙니다."
>
> (…중략…)
>
> 차가 망주교望主橋에서 방선문訪仙門을 향하여 급 '커브'를 돌 때에 경희의 상반신이 광호의 옆구리에 실리었으나 두 사람 중의 아무도 부끄러워하진 않았다.
>
> — 김남천, 「사랑의 수족관」(『조선일보』, 1939.8.08)

광호와 경희는 자동차 운전수의 제안으로 성천을 구경하기로 한다. 성천은 『사랑의 수족관』과 같은 해에 발표된 『대하』의 공간적 배경이며, 작가 자신의 고향이기도 하다. 여기서 작가는 운전수의 입을 빌려, 성천이라는 공간에 대한 애정을 노골적으로 드러낸다. 『대하』에서 세 여인의 눈을 사로잡았던 형걸의 매력을 극대화한 것이 운동회가 지닌 카니발적 요소였다면 『사랑의 수족관』에서 광호의 남성적인 매력을 극대화시킨 것은 보트를 타는 선착장, 근대 속에 남겨진 야성野性이 야기한 특수성이다.

『대하』에서 전근대에서 근대로 넘어가는 과도기적 단계의 성천을 그려냈던 김남천은, 『사랑의 수족관』에서는 근대적 관광도시로 완전히 탈바꿈한 성천의 현재를 담아냈다. 서로 어색했던 두 남녀가 성천으로 들어서면서부터 서로의 신체적 접촉을 부끄러워하지 않았다는 서술은, 이 작품 속에서 성천이 두 남녀를 결정적으로 이어주는 공간으로 설정되어 있음을 보여준다.

그러나 『사랑의 수족관』은 바로 이 지점에서 『대하』와는 단절되기 시작한다. 두 남녀의 감정적 교류는 성천에서 시작되었지만, 두 남녀의 사랑을 실질적으로 견인하는 것은 제2차 세계대전으로부터 촉발된 '제국'이라는 심상지리였기 때문이다.

> 구라파에는 제2차 세계대전이 버텨섰고 서울에는 대규모의 방공연습이 시작되었다.
>
> — 김남천, 「사랑의 수족관」(『조선일보』, 1939.9.09)

구라파전쟁이 방감方酣해갈 때 방공연습이 벌어져서 거리는 전시상태에 빠진 것처럼 소란스러웠다. 공연한 소리처럼 들리던 공습의 위험도,

"왈쇼바르샤바가 사지로 화했다!"

"파리와 백림벨기에이 폭격을 당했다!"

"영국군함이 독일의 해안선을 봉쇄했다!"

는 등등의 자극적이고 충격적인 호외가 연속해서 방울소리를 울려대는 통에 시민의 신경은 극도로 긴장해져서 가상한 적군의 폭격기의 폭음이 실전인 것처럼 현실감이 배가 되었다.

— 김남천, 「사랑의 수족관」(『조선일보』, 1939.9.10)

이때에 요란스럽게 공습경부의 경적이 울어서 부인은 생각에서 머리를 털고 발딱 일어서며 전기의 '스위치'가 달린 바람벽으로 쫓아간다.

— 김남천, 「사랑의 수족관」(『조선일보』, 1939.9.16)

조선이라는 반도와는 전혀 상관없을 것 같았던 저 먼 구라파유럽의 전쟁이 경성에서의 일상을 변화시키는 예상치 못한 세계화는, 두 남녀의 연애 풍경마저 바꾸어놓는다. 전쟁과 함께 『사랑의 수족관』의 모든 인물들은 지도로부터 촉발된 감수성에서 결코 자유롭지 않다. 광호와 경희, 그리고 광호를 연모하는 현순과 그녀에게 흑심을 품은 신주사까지. 이들 남녀가 겪는 모든 사건들은 철도와 우편국으로 대표되는 근대통신의 확대와 그로 인한 시공간의 충돌로부터 영향을 받는다. 이 시기 세계대전이 어느 정도 예감된 것이었다고 할지라도, 실제

전쟁의 발발은 양덕에서 경성에 이르는 한반도 북부의 근대화라는 공간적 한계로부터 만주라는 광활한 공간으로 서사의 무대가 옮겨갈 수 있었던 가장 결정적인 계기가 되었다. 전쟁이라는 '필요'가 기술자인 광호를 만주로 소환했기 때문이다.

> 그때 확성기는 '노조미'의 개찰을 알리고 있었다. 대합실은 갑자기 뒤숭숭해졌다.
> 경희는 나란히 선 행렬에서 빠져 나와 꽃다발을 하나 샀다. 들국화와 코스모스 속에 붉은 장미가 한 송이 들어 있었다.
> 꽃을 들고 경희는 광호의 앞에서 '플랫폼'으로 나갔다.
> 이등에도 손님이 많아서 그들은 겨우 자리 하나를 얻을 수 있었다.
> 경희는 광호에게 꽃을 주었다. 아무 말도 하지 않고 그들은 꽃을 주고 받았으나 두 사람은 다 같이 환희의 표정을 입술 가에 그리고 있었다.
>
> — 김남천, 「사랑의 수족관」(『조선일보』, 1939.10.1)

자동차 여정으로 시작된 광호와 경희의 감정교류는, 노조미의 개찰을 알리는 플랫폼 앞에서 비로소 본격적인 연애로 발달된다. 이 부분은 대단히 의미심장하다. 노조미가 무엇인가? 일본어로 희망을 뜻하는 노조미는 본래 부산에서 봉천까지 운행되는 급행열차였다. 그런데 1939년 당시 노조미는 한반도에서 만주대륙을 연결하는 전만철도全滿鐵道로 편입된다. 그 배경에는 루거우차오 사건이 있다. 루거우차오 사건은 1937년 7월 7일 베이징에서 중일 양군이 충돌하여 같은 해 12월 일본이 국민정부의 수도인 난징을 점령한 사건을 말한다. 이 사건을 계기로 국민정부와 공산당이 항일민족통일전선을 수립하게 되고, 일제는 이를 해체하기 위해 1938년 2월에 난징대학살을 자행한다.

이 사건을 계기로 일제는 만주 전 지역에 대한 지배력 강화를 추진하였고, 일본과 만주의 교통 긴밀화를 위해 본래 부산에서 봉천까지 운행되던 노조미의 노선을 평양을 거쳐 만주까지 확대하였던 것이다. 전만철도는 "대망의 봉천 북경 간 2,068킬로를 연결 선만지 직통열차의 신설, 만선직통 급행 '노조미' 신경 연장 등을 포함한 광범위에 긍한 것"『동아일보』, 1938.9.15이라고 대대적으로 홍보되었다. 따라서 이 작품이 연재된 1939년에는 이미 부산-만주 간의 급행철도가 일상화된 시점이었다.

이러한 노조미 앞에서 연애가 본격화되는 것은 이후 서사에 대한 일종의 복선 역할을 한다. 이 두 남녀의 사랑이 전만철도의 연속성을 전경화하면서 시작되었던 것과 마찬가지로, 모든 음모와 오해를 극복한 두 남녀의 사랑을 회복하도록 하는 것 역시 철도였기 때문이다. 이 작품 속에서 김광호는 늘 노조미를 타고 경성을 떠난다. 그가 평양으로 갈 때도, 그리고 만주로 갈 때도 그를 새로운 시공간으로 옮겨주는 것은 노조미였다. 더 나아가 그는 이러한 노조미의 연장이 상기하는 '동아신질서'라는 일제의 신체제론을 구체화하는 산업현장에서 일하는 기술자이다. 경성의 니시다구미를 떠나 만선철도의 공사현장으로 이동하는 김광호의 여정은, 그대로 '신체제'라는 새로운 질서에 대한 일종의 기대감을 내비치고 있다는 점을 쉽게 간과할 수 없다. 그것이 비단 친일親日의 문제까지 확대되는 것이 아니라 할지라도, 일제의 논리에 복무하고 있음은 분명하기 때문이다. 송현도와 신주사의 음모로 인해 만주로 전근을 가게 된 김광호가 경희에게 보내는 편지는, 이를 보다 분명하게 보여준다.

아시다시피 서란탄광舒蘭炭鑛에는 (그러나 물론 이경희는 이런 것을 알고 있을 리 만무였다) 수억 돈의 매장량이 있는데, 탄질이 불량하여 전부를 인조석유人造石油로 만드는 데 사용하게 되는 겁니다. 길림인조석유주식회사는 석탄을 액화液化하여 석유를 만드는 회사입니다. '명일의 석유를 지배하는 자는 명일의 세계를 지배하는 자.' 그러나 석유의 막대한 부족을 경험하고 있는 지금 현상에 있어서는, 액체연료자급책液體燃料自給策의 확립이야말로 각하의 급무올시다. 이 대책으로서는 석유유전의 개발, '오일·쎌'頁岩의 액화, 천연와사의 이용, 전분이나 기타탄수화물炭水貨物의 '알콜'화 석탄의 액화 등을 들 수 있는데 마지막 석탄액화의 방법이야말로 원료나 기술상으로 검토하여 가장 적절한 대책이라고 인정되었습니다.

— 김남천, 「사랑의 수족관」(『조선일보』, 1940.2.10)

만주에서 광호가 경희에게 보낸 편지는 연애편지라고 할 수 없는 내용으로 가득하다. 특히 연인에게 보내는 편지라고 하기엔 동시대 산업에 대한 전문적인 진단으로 채워져 있다. 이는 작가 김남천의 의도적 개입이라고 할 수 있다. 특히 여기서 김광호가 강조하고 있는 것은 인조석유이다. 식민지 확대 전쟁에 본격적으로 뛰어든 일제에게 가장 시급했던 물자 중 하나는 연료였다. 군수물자를 나르는 철도는 석탄으로 운행되었지만, 직접적으로 전쟁을 견인했던 항공과 항운까지 모두 석유 연료를 필요로 했기 때문이다. 따라서 인조석유의 개발은 초미의 관심사였다. 실제로 1939년 5월 31일 자 『동아일보』는 인조석유의 개발에 대해 "선만일여鮮滿一如의 경제실천으로서 대망되고 있다"라고 보도하고 있다. 이를 본다면 이 시기 인조석유의 증산 문제가 조선 경제에 미칠 긍정적인 영향에 대한 기대감이 높았음을 짐작할 수 있다. 이를 고려한다면 인조석유에 대한 김광호의 지식은, 독자가 그를 현대청년의 전형으로 인식하는 데 일정하게 기여했을 것이다.

이처럼 만주는 조선이라는 수족관에 갇혀 있던 광호와 경희에게 새로운 시야를 제공한다. 제도판에서 지도를 제작하는 기술자의 시야로는 파악할 수 없는 거대한 스케일을 목도하면서,장두영, 2007, 335쪽 광호와 경희는 이전까지 자신들이 꿈꾸었던 비전이라는 것이 얼마나 유치한 것이었는지를 깨닫게 된다. 만주에 발을 내딛음으로써, 그리고 무채색이 아닌 천연색의 만주를 마주하면서 그들은 비로소 현대의 청년으로 성장하게 된 것이다. 그런데 이들 개인의 성취가 궁극적으로는 '선만일여'라는 일제의 담론에 그대로 편입된다는 것은 여전히 문제적이다.

> 철도는 석탄의 운수를 위하여 필요합니다. 석유가 어디에 쓰이는 것까지는 기술자는 묻지 않습니다. 그것이 어디에 쓰이든 석탄을 가지고 석유를 만드는 것만은 새로운 하나의 기술의 획득이었고, 그것을 운반하는데 철도로 하여금 충분히 그의 힘을 다하게 만드는 것만이 우리의 의무올시다.
>
> ― 김남천, 「사랑의 수족관」(『조선일보』, 1940.2.11)

자신의 직업적 윤리가 식민지라는 현실의 벽에 부딪칠 때마다 광호는 새로운 기술이 가져올 정치사회적 파장에 대해서 최대한 중립적인 입장을 취했다. 그러나 철도가 그대로 만주에 대한 경제적 침략의 통로가 되고, 인조석유가 그대로 더 큰 전쟁의 연료로 쓰이는 1930년대 후반의 복잡한 현실 앞에서 광호의 이러한 태도는 판단의 유보나 지연은 될 수 있지만 진정한 의미의 중립은 될 수 없다. 오히려 만주의 경제적 가능성을 타진하고 있는 광호의 태도는 만주를 새로운 사업의 무대로 생각하는 친일사업가 이신국의 안목에 그대로 겹쳐진다.

> 경희 앞으로 있는 백만 원이 넘는 재산이 그들의 생각했던 결혼조건처럼 사회사업단 조직에 쓰이게 될는지, 그것은 확실히 알 수 없다. 금전에 대한 그들의 생각이 달라질는지도 알 수 없고, 설사 청년다운 결벽성이 오랫동안 변하지 않는다고 하여도 그들의 생각이 실현되려면 많은 굴곡을 지낸 뒤에 가능할 것이다.
>
> — 김남천, 「사랑의 수족관」(『조선일보』, 1940.3.3)

따라서 『사랑의 수족관』이 두 남녀의 결혼이나 그 이후까지 이야기를 전개하지 못하고, 두 남녀의 미래를 간단한 해설로만 요약하면서 마무리한 것은 어쩌면 필연적이다. 관찰문학론을 내세우며 이전보다 강화된 리얼리즘적 시각으로 동시대를 반영하기로 했던 김남천이기에, 만주라는 공간을 통해서 식민지인의 기술과 직분의식과 직업윤리에 내포된 어쩔 수 없는 식민지성을 자각할 수밖에 없었던 것이다.

마지막 회 해설에서 보이는 광호와 경희의 미래에 대한 적지 않은 우려는 그것을 방증한다.『사랑의 수족관』이 서사적으로는 미완 아닌 미완으로 남겨질 수밖에 없었던 이유 역시, 식민지인의 자기완성이 그대로 일본 제국주의에 봉사하게 되는 식민지 근대의 모순을 만주에서 또 다시 발견했기 때문일 것이다.

4. 식민지 기술자의 초상

일반적으로 김남천의『대하』는 헤겔과 루카치의 이론을 바탕으로 개진했던 '로만개조론'과 '모랄론'에 의해 창작된 작품으로 평가된다. 이는 1930년대 중반까지 이어진 김남천 문학담론이 한 매듭을 지었음을 의미하는 것이기도 하다. 반면『사랑의 수족관』은 근대성에 대한 시각이 신체에서 기계로 변모되는 과도기에 기반하여 현대성의 한 징후로서 '기술'을 예민하게 포착하고 있는 작품이다. 이러한『사랑의 수족관』은『대하』의 정신을 계승하면서도, 동시에 그것으로부터 적극적으로 벗어난다는 점에서 주목된다. 근대적 신체를 대표하는 남성주인공의 등장과 그를 둘러싼 삼각관계라는 연애서사를 바탕으로 근대의 기원에 접근해가는『대하』의 서사적 토대는『사랑의 수족관』에서도 반복된다. 그러나 이러한 연애가 주인공들의 직업과 그 직분의식이라는 토대 위에서 구체적으로 빚어진다는 점에서『사랑의 수족관』은 직업을 다룬 서사로서는 보다 진일보한 면을 보여준다. 토목공학을 전공한 기술자로서 주인공 김광호가 보여주는 전문성과 윤리의식은 근대를 넘어 '현대'를 만들어나갈 동력이 이 새로운 전문가에게 있음을 분명히 한다. 근대를 재 성장시킬 사회적 동력이 현대적 직업과 전문성을 갖춘 한 개인으로부터 기인된다는 진단이다.

그런데 작가 김남천으로 하여금 이러한 인식적 전환을 가능하게 했던 데는 또 다른 배경이 존재한다. 철도와 전쟁이다. 1938년 전만철도의 개통과 1939년 제2차 세계대전이라는 외적 충격은 『사랑의 수족관』이 지닌 직업서사로서의 가능성을 더 확대할 수 있는 기반이 되었다. 주인공 김광호를 둘러싼 모든 '현대적' 매력은 그가 철도 부설을 직접적으로 담당하는 토목기사라는 사실에서 시작된다. 김광호가 그의 형제 광준이나 광신, 더 나아가 그의 연인인 이경희에게까지 언제나 스스로를 보다 우위적인 입장에 놓을 수 있었던 이유는, 이러한 직업적 자신감에 근간한다. 그는 자신의 업무를 척박한 대지 위에 이전까지 존재하지 않았던 '현대'를 만들어내는 일로 받아들였던 것이다.

전쟁은 이를 더욱 가속화한다. 제2차 세계대전으로 대륙을 향한 일제의 야욕은 더욱 노골화되었고, 만주로의 진출은 이 시기를 살아가는 모든 이들에게 희망이자 의무로 적극 권유되었다. 조선의 골짜기를 넘나드는 작은 철로가 아닌 거대한 교량으로 이어지는 철로, 광활한 대지에 드넓게 조성된 공장지대, 여전히 미지의 가능성으로 가득 찬 대지. 자기 직분에만 충실했던 김광호는 이러한 만주에서의 경험을 통해 자기의 기술이 만들어낸 거대한 실체, 한 개인의 신체가 아닌 수많은 신체를 대신할 수 있는 거대한 '기계'의 전경과 맞닥뜨리게 되는 것이다.

이로부터 김광호와 이경희, 그리고 강현순과 송현도 사이에 얽혀 있던 삼각관계의 결말은 분명해진다. 수많은 자회사를 거느린 대부호 이신국의 사업을 물려받고, 그의 영양인 이경희의 사랑을 획득할 역량을 지닌 현대의 청년. 그는 전문적인 직업인으로서의 기술자라는 자기 직분에 충실하면서, 그것을 바탕으로 산업 전체를 총체적으로 볼 수 있는 안목을 가진 자. 그가 바로 김광호인 것이다. 만주는 그러한 김광호의 무궁한 가능성을 한눈에 드러나게 한 땅이며, 그 자체로 조선의 청년에게 부여된 새로운 가능성으로 인식된다. 동시에 광호의 "성실한 직업인으로서의 자기초상"[이철호, 2003, 307쪽]이 만주를 거치면서 일제의 신체제에 대한 적극적인 응답으로 변모되어가는 과정은, 이 작품을 통해 보여주는 김남천식 리얼리즘의 또 다른 성취일 것이다. 이처럼 일제의 병참기지인 만주로 호출된 조선 청년의 성실한 직분수행이 필연적으로 제국에 복무하게 되는 일련의 과정은, 그대로 『사랑의 수족관』이라는 서사가 보여주는 핵심이 아닐 수 없다.*

---

* 『현대문학이론연구』 64, 현대문학이론학회, 2016 수록본을 개고함.

참고문헌

1. 기초 자료

『동광』, 『동아일보』, 『매일신보』, 『별건곤』, 『부인』, 『삼천리』, 『신가정』, 『신여성』, 『여성』,
『인문평론』, 『조선일보』, 『황성신문』

2. 작품

김남천, 「사랑의 수족관」, 『조선일보』, 1939.8.1~1940.3.3.

_____, 『대하』, 백양당, 1947.

_____, 『사랑의 수족관』, 인문사, 1940.

박태원, 「애욕」, 『한국근대단편소설대계』 9, 권영민·이주형·정호웅 외편, 태학사, 1988.

이상, 「단발」, 『한국소설문학대계』 18, 두산동아, 1995.

이광수, 「재생」, 『이광수전집』 2, 삼중당, 1971,

_____, 『이광수 전집』 1·10, 삼중당, 1971.

_____, 『바로잡은 『무정』』, 김철 역주, 문학동네, 2003.

이기영, 『봄』, 풀빛, 1989.

정호웅·손정수 외편, 『김남천 전집』 I, 박이정, 2000.

_____, 『김남천 전집』 II, 박이정, 2000.

현진건, 「피아노」, 『개벽』, 1922.11.

3. 단행본 및 논문

『한국 근대문학 해제집』(http://100.daum.net).

『한국민족문화대백과』, 한국학중앙연구원(https://terms.naver.com).

Galton, Francis, *Hereditary Genius An Inquiry Into Its Laws and Consequences*, Lightning
    Source Inc, 2009.

강영환, 『새로 쓴 한국 주거문화의 역사』, 기문당, 2013.

강유진, 「근대 주체로서의 성장과 가족로망스」, 『語文論集』 39, 중앙어문학회, 2008.

강현조, 「김교제 번역·번안소설의 원작 및 대본 연구」, 『현대소설연구』 48, 2011.

고상옥·전미경, 「1920~1930년대 가사 교과서 육아단원의 외형 및 내용 분석」, 『한국가
    정과교육학회지』 18-2, 한국가정과교육학회.

권보드래, 『연애의 시대』, 현실문화연구, 2003.

권창규, 「건강기표의 소비와 '위생제국'」, 『한국언론학회 학술대회 발표논문집』, 한국언

론학회, 2011.

권혁준, 「김남천 소설 연구」, 성균관대 석사논문, 1989.

김철, 「몰락하는 신생」, 『상허학보』 9, 상허학회, 2002.

김경욱, 「이상 소설에 나타난 '단발'과 유혹자로서의 여성」, 『관악어문연구』 24, 서울대 국어국문학과, 1999.

김경일, 「일제하 여성의 일과 직업」, 『사회와 역사』 61, 한국사회사학회, 2002.

_____, 『여성의 근대, 근대의 여성』, 푸른역사, 2004.

김기전, 「농촌개선의 긴급동의」, 『개벽』, 1920.11.

김동환, 「1930년대 후기 장편소설에 나타나는 '풍속'의 의미」, 『관악어문연구』 15, 1990.

김명선, 「1915년 경성 가정박람회 전시주택의 표상」, 『대한건축학회 논문집 − 계획계』 28-3, 대한건축학회, 2012.

김미선, 「1930년대 '신식'화장담론이 구성한 소비주체로서 신여성」, 『여성학논집』 22-2, 이화여대 한국여성연구원, 2005.

김미정, 「1920~1930년대 대중매체를 통해본 근대 주거문화의 수용양상에 관한 연구」, 서울시립대 석사논문, 2009.

김보형 · 백미숙, 「초기 여성 아나운서의 직업 성격과 직업 정체성의 형성」, 『한국언론학 보』 53-1, 한국언론학회, 2009.

김삼웅, 「단발령 논쟁에 담긴 보수 · 개화의 시대인식」, 『인물과 사상』 9, 2007.

김성학, 「근대 학교운동회의 팽창−그 실태와 동인」, 『한국교육사학』 33-1, 한국교육사 학회, 2011.

김수진, 『신여성, 근대의 과잉』, 소명출판, 2009.

김영민, 「「개척자(開拓者)」 다시 읽기」, 『사이』 18, 국제한국문학문화학회, 2015.

김옥희, 『일본 근대문학과 스포츠』, 소명출판, 2012.

김윤식, 「1930년대 후반기 카프문인들의 전향유형 분석」, 『한국현대문학사상사론』, 일 지사, 1992.

_____, 「자기 고발과 주체성 재건에 대하여」, 이상갑 편, 『김남천』, 새미, 1995.

김은정, 「근대적 표상으로서의 여성패션 연구」, 『아시아여성연구』 42-2, 숙명여대 아시 아여성문제연구소, 2004.

_____, 「일제강점기 위생담론과 화류병」, 『민족문학사연구』 49, 민족문학사학회, 2012.

김웅화, 「근대 상품광고로 본 新소비문화와 신여성」, 『동국사학』 52, 동국사학회, 2012.

김재남, 『김남천 문학론』, 태학사, 1991.

김종욱, 「김남천의 『대하』에 나타난 개화풍경」, 『국어국문학』 147, 국어국문학회, 2007.

_____, 「이광수의 「개척자」 연구」, 『국어국문학』 132, 2002.

김주리, 「근대적 신체 담론의 일고찰」, 『한국현대문학연구』 13, 한국현대문학회, 2003.

_____, 『모던 걸, 여우 목도리를 버려라』, 살림, 2005.

_____, 「연애와 건축」, 『한민족문화연구』 37, 한민족문화학회, 2011.

_____, 「해방기의 변화와 여성 교양인의 운명」, 『여성문학연구』 25, 한국여성문학학회, 2011.

김지형, 「전환기의 사상, 리얼리즘의 조건」, 『민족문학사연구』 44, 민족문학사학회, 2010.

김진성, 「1930년대 잡지의 '家庭訪問記에 나타난 근대 주거담론에 관한 연구」, 서울시립대 석사논문, 2007.

김한식, 「1930년대 후반 김남천의 창작방법론과 장편소설 『사랑의 수족관』」, 『한국문학이론과 비평』 10, 한국문학이론과 비평학회, 2001.

김현숙, 「개항기 '체육' 담론의 수용과 특징」, 『한국문화연구』 27, 이화여대 한국문화연구원, 2014.

김호연, 「19세기 말 영국 우생학의 탄생과 사회적 영향」, 『이화사학연구』 36, 이화사학연구소, 2000.

_____, 「과학과 이념 사이의 우생학」, 『동서철학연구』 48, 한국동서철학회, 2008.

김화영, 「일본의 모더니즘과 여성」, 『일본어문학』 40, 일본어문학회, 2008.

나카미 다사오 외, 박선영 역, 『만주란 무엇이었는가』, 소명출판, 2013.

노지승, 「식민지시기, 여성 관객의 영화 체험과 영화적 전통의 형성」, 『현대문학의 연구』 40, 한국문학연구학회, 2010.

류수연, 「단발(斷髮)에 매혹된 근대」, 『현대문학의 연구』 51, 한국문학연구학회, 2013.

_____, 「운동회, 놀이의 근대성과 '몸'담론」, 『대중서사연구』 21-1, 대중서사학회, 2015.

_____, 「조선의 '이트(it)'가 된 모던 걸」, 『민족문학사연구』 52, 민족문학사학회, 2013.

_____, 「타락한 '누이', 그리고 연애서사-이광수의 『재생』 연구」, 『구보학보』 13, 구보학회, 2015.

_____, 「탐정이 된 소년과 '명랑'의 시대」, 『현대 문학의 연구』 61, 한국문학연구학회.

_____, 『뷰파인더 위의 경성』, 소명출판, 2013.

_____, 「응접실(接客), 접객공간의 근대화와 소설의 장소」, 『춘원연구학보』 11, 2017.

류종렬, 「1930년대 말 가족사 연대기 소설의 개념과 특성」, 『한국문학논총』 11, 한국문학회, 1990.

_____, 「일제강점기의 여성지에 나타난 여성미용 고찰」, 『한국여성학』 19-3, 한국여성학회, 2003.

문영진, 「김남천 해방전 소설연구」, 서울대 석사논문, 1989.

문재원, 「요산 소설에 나타난 장소성」, 『현대문학이론연구』 36, 현대문학이론학회, 2009.

박순영, 「일제 식민주의와 조선인의 몸에 대한 "인류학적 시선"」, 『비교문화연구』 12-2, 서울대 비교문화연구소, 2006.

박진희, 「일제하 주택 개량 담론에서 보여지는 근대성」, 『담론201』 7, 한국사회역사학회, 2005.

배준, 「역사를 소설화하는 전향자의 세대론적 시선과 목소리」, 『현대문학의 연구』 52, 한국문학연구학회, 2014.

배기정, 「1930년대 가족사 연대기 소설 연구」, 경복대 석사논문, 1988.

백지혜, 「1930년대 후반 김남천 소설에 나타난 '가정'의 의미」, 『한국근대문학연구』 7-1, 한국근대문학회, 2006.

_____, 『스위트 홈의 기원』, 살림, 2005.

백철, 「『대하』를 독함」, 『동아일보』, 1939.2.8.

손미란·노상래, 「현실과 이상의 간극 메우기」, 『한민족어문학』 52, 한민족어문학회, 2008.

손영민·김용범·박용환, 「일제강점기 근대주택 평면변천의 사상적 배경에 관한 연구」, 『대한건축학회 논문집 - 계획계』 26-9, 대한건축학회, 2010.9.

손일선, 「일본 의약품 유통근대화 정책에 관한 연구」, 『韓日經商論叢』 44, 韓日經商學會, 2009.

손준종, 「근대교육에서 국가의 몸 관리와 통제 양식 연구」, 『한국교육학연구』 16-1, 2010.

송하춘, 「1930년대 후기 소설논의와 실제에 관한 연구 - 김남천의 『대하』를 중심으로」, 『고대인문논집』 35, 1990.

송효정, 「1930년대 후반기 장편소설에 나타난 두 가지 미학적 양상」, 『어문논집』 56, 민족어문학회, 2007.

신상성, 『김남천 연구』, 지학사, 1992.

신소윤, 「1920년대 경성미용원 원장님의 화장법 강의」, 『한겨레21』 924, 2012.8.20.

신하경, 『모던걸』, 논형, 2009.

신현규, 「최초의 미용잡지 『향훈』과 『부인』에 연재된 「미용강화」에 대하여」, 『근대서지』 4, 근대서지학회, 2011.

야마무로 신이치, 윤대석 역, 『키메라 - 만주국의 초상』, 소명출판, 2009.

안태윤, 「일제 말기 전시체제와 모성의 식민화」, 『한국여성학』 19-3, 한국여성학회, 2003.

안함광, 「최근의 작품경향」, 『인문평론』, 1940.7.

앙드레 피쇼, 『우생학 - 유전학의 숨겨진 역사』, 아침이슬, 2009.

연구공간 수유·너머 근대매체연구팀, 『매체로 본 근대여성 풍속사 - 신여성』, 한겨레신문사, 2005.

염운옥, 『생명에도 계급이 있는가』, 책세상, 2009.

요시미 순야, 이태문 역, 「국민 의례로서의 운동회」, 『운동회─근대의 신체』, 논형, 2007.

우정미, 「한일 신여성의 가정관 연구」, 『일어교육』 43, 2008.

유선영, 「육체의 근대화」, 『문화과학』 24, 문화과학사, 2000.

윤대석, 『식민지 국민문학론』, 역락, 2006.

이경훈, 「만주와 친일 로맨티시즘」, 『한국근대문학연구』 4-1, 한국근대문학회, 2003.

이덕화, 『김남천 연구』, 청하, 1991.

이승원, 「근대계몽기 서사물에 나타난 '신체'인식과 그 형상화에 관한 연구」, 인천대 석
　　사논문, 2000.

이영아, 「일제강점기 우리나라 여성의 머리모양 변화과정에 대한 연구」, 『동양예술』 19,
　　한국동양예술학회, 2012.

이영애, 「김남천 소설 연구」, 경북대 석사논문, 1990.

이율화·오창섭, 「신문 광고를 통해 본 근대 여성의 미의식」, 『디자인학연구』 21-4, 한국
　　디자인학회, 2008.

이재선, 「김남천 소설의 양상」, 『현대문학』, 1989.6.

이주형, 「1930년대 한국 장편소설 연구」, 서울대 박사논문, 1984.

이진경, 『근대적 주거공간의 탄생』, 소명출판, 2000.

이철호, 「동양, 제국, 식민주체의 신생」, 『한국문학연구』 26, 동국대 한국문학연구소, 2003.

이태희, 「1930년대 조선총독부 중앙시험소의 위상 변화」, 『한국과학사학회지』 31-1, 2009.

이행미, 「두 개의 과학, 두 개의 문명」, 『한국현대문학연구』 44, 한국현대문학회, 2014.

이행화·이경규, 「1920년대 일본 신여성의 서양복 수용 고찰」, 『일본근대문학연구』 35,
　　한국일본근대학회, 2012.

이혁식, 「정치적 상상력과 내면의 탄생」, 『한국근대문학연구』 24, 한국근대문학회, 2011.

이혜진, 「김남천의 『사랑의 水族館』에 나타난 '현대'의 성격과 '현대청년'」, 『한국민족문
　　화』 27, 부산대 한국민족문화연구소, 2006.

이호걸, 「식민지 조선의 외국영화」, 『대동문화연구』 72, 성균관대 대동문화연구원, 2010.

임화, 「최근 소설의 주인공」, 『문장』, 1939.9.

장두영, 「김남천의 『사랑의 수족관』론」, 『한국현대문학연구』 23, 한국현대문학회, 2007.

장성규, 「일제 말기 카프 작가들의 만주 형상화 양상」, 『한국현대문학연구』 21, 한국현대
　　문학회, 2007.

전남일, 「여성의 지위와 주거공간」, 『성평등연구』 9, 가톨릭대 성평등연구소, 2005.

전혜숙·임윤정, 「1920년대 여성운동과 단발에 관하여」, 『생활과학연구논문집』 11, 동아
　　대 생활과학연구소, 2003.

정종현, 「근대문학에 나타난 '만주' 표상」, 『한국문학연구』 28, 동국대 한국문학연구소, 2005.

정호웅·손정수 외편, 『김남천 전집』 1, 박이정, 2000.

주창윤, 「1920~1930년대 '모던 세대'의 형성과정」, 『한국언론학보』 52-5, 한국언론학회, 2008.

차승기, 「내지의 외지, 식민본국의 피식민지인, 또는 구멍의 (비)존재론」, 『현대문학의 연구』 46, 한국문학연구학회, 2012.

_____, 「전시체제기 기술적 이성 비판」, 『상허학보』 23, 상허학회, 2008.

찰스 다윈, 송철용 역, 『종의 기원』, 동서문화사, 2013.

채호석, 「김남천 창작방법론 연구」, 서울대 석사논문, 1988.

최현식, 『최남선·근대시가·네이션』, 소명출판, 2016.

최혜림, 「『사랑의 수족관』에 나타난 '일상성의 의미 고찰」, 『민족문학사연구』 25, 민족문학사학회, 2004.

한상권, 「1920년대 여성해방론」, 『사학연구』 87, 한국사학회, 2007.

한승옥, 「1930년대 가족사 연대기 소설 연구」, 『숭실어문』 5, 1884.

허병식, 「직분의 윤리와 교양의 종결」, 『현대소설연구』 32, 한국현대소설학회, 2006.

홍순애, 「근대계몽기 지리적 상상력과 서사적 재현」, 『현대소설연구』 40, 한국현대소설학회, 2009.

황의룡, 「일본과 한국의 근대화와 운동회에 관한 비교 연구」, 『한국체육과학회지』 20-2, 한국체육과학회, 2011.

황종연, 「신 없는 자연」, 『상허학보』 36, 상허학회, 2012.

4. 인터넷 자료

http://www.astellas.co.kr/company/company02_02.php

http://www.asadaame.co.jp/